ESCONDERIJO PERFEITO

OBRAS DA AUTORA PUBLICADAS PELA GALERA RECORD

Avalon High
Avalon High – A coroaçao: a profecia de Merlin
Cabeça de vento
Sendo Nikki
Como ser popular
Ela foi até o fim
A garota americana
Quase pronta
O garoto da casa ao lado
Garoto encontra garota
Todo garoto tem
Ídolo teen
Pegando fogo!
A rainha da fofoca
A rainha da fofoca em Nova York
A rainha da fofoca: fisgada
Sorte ou azar?
Tamanho 42 não é gorda
Tamanho 44 também não é gorda
Tamanho não importa
Liberte meu coração
Insaciável
Mordida

Série O Diário da Princesa
O diário da princesa
Princesa sob os refletores
Princesa apaixonada
Princesa à espera
Princesa de rosa-shocking
Princesa em treinamento
Princesa na balada
Princesa no limite

Princesa Mia
Princesa para sempre

Lições de princesa
O presente da princesa

Série A Mediadora
A terra das sombras
O arcano nove
Reunião
A hora mais sombria
Assombrado
Crepúsculo

Série As leis de Allie Finkle para meninas
Dia da mudança
A garota nova
Melhores amigas para sempre?

Série Desaparecidos
Quando cai o raio
Codinome Cassandra

Série Abandono
Abandono

MEG CABOT

ESCONDERIJO PERFEITO

Tradução de
ANA DEATH DUARTE

1ª edição

CIP-BRASIL. CATALOGAÇÃO NA FONTE
SINDICATO NACIONAL DOS EDITORES DE LIVROS, RJ

Cabot, Meg, 1967-
C116e   Esconderijo perfeito / Meg Cabot; tradução Ana Death Duarte. –
1ª ed. – Rio de Janeiro: Galera Record, 2013.
(Desaparecidos; 3)

Tradução de: Safe House
Sequência de: Codinome Cassandra
ISBN 978-85-01-08819-2

1. Adolescentes (Meninas) – Ficção. 2. Aptidão psíquica –
Ficção. 3. Ficção americana I Duarte, Ana. II. Título. III. Série.

                                                  CDD: 813
13-00 122   CDU: 821.111(73)-3

Título original norte-americano:
Safe House

Copyright © 2002 by Meggin Cabot

Publicado mediante acordo com Simon Pulse, um selo de Simon &
Schuster Children's Publishing Division.

Todos os direitos reservados. Proibida a reprodução, no todo ou em
parte, através de quaisquer meios.

Texto revisado segundo o novo Acordo Ortográfico da Língua Portuguesa.

Direitos exclusivos de publicação em língua portuguesa somente para o
Brasil adquiridos pela
EDITORA RECORD LTDA.
Rua Argentina 171 – Rio de Janeiro, RJ – 20921-380 – Tel.: 2585-2000
que se reserva a propriedade literária desta tradução.

Impresso no Brasil

ISBN 978-85-01-08819-2

Seja um leitor preferencial Record
Cadastre-se e receba informações sobre nossos
lançamentos e nossas promoções.

EDITORA AFILIADA

Atendimento e venda direta ao leitor:
mdireto@record.com.br ou (21) 2585-2002.

Com muitos agradecimentos a Jen Brown,
John Henry Dreyfuss, David Walton e,
especialmente, Benjamin Egnatz.

Capítulo 1

Eu não sabia sobre a garota morta até o primeiro dia de aulas na escola.

Não foi culpa minha. Juro que não. Quero dizer, como é que eu ia saber? Eu nem estava em casa. Se estivesse, é claro que teria visto nos jornais, ou nos noticiários, ou seja lá onde fosse. Teria ouvido as pessoas falando sobre o assunto.

Mas eu não estava em casa. Tinha ficado presa num lugar a quatro horas ao norte, nas dunas de Michigan, na casa de veraneio da minha melhor amiga, Ruth Abramowitz. Os Abramowitz vão às dunas nas duas últimas semanas de agosto, em todos os verões, e, nesse ano, eles me convidaram para ir junto.

A princípio eu não ia. Quero dizer, quem iria querer passar duas semanas presa numa casa de veraneio com Skip, irmão gêmeo da Ruth? Hum, não eu. Skip ainda mastiga de boca aberta, mesmo tendo 16 anos, e deveria saber que não se deve fazer isso. Além do mais, ele é tipo o Grande Dragão-Mestre da nossa cidade no RPG Dungeons & Dragons, mesmo tendo comprado um Pontiac Firebird com o dinheiro de seu *bar mitzvah*.

Ainda por cima, o Sr. Abramowitz tem esse lance com relação a cabos, e o único telefone que pode ser usado em sua casa de férias é o celular dele, reservado para usos emergenciais somente, caso um de seus clientes vá parar no xadrez ou coisa assim. (Ele é advogado.)

Então, como você pode ver, o motivo pelo qual eu disse "Obrigada, mas não, obrigada" ao convite da Ruth é bem óbvio.

Mas aí meus pais me disseram que passariam as duas últimas semanas de agosto transportando meu irmão Mike e todas as coisas dele até Harvard, onde ele começaria como calouro, e que minha tia-avó Rose viria para ficar comigo e com meu outro irmão, Douglas, enquanto nossos pais estivessem fora.

E daí que tenho 16 anos e Douglas 20, e que não precisamos de supervisão de adultos? Especialmente na forma de uma senhora de 75 anos obcecada com jogo de paciência e com a minha vida sexual (não que eu tenha uma). A tia-avó Rose viria para ficar, e fui informada de que minhas opções eram aceitar ou aceitar.

Optei por nenhuma das duas. Em vez de ir pra casa depois de terminar minha tarefa como monitora no Camp Wawasee para Crianças com Talentos Musicais, que foi como passei minhas férias de verão, me juntei aos Abramowitz e segui até as dunas.

Ei. Até mesmo ver Skip comendo sanduíches grelhados de manteiga de amendoim pela manhã, ao meio-dia e à noite durante duas semanas era melhor do que passar cinco minutos com minha tia-avó Rose, que gosta de falar sobre como, nos tempos dela, somente garotas pobres vestiam roupas de brim.

É sério. Roupas de brim. É assim que ela se refere ao jeans!

Dá pra ver porque escolhi as dunas.

E, para falar a verdade, as duas semanas nem foram tão ruins assim.

Ah, não me entenda mal. Não me diverti, nem nada do gênero. Como poderia? Porque enquanto estive trabalhando como escrava no Camp Wawasee, Ruth vinha trabalhando muito duro em seu desenvolvimento social de adolescente, e até havia conseguido um namorado.

É isso aí. Um namorado de verdade, cujos pais — quem imaginaria isso? — também tinham uma casa nas dunas, a dez minutos de distância da casa da Ruth.

Tentei dar apoio, afinal Scott era o primeiro namorado de verdade da Ruth, sabe, o primeiro cara de quem ela gostava que realmente retribuía os sentimentos dela, e que não parecia se importar em ser visto de mãos dadas com ela em público e tal.

Mas convenhamos, quando alguém convida a gente para passar duas semanas com ela, e então essa pessoa passa essas duas semanas basicamente para cima e para baixo com outro alguém, isso pode ser um pouco decepcionante. Passei a maior parte das minhas horas diurnas deitada na praia, lendo livros de bolso velhos, e a maior parte das minhas noites tentando vencer Skip no jogo Crash Bandicoot no Playstation dele.

Ah, sim! As minhas férias de verão foram realmente emocionantes!

A parte boa de estar nas dunas, que Ruth continuava ressaltando para mim, era que eu não estava na minha casa esperando que meu namorado (ou o que quer que ele fosse) me telefonasse. Isso, Ruth me informou, era uma parte importante do ritual da conquista... sabe? O lance de não estar lá quando ele ligar. Porque aí, Ruth me explicou, ele vai ficar imaginando onde você está e vai começar a criar cenários mentais, imaginando onde você poderia estar. Talvez até mesmo pense que esteja com outro cara!

De algum modo, supostamente, esse é o tipo de coisa que vai fazer com que ele goste mais de você.

O que acho que deva ser uma coisa boa, mas meio que depende de uma coisinha: o cara precisa telefonar.

E olha só, se ele não ligar, não tem como descobrir que você não está em casa. Meu namorado — ou eu deveria dizer o cara de quem eu gosto, pois tecnicamente, ele não é meu namorado, visto que nunca saímos num encontro de verdade — nunca telefona. E isso se deve ao fato de ele me considerar uma Lolita: atraente, porém proibida para maiores, "chave de cadeia".

E ele já está em condicional.

Não me pergunte por que motivo. Rob não quer me contar.

É, esse é o nome dele. Rob Wilkins. Ou o Babaca, como Ruth se refere a ele.

Mas eu não acho justo chamá-lo de o Babaca porque não é como se ele tivesse me enganado e tal. Quero dizer, ele deixou muito claro, desde o momento em que descobriu que eu tinha 16 anos, que jamais poderia haver algo entre nós. Pelo menos, não até passados mais alguns anos.

E, pra falar a verdade, quer saber? Estou tranquila em relação a isso. Você sabe, tem um monte de peixe no mar.

E, tá, pode ser que nem todos eles tenham os olhos da cor da neblina enquanto ela se desenrola sobre um lago pouco antes de o sol nascer, ou um belo abdome de tanquinho, ou uma moto Indian completamente customizada que foi remontada do nada no celeiro da família dele.

Mas, sabe, é coisa de macho. Aparentemente.

Não importa. O ponto é que fiquei fora por duas semanas: sem telefone, sem TV, nada de rádio, nenhum tipo de recurso de mídia que fosse. Eram férias, certo? Férias de verdade. Bem, exceto pela parte de se divertir.

Então como é que eu poderia saber enquanto estava fora que uma garota da minha classe tinha batido as botas? Ninguém mencionou uma palavra que fosse a respeito disso para mim.

De qualquer forma, não até a sala de chamada.

Esse é o problema, mesmo, de se morar numa cidade tão pequena. Eu ficava na mesma sala de chamada com as mesmas pessoas desde o ensino fundamental. Ah, claro, de vez em quando, alguém se muda da cidade, ou surge um aluno ou uma aluna nova, porém, na maior parte do tempo, são os mesmos velhos rostos, ano após ano.

Motivo pelo qual, no primeiro dia de aula do penúltimo ano na Ernest Pyle High School, eu me sentei sorrateiramente no segundo assento perto da porta. Eu sempre acabava ficando nesse lugar porque nos sentávamos em ordem alfabética, e meu sobrenome, Mastriani, me colocava em segundo lugar dentre os alunos com sobrenome iniciando com *M*, logo depois de Amber Mackey, que sempre se sentava na minha frente na sala de chamada. Sempre.

Menos naquele dia. Naquele dia, ela não apareceu.

Ei, eu não sabia o porquê. Como é que eu ia saber? Amber nunca havia faltado no primeiro dia. Ela não era muito mais esperta do que eu, mas a gente nunca *faz* realmente alguma coisa no primeiro dia de aulas, então, por que faltar? Além disso, ao contrário de mim, Amber sempre gostou da escola. Ela era líder de torcida. Estava sempre toda-toda "Temos vigor, para valer, nós temos, temos energia, e *você*?".

Vocês conhecem o tipo.

Um tipo de aluna que, sei lá, a gente espera que apareça no primeiro dia de aula na escola, nem que seja só para exibir seu novo bronzeado.

Então deixei a primeira cadeira na fileira perto da porta livre. Todo mundo foi entrando, se sentando em seus lugares, parecendo meticulosamente indiferentes, mesmo sabendo que a maioria dos alunos (as meninas, pelo menos) tinham passado horas escolhendo e selecionando a dedo as roupas perfeitas para exibir a quantidade de peso que tinham perdido no verão... ou as novas luzes nos cabelos... ou os dentes clareados por meio de processos químicos.

Todo mundo se sentou onde deveria se sentar; tínhamos feito isso vezes o suficiente para sabermos, no segundo ano do ensino médio, quem se sentava atrás de quem na sala de chamada, e as pessoas estavam todas falantes, "Ei, como foram suas férias de verão?" ou "Ai, meu Deus, como você está bronzeada", ou "Essa saia é tão *fofa*!".

E então tocou o sinal, e o Sr. Cheaver entrou com a lista de chamada e disse para nos acalmarmos, embora às 8h15 da manhã ninguém estivesse exatamente animadíssimo.

Então ele baixou o olhar para a lista de chamada, hesitou e disse, "Mastriani".

Ergui a mão, mesmo com o Sr. Cheaver praticamente parado na minha frente, e mesmo com ele tendo sido meu professor de civilizações mundiais no ano anterior, então não era como se não fosse me reconhecer. Certo, Ruth e eu tínhamos gastado uma quantia considerável de nossos pagamentos como monitoras no acampamento Wawasee comprando roupas em outlets fora da cidade de Michigan, e eu estava usando, graças à insistência dela, uma saia de verdade para ir à escola, algo que pode ter tirado o foco do Sr. C. um pouquinho, já que ele nunca havia me visto aparecer na escola usando algo diferente de calça jeans e camiseta.

Ainda assim, como ressaltou Ruth, eu nunca deixaria Rob perceber o quanto ele havia errado em não sair comigo até conseguir que outro sujeito me levasse para sair (e fosse vista por Rob na companhia desse outro cara), então, segundo a Ruth, eu tinha que "fazer um esforço" neste ano. Eu estava vestida com roupas da marca Esprit da cabeça aos pés, mas não era tanto na esperança de atrair pretendentes em potencial, e mais porque, tendo voltado tão tarde na noite anterior (Ruth se recusa totalmente a passar dos limites de velocidade quando dirige, até mesmo quando não há nenhum fosso que seja à vista, onde um patrulheiro de estradas poderia se esconder), eu não tinha nenhuma outra roupa limpa além daquelas.

Talvez, pensei, o Sr. Cheaver não esteja me reconhecendo por causa da minha minissaia e do meu suéter de algodão. Então falei:

— Aqui, Sr. C. — Para mostrar a ele que estava presente.

— Estou vendo você, Mastriani — disse o Sr. C., em seu costumeiro modo lento e preguiçoso de falar. — Sente-se uma carteira à frente.

Olhei para o assento vazio adiante.

— Ah, não, Sr. C. — falei. — Esse é o lugar de Amber. Ela deve estar atrasada ou algo assim. Mas ela vai aparecer.

O que se seguiu foi um silêncio estranho. Sério. Quero dizer, nem todos os silêncios são iguais, mesmo se pensarmos em termos de definição — a ausência de som — eles não seriam iguais.

Contudo, aquele silêncio foi *mais* silencioso do que a maioria. Como se todo mundo, ao mesmo tempo, subitamente tivesse decidido prender o fôlego.

O Sr. Cheaver, que também prendia a respiração, semicerrou os olhos ao voltá-los para mim. Eu não tolerava muitos professores na Ernie Pyle High, mas o Sr. C. não era um deles. E o motivo era porque ele não tinha essa de alunos prediletos. Ele odiava igualmente cada um de nós. Talvez me odiasse um pouco menos do que a alguns de meus colegas, pois no ano anterior eu realmente tinha feito a lição de casa que ele mandou a gente fazer, pois eu achava civilizações mundiais um assunto interessante, especialmente as partes sobre o assassinato em massa de populações inteiras.

— Em que planeta você esteve, Mastriani? — quis saber o Sr. Cheaver. — Amber Mackey não retornará.

Fala sério, como é que eu ia saber disso?

— Ah, é mesmo? — falei. — Os pais dela se mudaram ou algo assim?

O Sr. C. simplesmente me encarou de um modo muito desagradável enquanto o restante da sala soltou o fôlego de repente, todos ao mesmo tempo, e começou a cochichar. Eu não fazia a mínima ideia do que estavam falando, mas pelos olhares escandalizados estampados em seus rostos, eu poderia concluir que realmente tinha dito uma asneira. Tisha Murray e Heather Montrose pareciam particularmente desdenhosas a meu respeito. Pensei em me levantar e bater a cabeça de uma na outra até rachá-las, mas já havia tentado isso antes, sem sucesso.

Porém, uma outra coisa que eu estava "me esforçando" para conseguir nesse penúltimo ano — além de fazer com que algum jovem inocente se apaixonasse totalmente por mim para que eu pudesse caminhar, sempre de modo bem casual, de mãos dadas com ele na frente da garagem-oficina onde Rob vinha trabalhando desde que se formara no ano anterior — era não sair na porrada. Falando sério. Eu tinha passado semanas na detenção o bastante no ano passado graças à minha inaptidão de controlar meu impulso raivoso. Neste ano eu não cometeria o mesmo erro.

Esse era um dos motivos — além da minha total carência de uma calça jeans limpa da Levis — pelo qual eu tinha ido de minissaia para a escola. Não era tão fácil dar uma joelhada em alguém vestindo uma roupa que era uma mescla de viscose com Lycra.

Talvez, pensei, enquanto observava as expressões das pessoas ao meu redor, Amber tivesse engravidado, e todo mundo soubesse disso, menos eu. Ei, mesmo com as aulas de saúde do técnico Albright, obrigatórias para todos os alunos do segundo ano, nas quais éramos alertados quanto aos perigos do sexo inseguro, acontece. Até mesmo com líderes de torcida.

Porém, aparentemente esse não era o caso de Amber Mackey, pois o Sr. C. baixou o olhar para mim e disse, num tom monótono:

— Mastriani. Ela morreu.

— Morta? — repeti o que ele falou. — Amber Mackey?

— E depois, tal como uma imbecil: — Você tem certeza?

Não sei por que perguntei aquilo a ele. Quero dizer, se um professor diz que alguém morreu, a gente pode muito bem contar com o fato de que ele esteja falando a verdade. É que fiquei tão surpresa. Provavelmente isso é um clichê, mas a Amber Mackey sempre foi... bem, cheia de vida. Ela não era uma daquelas líderes de torcida de dar ódio na gente. Nunca era malvada de propósito com ninguém e sempre se esforçava bastante para se dar bem com as outras garotas da equipe, tanto em termos sociais quanto atléticos. Em termos acadêmicos, nunca foi nenhuma aluna exemplar digna de muitos méritos, se é que me entende.

Mas ela se esforçava. Sempre se esforçava, de verdade.

Não foi o Sr. C. quem respondeu à minha pergunta, e sim Heather Montrose.

— Tenho, ela morreu — confirmou ela, com o lábio superior meticulosamente cheio de gloss erguido em repulsa. — Em que planeta você esteve, afinal?

— É mesmo — disse Tisha Murray. — Achei que a *Garota Relâmpago* tivesse pelo menos uma pista.

— Qual é o problema? — perguntou Heather. — Seu radar psíquico está pifado ou algo do tipo?

Não sou exatamente o que se poderia chamar de garota popular, mas já que não tenho o hábito de sair por aí bancando uma vadia completa com as pessoas, como Heather e Tisha fazem, existem pessoas que realmente vêm em minha defesa contra elas. Uma dessas pessoas, Todd Mintz, linebacker no time de futebol americano da escola, que estava sentado atrás de mim, começou a dizer:

— Jesus, vocês duas podem parar com isso? Ela não faz mais esse lance psíquico. Lembram?

— É — disse Heather, mexendo sua longa cabeleira loira. — Ouvi dizer.

— E eu ouvi dizer — falou Tisha —, que exatamente há duas semanas ela encontrou um garotinho que tinha se perdido numa caverna ou algo assim.

Aquela era, claramente, uma inverdade. Aquilo havia acontecido um mês atrás. Mas eu não ia admitir isso a tipinhos como Tisha.

Felizmente, fui poupada de ter que apresentar qualquer resposta que fosse graças à diplomática intervenção do Sr. Cheaver.

— Com licença — disse o Sr. C. —, mas embora possa ser surpreendente para alguns de vocês, tenho uma aula para dar aqui. Se importariam de guardar suas conversas pessoais para depois do sinal? Mastriani. Sente-se uma carteira à sua frente.

Fiz o que ele mandou, e o restante de nossa fileira também. Enquanto fazíamos isso, sussurrei para Todd:

— Então, afinal, o que aconteceu com ela? — falei, pensando que a Amber havia desenvolvido leucemia ou algo do tipo, e que as líderes de torcida começariam a lavar carros o tempo todo para arrecadar dinheiro para ajudar na luta contra o câncer, que provavelmente chamariam de Fundo Amber.

No entanto, ao que parecia, a morte de Amber não tinha sido de causas naturais. Não se o que Todd sussurrou em resposta à minha pergunta fosse verdade.

— Eles a encontraram ontem — disse ele. — Com o rosto virado para baixo num poço. Foi estrangulada até morrer.

Ah!

Capítulo 2

Bem, e quem faria uma coisa dessas?

É sério. Eu quero saber.

Quem estrangularia uma líder de torcida e desovaria o corpo dela no fundo de um poço de pedra calcária?

Com certeza eu entendo o *desejo* de estrangular uma líder de torcida. Nossa escola é o antro de algumas das mais malvadas animadoras de torcida da América do Norte. Sério mesmo. É como se você tivesse que passar num teste provando que não tem nenhum pingo de compaixão humana só para entrar na equipe. As líderes de torcida da Ernest Pyle High School preferiam arrancar os próprios cílios a se dignar a falar com um aluno que não fosse do calibre social delas.

Mas, na real, levar isso a cabo? Sabe, acabar com a vida de uma delas? Mal parecia valer o esforço.

E, de qualquer forma, Amber não era como as outras. Eu tinha visto Amber sorrir para um caipira — termo pejorativo usado para se referir aos alunos que vinham em ônibus das rotas rurais até a Ernie Pyle, única escola de ensino médio do condado; um aluno que não vivia numa rota rural era chamado, vejam que criativo, de urbano.

Amber era urbana, assim como Ruth e eu, mas nunca vi a garota se gabando com arrogância disso para ninguém, como faziam com frequência Heather, Tisha e a laia delas. Quando foi selecionada como capitã da equipe nas aulas de educação física, em momento algum Amber escolheu primeiro todo o pessoal urbano e depois foi selecionar os caipiras. Amber, quando caminhava pelo corredor com seus livros e pompons, nunca ria de deboche nem fazia expressões de escárnio para as calças jeans da Wrangler e Lee dos caipiras, as únicas marcas de "roupas de brim" que eles podiam comprar. Eu nunca vi Amber administrar um "Teste de Caipirice": apontar para uma porta e perguntar a uma vítima desavisada o que era aquilo. (Se a resposta fosse "porta", sem carregar no R, a pessoa estaria a salvo. Se, contudo, dissesse "porrrta", carregando no R, seria rotulada como caipira e viraria motivo de chacota por causa de sua fala arrastada.)

É de se admirar que eu tenha problemas com controle de raiva? Ah, fala sério! Você não teria, se tivesse que lidar com esse tipo de baboseira todos os dias?

Seja lá como for, só me parecia uma pena que, de todas as líderes de torcida, fosse justamente Amber a escolhida para morrer. Sabe, eu realmente gostava dela.

E não era a única, como logo descobri.

— Bom trabalho — sibilou alguém ao passar por mim no corredor enquanto eu seguia em direção ao meu armário.

— Parabéns! — disse mais alguém quando eu estava saindo da aula de biologia.

E isso não foi tudo. Recebi também um sarcástico, "Muito obrigado, *Garota Relâmpago*", perto do bebedouro, além de ter sido chamada de "piranha" quando passei por um grupinho de *Pompettes*, as líderes de torcida dos calouros.

— Não entendo — falei para a Ruth durante o ensaio da orquestra no quarto período, enquanto abríamos as maletas de nossos instrumentos. — É como se as pessoas estivessem me culpando ou algo do tipo pelo que aconteceu a Amber. Como se eu tivesse algo a ver com isso.

Ruth, enquanto aplicava resina no arco de seu violoncelo, balançava a cabeça.

— Não é isso — disse ela. Aparentemente, ela havia conseguido informações na aula de inglês. — Acho que quando Amber não voltou para casa na sexta à noite, os pais dela chamaram a polícia e tal, mas eles não tiveram sorte em encontrar a menina. Então acho que um pessoal ligou para sua casa, sabe, achando que você poderia ser capaz de rastreá-la. Sabe? Com seu lance psíquico. Mas, é claro, você não estava em casa, e sua tia não quis dar a nenhum deles o número do celular de emergência do meu pai, e não existe nenhum outro jeito de encontrar a gente lá na nossa casa de veraneio, então...

Então? Então *era* minha culpa. Ou, no mínimo, culpa da minha tia-avó Rose. Agora eu tinha ainda mais um motivo para nutrir ressentimentos por ela.

Tudo bem que passei por maus bocados para convencer a todo mundo de que não tenho mais a habilidade psíquica de encontrar pessoas desaparecidas. Que o lance da última primavera, quando fui atingida por um raio, e de repente podia dizer, apenas olhando para a foto de uma pessoa, onde ela estava, tinha sido totalmente um acaso feliz. Eu falei isso à imprensa também. Falei para a polícia e para o FBI. A *Garota Relâmpago* — que era como a mídia se referiu a mim por um tempo — não mais existia. Meus poderes extrassensoriais tinham ido embora tão misteriosamente quanto tinham chegado.

Exceto, é claro, que isso não tinha acontecido. Eu vinha mentindo para tirar a imprensa (e a polícia) do meu pé.

E, ao que tudo indicava, todo mundo na Ernest Pyle High School sabia disso.

— Olha — disse Ruth enquanto treinava, tocando algumas cordas. — Não é sua culpa. Se muito, é culpa da sua tia louca. Ela deveria saber que se tratava de uma emergência e ter dado o número do celular do meu pai. Mas, mesmo assim, você conhecia a Amber. Não era a flor mais bela do jardim. Ela teria saído com o Freddy Krueger se ele a tivesse convidado. Não é mesmo de se admirar que tenha acabado com o rosto enfiado no fundo do poço na Pike.

Se o propósito daquilo era me confortar, não deu certo. Voltei furtivamente para a seção das flautas, mas não conseguia me concentrar no que o Sr. Vine, nosso professor na orquestra, estava dizendo. Eu só conseguia pensar no show de talentos do ano anterior, quando Amber e seu namorado de longa data, Mark Leskowski, o quarterback dos Cougars da Ernie Pyle High, fizeram aquela apresentação tosca "Anything you can do I can do better", e em quão a sério Amber tinha levado sua apresentação, e em quão certa estava de que ela e Mark venceriam.

O que, é claro, não aconteceu: o primeiro prêmio foi para um cara cujo Chihuahua uivava todas as vezes em que ele ouvia a música tema do seriado *Sétimo céu*, mas a Amber ficou animadíssima com a segunda colocação.

Mortalmente animada, não pude evitar pensar.

— Tudo bem — disse o Sr. Vine logo antes de o sinal tocar. — No restante da semana faremos audições para definir as cadeiras. Clarim e outros do gênero, amanhã, cordas na quarta-feira, instrumentos de sopro na quinta, e percussão na sexta. Então me façam um favor e treinem, para variar, OK?

O sinal da hora do almoço tocou; no entanto, em vez de sair correndo das salas, a maior parte do pessoal pegou sanduíches e latas de refrigerantes quentes sob suas carteiras. Isso porque a maioria dos alunos da orquestra sinfônica são nerds que temem se aventurar no refeitório, onde poderiam ser ridicularizados por seus colegas com dotes mais atléticos. Sendo assim, passam a hora do almoço na ala musical, mastigando ruidosamente sanduíches empapados de atum e discutindo quem é o melhor capitão da Enterprise, Kirk ou Picard.

Ao contrário de mim e de Ruth. Em primeiro lugar, porque nunca suportei nem pensar em comer numa sala onde as palavras "válvula de cuspe" são mencionadas com tamanha frequência. Em segundo lugar, Ruth já havia me explicado que, com nossos novos guarda-roupas, e com sua recente perda de peso, não iríamos nos esconder nas entranhas da ala musical. Não, iríamos ver e ser vistas. Embora o coração da Ruth ainda pertencesse a Scott, o fato era que ele morava a quase 500 quilômetros de distância. Tínhamos apenas dez meses para garantirmos companhia na formatura, e Ruth insistia que começássemos de imediato.

Porém, antes de sairmos da sala da orquestra, fomos acossadas por uma das pessoas que eu menos apreciava, a colega flautista Karen Sue Hankey, que se apressou em me informar que eu poderia desistir de todas as esperanças de me manter na terceira cadeira neste ano, pois ela vinha treinando durante quatro horas por dia e tendo aulas com um professor particular de música numa faculdade ali perto.

— Ótimo — respondi, enquanto eu e Ruth tentávamos passar por ela.

— Ah, e a propósito — acrescentou Karen Sue —, foi bem legal mesmo a forma como você esteve lá para ajudar Amber e tudo o mais.

Mas se eu achava que isso seria o pior que ouviria sobre o assunto, estava tristemente enganada. Foi dez vezes pior no refeitório. Tudo que eu queria fazer era pegar meu Tater Tots e sair dali, mas você acha que me deixaram fazer isso? Ah, não.

Porque no minuto em que entramos na fila, Heather Montrose e sua clone maligna, Tisha, entraram de fininho na fila atrás de nós e deram início a seus comentários.

Não entendo. Realmente não entendo. Sabe, o que declarei na última primavera, quando as aulas acabaram, era que não possuía mais meus poderes psíquicos. Então por que todo mundo tinha tanta certeza de que eu havia mentido? A única pessoa que sabia da verdade era Ruth, e ela nunca a revelaria.

Mas alguém tinha feito fofoca, isso era certo.

— Então, como é? — Quis saber Heather, enquanto se movimentava furtivamente para ficar ao meu lado na fila dos grelhados. — Quero dizer, saber que alguém morreu por sua causa.

— Amber não morreu por causa de nada que eu fiz, Heather — falei, mantendo o olhar na bandeja que eu deslizava enquanto passava pelas tigelas de gelatina verde-limão com uma aparência nojenta, e um pudim de tapioca suspeitosamente encaroçado. — Amber morreu porque alguém a matou. Um alguém que não fui eu.

— É — concordou Tisha. — Mas, segundo o legista, ela foi mantida em cativeiro antes de ser morta. Havia marcas de *adaturas* nela.

— Ataduras — corrigiu Ruth.

— Isso aí — disse Tisha. — O que quer dizer que, se você estivesse por aqui, poderia tê-la encontrado.

— Bem, eu não estava por aqui — falei. — OK? Desculpe aí por ter tirado férias.

— É mesmo, Tish — disse Heather, com uma vozinha de reprovação. — Ela precisa tirar férias em algum momento. Quero dizer, ela provavelmente precisa disso, já que mora com aquele retardado e tal.

— Ai, meu Deus! — ouvi Ruth grunhir, e então, cuidadosamente, ela ergueu a própria bandeja e a retirou da linha de fogo.

Isso, claro, porque Ruth sabia. Não existem muitas coisas capazes de fazer eu me esquecer dos conselhos de controle de raiva que recebi do Sr. Goodhart, lá em cima, na sala do orientador. Entretanto, até mesmo depois de quase dois anos sendo instruída a contar até dez antes de ceder à minha raiva — além de quase dois anos de detenção por ter fracassado desafortunadamente em meus esforços para controlá-la —, qualquer menção pejorativa ao meu irmão Douglas ainda é o gatilho que a libera.

Cerca de um segundo depois do comentário malévolo da Heather, ela estava imobilizada na parede de concreto detrás de si.

E era minha a mão que a estava mantendo presa lá. Pelo pescoço.

— Ninguém nunca falou — eu disse a ela, sibilando, com o rosto a uns cinco centímetros do dela —, que é rude tirar sarro de pessoas que são menos afortunadas do que você?

Heather não respondeu. Mas nem podia, porque eu a prendia pela laringe.

— Ei. — Soou uma voz grave atrás de mim, alarmada. — Ei. O que está acontecendo aqui?

É claro que reconheci a voz.

— Vai cuidar da sua vida, Jeff — falei.

Jeff Day, atacante no futebol americano e um completo idiota, nunca foi um dos meus prediletos.

— Solta a garota — disse Jeff, e senti uma de suas patas corpulentas no meu ombro.

Com uma cotovelada precisa, logo pus um fim à intervenção dele. Enquanto Jeff arfava, tentando respirar atrás de mim, afrouxei um pouco minha pegada em Heather.

— Agora. — Me virei pra ela. — Você vai se desculpar?

Mas eu tinha subestimado quanto tempo Jeff demoraria para se recuperar do golpe. Seus dedos, que pareciam linguiças, estavam no ombro novamente e, desta vez, ele conseguiu me fazer girar para encará-lo.

— Deixa a garota em paz! — berrou ele, o rosto cor de beterraba.

Achei que ele fosse me bater. Achei mesmo. E, na hora, meio que saboreei a ideia. Jeff tentaria me golpear, eu me desviaria dele, e depois o golpearia no nariz. Eu vinha ansiando por quebrar o nariz de Jeff Day já fazia um tempo. Desde o momento, pra falar a verdade, em que ele disse a Ruth que ela era tão gorda que precisaria ser enterrada numa caixa de piano, como fizeram com o Elvis.

Só que não tive uma oportunidade de quebrar o nariz do Jeff naquele dia. Não tive essa chance porque alguém veio atrás dele a passos largos enquanto ele retraía o punho cerrado, e o segurou no meio do impulso para o golpe, paralisando o braço dele atrás das costas.

— É assim que vocês defensores se divertem? — perguntou Todd Mintz. — Batendo em garotas?

— Muito bem. — Uma terceira voz definitiva, igualmente reconhecível para mim, separou o grupinho. O Sr. Goodhart, que segurava uma salada e um pote de iogurte, fez um aceno com a cabeça indicando as portas do refeitório. — Todos vocês. Na minha sala. Agora.

Jeff, Todd e eu fomos atrás dele, indignados. Só quando estávamos quase à porta foi que o Sr. Goodhart se virou e chamou, um pouco exasperado:

— Você também, Heather. — E ela veio conosco em silêncio.

Na sala do Sr. Goodhart, fomos informados de que não estávamos "começando o ano com o pé direito", e que realmente deveríamos "estabelecer um melhor exemplo para os alunos mais jovens", visto que agora todos nós estávamos no penúltimo ano da escola. "Caberia a nós nos reunirmos e tentarmos nos dar bem", especialmente depois da tragédia ocorrida no fim de semana.

— Sei que a morte da Amber abalou a todos nós — disse o Sr. Goodhart, transbordando sinceridade por todos os poros. — Mas vamos tentar nos lembrar de que ela teria gostado que confortássemos uns aos outros em nosso luto, e não que nos dividíssemos em bate-bocas triviais.

De todos nós, Heather era a única que nunca tinha sido arrastada para a sala de um orientador por causa de uma briga. Então, é claro que, em vez de ficar de boca fechada para que todos nós pudéssemos cair fora dali, ela apontou uma unha postiça para mim e disse:

— Foi ela quem começou.

Todd, Jeff e eu reviramos os olhos. Sabíamos o que viria em seguida.

O Sr. Goodhart lançou-se em seu discurso "Não me importo com quem começou, brigar é errado", que durou quatro minutos e meio, vinte segundos a mais do que a versão do ano anterior. Então o Sr. Goodhart prosseguiu com "Vocês são todos bons jovens. Têm um potencial ilimitado, cada um de vocês. Não desperdicem tudo isso usando violência, indo uns contra os outros".

E depois disse que poderíamos ir embora.

Menos eu, é claro.

— Não foi culpa minha — falei, assim que os outros saíram. — Heather chamou Douglas de retardado.

O Sr. Goodhart enfiou uma colherada de iogurte na boca.

— Jess — disse ele, a boca cheia. — As coisas vão ser assim de novo? Você, na minha sala todos os dias por causa de alguma briga?

— Não — falei. Dei um puxão para baixo na bainha da minha minissaia. Embora eu soubesse que ficava bem com ela, eu me sentia um pouco nua. Além disso, não tinha funcionado. Eu tinha entrado numa briga mesmo assim. — Estou tentando fazer o que o senhor disse. Sabe, todo o lance de contar até dez. Mas é só que... todo mundo está me cercando, me *culpando*.

O Sr. Goodhart parecia perplexo.

— Culpando você pelo quê?

— Pelo que aconteceu com a Amber.

Expliquei a ele o que todo mundo andava dizendo.

— Isso é ridículo! — disse o Sr. Goodhart. — Você não teria como impedir o que aconteceu, mesmo se ainda tivesse seus poderes. E você não os tem. — Ele olhou para mim. — Tem?

— É claro que não — falei.

— Então de onde eles estão tirando essa ideia de que você tem os poderes? — Quis saber o Sr. Goodhart.

— Não sei. — Olhei para a salada que ele estava comendo. — O que aconteceu ao senhor? Cadê o quarteirão com queijo?

Desde que o conheci, os almoços do Sr. Goodhart sempre consistiam numa refeição de hambúrguer com batatas fritas, geralmente gigantescas.

Ele fez uma careta.

— Estou de dieta — disse ele. — Segundo meu médico, tanto minha pressão arterial quanto o meu colesterol estão nas alturas.

— Uau! — falei. Eu sabia o quanto ele amava batatas fritas. — Sinto muito.

— Vou sobreviver — respondeu ele, dando de ombros. — A questão é... o que vamos fazer em relação a você?

O que decidimos fazer em relação a mim foi "Me dar mais uma chance". No entanto, "Mais um vacilo" e eu "Estaria fora".

O que seria sinônimo de detenção. Com D maiúsculo.

Estávamos tendo uma conversa amigável sobre o filho do Sr. Goodhart, Russell, que tinha acabado de começar a engatinhar, quando a secretária entrou, parecendo preocupada.

— Paul — disse ela. — Tem alguns homens aí fora, mandados pelo xerife. Eles querem levar Mark Leskowski para ser interrogado. Sabe, sobre a garota... Mackey.

O Sr. Goodhart parecia preocupado.

— Ai, meu Deus — disse ele. — Tudo bem. Ligue para os pais do Mark, por favor? E informe isso ao Sr. Feeney.

Fiquei observando, fascinada, enquanto o quadro administrativo da Ernie Pyle High entrava no alerta vermelho. O súbito surto de atividades me levou a sair da sala do Sr. Goodhart, mas eu afundei num sofá de vinil na sala de espera, de onde podia observar tudo sem ser interrompida. Era interessante ver o que acontecia quando outra pessoa que não eu estava metida em encrenca, para variar. Alguém foi despachado para encontrar Mark, uma segunda pessoa alertou os pais dele, e uma terceira discutiu com os dois representantes do xerife. Aparentemente, já que o Mark tinha apenas 17 anos, era um empecilho permitir que os policiais o tirassem do território da escola sem a autorização dos pais.

Depois de um tempinho, Mark apareceu, com um ar de perplexidade. Era um cara alto, de boa aparência, com cabelos escuros e olhos mais escuros ainda. Embora jogasse futebol americano, ele não tinha um pescoço grosso, como era de praxe, nem a cintura larga, nada disso. Era o quarterback do time. E esse era o motivo.

— O que está acontecendo? — perguntou ele à secretária, que lançou um olhar nervoso ao Sr. Goodhart, que, por sua vez, ainda estava gritando com os representantes do xerife, em sua sala.

— Hum... — disse a secretária —, eles ainda não estão preparados para receber você. Sente-se.

Mark se sentou no sofá de vinil alaranjado, bem de frente para mim. Eu o estudei por cima dos panfletos do exército que estava fingindo ler. A maioria das vítimas de assassinato, eu me lembro de ter visto isso em alguém lugar, conhecia seus assassinos. Será que Mark tinha estrangulado a namorada e desovado seu corpo no poço da Pike? E se ele fez isso, por quê? Ele era algum tipo de pervertido doente? Sofria daquela fúria de matança da qual eles sempre falavam no programa *America's Most Wanted*?

— Ei — disse Mark à secretária. — Tem um bebedouro aqui?

A secretária, nervosa, disse que tinha, e apontou para sua localização, um pouco abaixo, no corredor. Mark se levantou para pegar um copo de água. Não pude evitar e acabei notando, olhando por trás do panfleto que eu fingia ler, que a Levi's 505 lhe caía muito bem.

Ao voltar do bebedouro, Mark notou minha presença e me perguntou, com um tom educado:

— Ah, ei, desculpa. Você queria um copo de água?

Ergui o olhar do panfleto como se tivesse acabado de notar a presença dele.

— Quem? Eu? — perguntei. — Ah, não, obrigada.

— Ah. — Mark se sentou de novo. — Tudo bem.

Ele terminou de beber toda a água no copo, amassou-o e olhou ao redor, procurando uma lata de lixo, e, sem encontrar nenhuma, deixou o copo na mesa cheia de revistas espalhadas à nossa frente.

— Então... por que você está aqui? — perguntou ele.

— Tentei estrangular Heather Montrose — falei.

— É mesmo? — Ele abriu um sorriso largo. — Já senti vontade de fazer isso algumas vezes.

Eu quis ressaltar a ele que seria inteligente deixar isso de fora numa conversa com o xerife, mas não achei que pudesse fazer isso na frente da secretária, que estava ocupada fingindo não estar ouvindo nossa conversa.

— Quero dizer, aquela Heather — disse Mark. — Ela consegue ser uma verdadeira... — Educadamente, ele se conteve e não a xingou. Um verdadeiro escoteiro, Mark Leskowski. — Bem, você sabe.

— *Sei mesmo* — falei. — Escuta, sinto muito em relação à Amber. Ela era sua namorada, não era?

— Era.

O olhar contemplativo do Mark passou do meu rosto para o centro da mesa entre nós.

— Obrigado.

A porta da sala do Sr. Goodhart se abriu, e ele saiu e pronunciou-se, com um tom forçado de jovialidade.

— Mark — disse ele. — Que bom ver você! Pode vir aqui um minutinho, por favor? Temos umas pessoas aqui que querem trocar uma palavrinha com você.

Mark assentiu e se levantou. E quando o fez, limpou as mãos nervosamente na calça que cobria suas coxas. Quando tirou as mãos dali, vi manchas de suor onde ele as havia colocado.

Estava suando, mesmo com o ar-condicionado ligado no máximo, e eu estava sentindo um pouco de frio, apesar de estar com meu suéter.

Mark Leskowski estava nervoso. Muito nervoso.

Ele baixou o olhar para mim quando passou pelo sofá onde eu estava.

— Bem — disse ele. — A gente se vê depois.

— Com certeza — falei. — Até depois!

Ele entrou na sala do Sr. Goodhart. Pouco antes de acompanhar Mark até sua sala, o Sr. Goodhart percebeu que eu ainda estava sentada ali.

— Jessica — disse ele, apontando um polegar para a porta que dava para o corredor central. — Fora!

E então fui embora dali.

Capítulo 3

— Entendi — disse Ruth, enquanto seguíamos de carro para casa, com a capota abaixada, após o fim das aulas daquele dia.

Porém, eu estava distraída demais para responder a ela, pois tínhamos acabado de passar pelo desvio que dava para a Pike's Creek Road.

— Cara — falei. — Você passou.

— Passei pelo quê? — perguntou Ruth, bebendo um gole da Diet Coke que tinha comprado no *drive-through*. Então ela fez uma careta. — Ai, meu Deus! Você *só pode* estar de brincadeira.

— Nem é *tão* longe assim do nosso caminho — ressaltei a ela.

— Você... — disse Ruth — nunca vai aprender. Vai?

— O quê? — Dei de ombros, fazendo cara de inocente. — O que é que tem de tão errado em passar de carro pelo lugar onde ele trabalha?

— Vou dizer a você o que tem de errado nisso — falou Ruth. — É uma violação direta d'As Regras.

Respirei fundo, com desdém.

— Estou falando sério — disse Ruth. — Meninos não gostam que a gente vá atrás deles, Jess. Eles gostam de vir atrás da gente.

— Não estou indo atrás dele — falei. — Estou meramente sugerindo que passemos de carro em frente à oficina onde ele trabalha.

— Isso — retrucou Ruth — é ir atrás dele. Assim como ligar pra ele e desligar quando ele atende. — Opa. Culpada! — Assim como ficar frequentando os lugares aonde ele normalmente costuma ir, decorar os horários dele e fingir que esbarrou nele por acaso.

Culpada. Culpada. Culpada.

Estalei meu cinto de segurança, irritada.

— Ele nunca saberia que estávamos dando uma passadinha lá só para vê-lo — falei —, se você fingisse que precisava trocar o óleo ou algo assim.

— Dá pra você — disse Ruth — parar de pensar em Rob Wilkins por 15 minutos e me dar ouvidos? Estou tentando lhe dizer que acho que entendi ou descobri o motivo pelo qual todo mundo ainda acredita que você tenha poderes psíquicos.

— Ah, é? — Eu estava tão desinteressada nisso. O dia tinha sido exaustivo. Já era ruim o bastante que uma garota que eu conhecia tivesse sido assassinada. O fato de as pessoas estarem me culpando pela morte dela foi ainda mais difícil de aguentar. — Sabe, Mark Leskowski até mesmo me ofereceu água hoje na sala do orientador. Se eu estivesse abandonada no deserto, nunca acharia que ele...

— Karen Sue — disse Ruth, enquanto fazíamos o retorno perto do Kroger's.

Olhei ao meu redor.

— Onde?

— Não. Karen Sue — repetiu Ruth — é a pessoa que está dizendo a todo mundo que você ainda tem poderes psíquicos. A Suzy Choi me contou ontem que ouviu Karen Sue contando a todo mundo no Thirty-one Flavors no sábado passado que, nas férias de verão, você encontrou um garotinho que tinha se perdido dentro de uma caverna.

Eu me esqueci completamente do Rob.

— Vou matá-la — falei.

— Sei. — Ruth balançou a cabeça, fazendo balançar seus cachos loiros. — E achávamos que tínhamos encoberto nossos rastros tão bem.

Eu não conseguia acreditar nisso. Karen Sue e eu nunca fomos exatamente amigas nem nada, mas me dedurar assim de um modo tão extremo... Bem, fiquei chocada.

No entanto, não deveria ter ficado *tão* chocada assim. Afinal, *era* de Karen Sue que estávamos falando. A garota a quem minha mãe me comparara durante anos, perguntando coisas como "Por que você não pode ser mais parecida com ela? Karen Sue nunca se mete em brigas e sempre veste o que a mãe a manda vestir, e nunca ouvi dizer que Karen Sue tenha se recusado a ir à igreja porque queria ficar em casa para assistir a reprises de episódios velhos de *Battlestar Galactica*".

Karen Sue Hankey. Minha inimiga mortal.

— Vou matá-la — falei de novo.

— Bem — disse Ruth, enquanto estacionava o carro na entrada da minha casa —, eu não sugeriria algo assim tão extremo. Mas um sermão rigoroso é algo a se pensar.

Certo. Ela ouviria meu sermão rigoroso até morrer.

— Agora — disse Ruth. — Que história é essa com Mark Leskowski?

Contei a ela sobre ter visto Mark na sala do orientador.

— Que coisa horrível! — exclamou Ruth, quando terminei meu relato. — Mark e Amber sempre eram tão fofos juntos. Ele a amava tanto. Como a polícia pode sequer suspeitar que ele tivesse algo a ver com a morte dela?

— Não sei — falei, me lembrando das palmas suadas dele, parte da história que deixei de fora quando a relatei a Ruth. — Talvez ele tenha sido a última pessoa a vê-la viva ou algo assim.

— Pode ser — disse Ruth. — Ei, talvez os pais dele queiram contratar meu pai para representar o Mark. Sabe, se os policiais realmente surgirem com alguma acusação para cima dele.

— É — falei. O pai da Ruth era o melhor advogado da cidade. — Talvez. Bem, é melhor eu ir. — Havíamos chegado em casa tão tarde na noite anterior que mal tive uma oportunidade de falar uma palavra que fosse com minha família. Mais um motivo pelo qual, poderia acrescentar, eu não ter ouvido nada sobre o que aconteceu a Amber. — A gente se vê depois.

— Até mais — disse ela, quando comecei a me preparar para sair do carro. — Ei, qual foi o lance com Todd Mintz no refeitório hoje, vindo em sua defesa contra Jeff Day?

Olhei para ela sem expressão alguma no rosto.

— Não sei — falei. Na verdade, nem havia me dado conta do que Todd tinha feito, mas agora que parava pra pensar nisso... — Acho que ele odeia Jeff tanto quanto a gente — falei, e dei de ombros.

Ruth deu risada enquanto saía de ré da entrada de carros da minha casa.

— É — disse ela. — Provavelmente é por isso. E essa minissaia não tem nada a ver com isso. Falei pra você que uma transformação no visual faria maravilhas pela sua vida social.

Ela buzinou quando foi se afastando com o carro, mas não iria muito longe. Os Abramowitz moravam na casa do lado da minha.

E foi por isso que, enquanto eu estava subindo os degraus da entrada da minha casa, pude ouvir o irmão gêmeo de Ruth, Skip, me chamar da entrada da própria casa.

— Ei, Mastriani. Quer passar aqui mais tarde e me deixar detonar você no Bandicoot?

Eu me inclinei e espiei Skip pela cerca viva alta que separava nossas casas. Meu bom Deus! Já havia sido ruim o bastante ter que passar duas semanas das minhas férias de verão praticamente encarcerada junto a ele. Se ele achava que eu prolongaria minha sentença de boa vontade, estava doido.

— Hum — falei. — Pode ficar pra depois?

— Sem problemas — gritou Skip em resposta.

Dando de ombros, entrei em casa e fui recebida por alguém ainda mais aterrorizante do que o Skip.

— Jessica — disse a minha tia-avó Rose, me interceptando no vestíbulo antes mesmo de eu ter uma oportunidade de subir correndo a escada até meu quarto. — Aí está você. Eu estava começando a achar que não chegaria a ver você nessa viagem.

Eu tinha conseguido fugir dela na noite anterior, chegando em casa tão tarde, e então, de novo, hoje de manhã, antes de ir para a escola, saindo voando de casa antes do café da manhã. Achei que ela teria ido embora quando eu voltasse das aulas.

— Seu pai vai me levar até o aeroporto — continuou minha tia-avó Rose — daqui a meia hora, sabe?

Meia hora! Se Ruth tivesse passado na oficina onde Rob trabalha, como eu tinha pedido, eu poderia ter conseguido evitar minha tia-avó por completo desta vez!

— Oi, titia — falei, me curvando para beijá-la na bochecha. Minha tia-avó Rose é a única pessoa da minha família mais baixa do que eu, mas isso só se deve ao fato de a osteoporose tê-la feito encolher, chegando a 1,50 metro, ficando alguns centímetros mais baixa do que eu.

— Bem, deixe-me ver você — disse Rose, me afastando dela com um empurrãozinho.

Seus olhos castanhos lacrimosos me percorreram com um ar crítico da cabeça aos pés.

— Humf — disse ela. — É bom ver você usando uma saia pra variar. Mas não acha que é um pouco curta demais? Eles deixam as meninas irem à escola com essas saias tão curtas hoje em dia? Porque, na minha época, se eu aparecesse na escola com uma saia dessas, teria que voltar para casa para me trocar!

Pobre Douglas. Durante duas semanas fora condenado a aturar sozinho a presença da tia-avó Rose. Não era de se admirar que estivesse fingindo estar dormindo ontem à noite quando voltei para casa. Eu também não iria querer falar com uma traidora como eu.

— Toni! — berrou Rose, falando com minha mãe. — Venha até aqui e veja o que sua filha está vestindo. É assim que você permite que ela se vista hoje em dia?

Minha mãe, ainda bronzeada e feliz com sua viagem para o leste, de onde ela e o meu pai tinham acabado de voltar na véspera, entrou no vestíbulo.

— Ah, para mim ela está ótima — disse minha mãe, analisando meu visual com aprovação. — Bem melhor do que o que costumava vestir no ano passado, quando eu mal conseguia fazer com que se desfizesse da dupla camiseta e calça jeans.

— Hum — falei, me sentindo desconfortável. Tinha conseguido chegar até o patamar da escada, mas não via como conseguiria subir mais degraus furtivamente, sem que me notassem. — Foi ótimo vê-la, tia Rose. Uma pena que a senhora tenha que ir embora tão cedo, mas eu tenho muita lição de casa...

— Lição de casa? — interrompeu a minha mãe. — No primeiro dia de aula? Ah, acho que não!

Minha mãe tinha sacado qual era a minha, é claro. Ela sabia muitíssimo bem como eu me sentia em relação à tia-avó Rose. Ela mesma não queria ficar presa com a velha tagarela. E tinha deixado o Douglas sozinho com ela durante duas semanas! Duas semanas!

Que punição cruel e incomum!

Por outro lado, se minha mãe estava contando com Rose para manter os olhos de águia pregados nele, não poderia ter encontrado alguém melhor. Nada passava batido pela tia-avó Rose.

— Isso aí que você está usando é batom, Jessica? — perguntou minha tia-avó num tom exigente quando deixamos a escuridão do vestíbulo e entramos na cozinha bem iluminada.

— Hum — falei. — Não, é brilho labial, tipo um hidratante para os lábios, sabor cereja.

— Batom! — gritou minha tia-avó Rose com repulsa.
— Batom e minissaias! Não é de se admirar que todos aqueles meninos tenham ficado ligando para cá enquanto você estava ausente. Provavelmente acham que você é uma menina fácil.

Ergui as sobrancelhas ao ouvir aquilo.

— É mesmo? Garotos me ligaram? — Eu sabia, claro, que meninas tinham ligado, entre outras, Heather Montrose, mas não sabia nada sobre garotos terem telefonado. — Algum deles se chamava Rob?

— Não perguntei os nomes deles — disse minha tia-avó. — Disse que não era mais para ligarem para cá. Expliquei que você não era esse tipo de garota.

Soltei um palavrão que fez minha mãe lançar um olhar de aviso para mim. Felizmente Rose não ouviu o que eu disse, já que estava ocupada demais falando.

— Uma emergência, eles ficavam dizendo — falou ela. — Precisavam falar com você imediatamente, por causa de alguma emergência. Ridículo! Você sabe que tipo de emergência esses adolescentes têm, é claro. Provavelmente não tinha mais Cherry Coke para vender na loja local de refrigerantes.

Voltei um olhar bem duro para minha tia-avó e disse:

— Na verdade, uma garota da minha sala foi sequestrada. Uma das líderes de torcida. Encontraram-na ontem, flutuando num dos poços. Tinha sido estrangulada.

Minha mãe ficou alarmada.

— Ai, meu Deus! — disse ela. — Aquela garota? Sobre a qual li no jornal hoje de manhã? Você a conhecia?

Pais! É dose.

— Eu só me sentava atrás dela — falei — na sala de chamada, todo ano, desde o sexto ano.

— Ai, não! — Minha mãe levou as mãos ao rosto. — Pobres dos pais dela. Devem estar inconsoláveis. Acho que deveríamos mandar alguma comida a eles.

Donos de restaurante. É assim que eles pensam. Em qualquer crise, é sempre "Vamos mandar alguma comida a eles". Na última primavera, quando metade da força policial da nossa cidade montou acampamento no jardim da nossa casa para deter as hordas de repórteres que queriam uma entrevista com a *Garota Relâmpago*, tudo em que minha mãe conseguiu pensar foi em se certificar de que havia biscoitos em quantidade suficiente para eles.

Minha tia-avó Rose não estava nem de longe tão preocupada quanto minha mãe. Ela continuou falando:

— Líder de torcida? Foi bem feito pra ela. Andando toda empinada por aí com aqueles shortinhos. É melhor você tomar cuidado, Jessica, ou vai ser a próxima.

— Tia Rose! — gritou minha mãe.

— Bem — disse Rose, fungando. — Pode acontecer. Especialmente se você permitir que ela continue usando roupas assim. — E ela assentiu, olhando para minhas roupas.

Decidi dar um basta naquela visita. Subi e disse:

— Foi bom tê-la visto de novo, titia, mas acho que vou subir e dar um "oi" ao Douglas. Ele estava dormindo quando cheguei em casa ontem à noite, então...

— Douglas... — disse minha tia-avó, revirando os olhos. — E quando ele *não está* dormindo?

Aquilo me deu uma pista sobre como Douglas tinha tolerado a companhia da nossa tia-avó Rose durante as duas semanas em que ficou sozinho com ela. Fingiu estar dormindo!

Ele ainda estava fingindo quando entrei com tudo no quarto um minuto depois.

— Douglas — falei, abaixando o olhar para ele, ao lado da cama. — Desista. Sei que você não está dormindo de verdade.

Ele abriu um dos olhos.

— Ela foi embora? — perguntou ele.

— Quase — falei. — Papai está vindo pegá-la e vai levá-la ao aeroporto dentro de alguns minutinhos. Mamãe quer que você desça para se despedir.

Douglas deu um gemido e puxou um travesseiro para cima da cabeça.

— Estou brincando — falei, afundando na cama ao lado dele. — Acho que nossa mãe está tendo uma boa dose do que você teve que aguentar esse tempo todo. Não acho que vá convidar nossa tia-avó para ficar aqui em casa de novo tão cedo.

— O horror! — disse Douglas de sob seu travesseiro. — O horror!

— É — falei. — Mas, ei, agora acabou. Como você está?

Douglas me respondeu, com a voz ainda abafada pelo travesseiro:

— Bem, não cortei os pulsos desta vez, né? Então devo estar bem.

Digeri a informação. O motivo pelo qual não se podia confiar e deixar que Douglas, com 20 anos, ficasse sozinho em casa durante duas semanas era por causa de sua tendência de ouvir vozes. Que andavam bem caladinhas com a ajuda dos medicamentos, porém, de vez em quando, Douglas ainda tinha seus episódios. Era assim que os médicos se referiam ao fato de ele ouvir vozes, e depois fazer o que elas mandavam, o que, em geral, envolvia algo ruim, sabe, ah, sei lá, se matar.

Episódios.

— Deixa eu te falar uma coisa — disse ele de debaixo do travesseiro. — Quase fiz foi um episódio da tia-avó Rose, isso sim.

— É mesmo? — Uma pena não tê-lo feito. Eu poderia ter recebido a mensagem sobre o desaparecimento de Amber a tempo de tê-la salvado. — E os Federais? Algum sinal deles?

O FBI, assim como meus colegas de classe, recusava-se a acreditar que eu não tivesse mais poderes psíquicos. Eles ficaram muito ocupados comigo na última primavera, quando ouviram falar da minha "habilidade especial". Ficaram tão encantados com isso que, na verdade, decidiram voluntariar minha ajuda na localização de alguns indivíduos desagradáveis em sua lista de mais procurados. Porém, eles só se esqueceram de um detalhe: de me *perguntar* se eu queria trabalhar para eles.

É claro que eu não queria trabalhar para eles. Foi preciso usar todo tipo de artifício desagradável — inclusive mentir, dizendo que não tinha mais nenhum poder psíquico — para conseguir me livrar das garras deles. Desde então, deram para me seguir aonde quer que eu fosse, esperando por um deslize meu, momento em que, suponho, apontarão os dedos para mim e gritarão: "Sua mentirosa duma figa!"

Ao menos, isso é tudo que espero que eles façam.

Douglas empurrou o travesseiro para longe e sentou-se na cama.

— Nada de van branca misteriosamente estacionada do outro lado da rua desde que você foi para o acampamento — disse ele. — Tirando tia Rose, tudo ficou bem tranquilo e quieto por aqui. Sabe, sem você e o Mike aqui.

Ficamos em silêncio por um minuto, pensando no Mike. Do outro lado do corredor, a porta do quarto dele estava aberta, e dava para ver que seu computador, todos os livros, e seu telescópio não estavam mais lá. Deviam estar em algum quarto de um dormitório em Harvard agora. Mike torturaria seu novo colega de quarto, em vez de fazer isso comigo e com Douglas, com sua obsessão por Claire Lippman, a ruiva bonitinha cuja janela Mike passara tantas horas espiando.

— Vai ser estranho sem ele aqui — disse Douglas.

— É — falei.

Mas, na verdade, eu não estava pensando em Mike. Estava pensando em Amber. Claire Lippman, a garota que Mike amava platonicamente já fazia alguns anos, passava quase todo seu tempo livre no verão se bronzeando na região dos poços. Fiquei me perguntando se ela teria visto Amber por lá, antes do crime que lhe tirou a vida.

— Por que você está assim tão arrumada? — perguntou Douglas um segundo depois.

Olhei para baixo, surpresa.

— Ah — falei. — Para ir à escola.

— Escola? — Douglas parecia chocado. — Desde quando você algum dia se deu ao trabalho de se arrumar toda para ir à escola?

— Estou virando uma nova página na minha vida — informei-o. — Nada mais de jeans, nem camisetas, nem brigas e nem mais detenção.

— Corolário interessante — comentou Douglas. — Colocar lado a lado calça jeans, briga e detenção. Mas vou morder sua isca. Pergunto: funcionou?

— Não exatamente — falei, e contei a ele sobre o meu dia, excluindo o comentário de Heather a respeito dele.

Quando terminei, Doug soltou um longo e baixo assovio.

— Agora eles estão colocando a culpa em você — disse ele. — Mesmo com você não tendo como, possivelmente, nem ter ficado sabendo nada sobre o que aconteceu?

— Ei — falei, dando de ombros. — Amber era da galera popular, e garotos populares não são populares por suas capacidades de raciocinarem com objetividade. Só pelo visual, principalmente. Ou talvez pela capacidade de encher o saco.

— Nossa — falou Douglas. — O que você vai fazer?

— O que eu *posso* fazer? — perguntei, dando de ombros. — Quero dizer, ela está morta.

— Você não poderia... sei lá. Não teria como invocar uma imagem do assassino dela? Sabe, na sua mente? Se você se concentrasse bastante e tal.

— Sinto muito — falei, a voz monótona. — Não é assim que funciona.

Infelizmente. Minha habilidade psíquica não vai além de endereços. É sério. Mostre a mim uma foto de uma pessoa e, naquela noite, vou sonhar com a localização mais recente dela. Mas indicações premonitórias de números da loteria? Não. Visões de acidentes com aviões, ou algo que vá impedir um desastre em escala nacional? Nada. Tudo que consigo fazer é localizar pessoas desaparecidas. E só consigo fazer isso dormindo.

Bem, pelo menos na maioria das vezes. Houve um estranho incidente no verão quando consegui invocar a localização de alguém só abraçando seu travesseiro...

Mas eu continuava convencida de que isso tinha sido um acaso da sorte.

— Ah — disse Douglas de repente, se inclinando para tirar algo de debaixo da cama. — A propósito, fiquei encarregado de pegar as correspondências dos Abramowitz enquanto estavam fora, e tomei a liberdade de tirar isso deles. — Ele me apresentou a um enorme envelope marrom endereçado a Ruth. — Acredito que seja da sua amiga do Disque-Desaparecidos, não?

Peguei o envelope e abri. Dentro dele — conforme era feito toda semana, endereçado a Ruth, já que eu suspeitava que os Federais estivessem analisando minhas correspondências, só esperando por algo assim para provar que menti quando disse que não tinha mais poderes psíquicos — havia um bilhete da minha agente na organização de crianças desaparecidas, Rosemary, e uma foto de uma criança que ela havia constatado estar realmente sumida, de verdade... não era fugitiva, ou seja, que poderia estar desaparecida por opção, ou uma criança roubada por um dos pais que não tinha sua custódia, podendo estar melhor onde estava. Mas sim uma criança genuína e verdadeiramente desaparecida.

Olhei para a foto de uma menina asiática dentuça com prendedores de borboleta nos cabelos e soltei um suspiro. Amber Mackey, que se sentou na minha frente, na sala de chamada, todos os dias durante seis anos, podia estar morta. Mas, para o restante de nós, a vida continuava.

É. Tente falar isto para os pais de Amber.

Capítulo 4

Quando acordei, na manhã seguinte, sabia de duas coisas: uma, que Courtney Hwang estava morando na Baker Street em São Francisco. E a segunda era que eu iria de ônibus para a escola naquele dia.

Não me pergunte o que uma coisa tinha a ver com a outra. Meu palpite seria de que não tinham nada a ver.

Porém, se eu fosse de ônibus para escola, teria uma chance diferente daquela que teria caso fosse de carona com Ruth em seu Cabriolet: conversar com Claire Lippman e descobrir se ela sabia algo a respeito das atividades na área dos poços logo antes de Amber desaparecer.

Primeiro telefonei para Ruth. Minha ligação para a Rosemary teria que esperar até eu encontrar um telefone que ninguém pudesse relacionar a mim, caso o Disque-Desaparecidos rastreasse a ligação. O que, na verdade, eles faziam com todas as chamadas que recebiam.

— Você quer pegar o ônibus — repetiu Ruth, incrédula.

— Não é nada contra seu Cabriolet — garanti a ela. — É só que tenho que trocar umas palavrinhas com a Claire.

— Você quer pegar o ônibus — disse Ruth de novo.

— É sério, Ruth — falei. — Vai ser só uma vez. Eu só queria fazer umas perguntas a Claire sobre o que estava acontecendo na região dos poços na noite em que Amber desapareceu.

— Tudo bem — disse Ruth. — Pegue o ônibus. Não estou nem aí. O que você está usando?

— Quê?

— No seu corpo. O que você está vestindo?

Olhei para mim mesma.

— Minissaia cargo verde-oliva, regata de crochê bege com um cardigã de manga três quartos combinando, e alpargatas, também bege.

— As plataformas?

— Sim.

— Bom — disse Ruth, e desligou.

Moda é *algo difícil*. Não sei como as garotas populares fazem isso. Pelo menos, como meus cabelos eram curtos e meio espetados, eu não precisava usar secador e nem fazer penteados. Acho que isso sim acabaria comigo.

Claire estava sentada nos degraus da entrada da casa onde o ônibus pega as crianças da nossa vizinhança para irem à escola. Moro naquele tipo de vizinhança onde as pessoas não se importam que a gente faça esse tipo de coisa. Refiro-me a se sentar na entrada da casa delas enquanto espera o ônibus.

Ela estava comendo uma maçã e lendo algo que parecia um roteiro. Claire, que já estava no último ano, era a estrela no clube de teatro da Ernie Pyle High. Sob a brilhante luz do sol matinal, seus cabelos curtos e vermelhos reluziam. Definitivamente, Claire os tinha secado com secador e penteado havia poucos minutos.

Ignorando todos os calouros nerds e os renegados sem carro reunidos na calçada, falei:

— Oi, Claire.

Ela ergueu o olhar, semicerrando os olhos para conseguir enxergar com aquele sol. Então engoliu o que mastigava e disse:

— Ah, olá, Jess. O que você está fazendo aqui?

— Ah, nada — falei, me sentando no degrau abaixo daquele do qual ela havia se apropriado. — Ruth teve que sair cedo, só isso.

Rezei para que Ruth não passasse de carro bem enquanto eu estava dizendo aquilo, e que, se passasse, não tocasse a buzina, tal como ficava tentada a fazer quando passávamos ali por aqueles que sempre consideramos os renegados no ponto de ônibus.

— Ah — disse Claire. — Ela olhou de relance, com ar de admiração, para minha perna descoberta. — Você pegou um ótimo bronzeado. Como conseguiu?

Claire Lippman sempre fora obcecada por bronzeamento. Na verdade, era por causa dessa obsessão que meu irmão, Mike, se tornara obcecado por ela. Ela passava quase todas as horas nos meses de verão tomando sol no terraço de casa... exceto quando conseguia que alguém a levasse até a região dos poços. É claro que era contra a lei nadar nos poços, e era por esse mesmo motivo que todo mundo fazia isso, e Claire Lippman, mais do que todo mundo. Embora, por ser ruiva, seu passatempo devesse ser especialmente frustrante para ela, já que demorava quase um verão inteiro de exposição ao sol para ficar com um tom mínimo de bronzeado. Sentada ao lado dela, eu me sentia um pouco como a Pocahontas. A Pocahontas batendo um papo com A Pequena Sereia.

— Trabalhei como monitora de acampamento — expliquei a ela. — E depois eu e Ruth passamos duas semanas nas dunas, lá na região do lago Michigan.

— Você é sortuda — disse Claire, num tom melancólico. — Eu passei o verão inteiro só na região dos poços.

Satisfeita por causa da entrada sutil no assunto que eu ansiava discutir com ela, comecei a dizer:

— Ei, é, é mesmo. Você devia estar lá então no dia em que Amber Mackey desapareceu...

Foi o que comecei a dizer, em todo caso. Contudo, não consegui terminar porque, para minha completa descrença, um Pontiac Firebird vermelho estacionou no ponto de ônibus, e Skip, irmão gêmeo de Ruth, pôs a cara para fora do teto solar e me disse:

— Jess! Ei, Jess! O que você está fazendo aqui? Você e a Ruth brigaram de novo?

Todos os nerds — a patrulha da mochila, que era como eu e Ruth os chamávamos por causa de suas imensas, bem, mochilas — se viraram para olhar para mim. E te digo: não existe nada, nada mais humilhante do que ser encarada por um bando de meninos de 14 anos.

Não tive escolha senão responder a Skip:

— Não, eu e Ruth não brigamos não. Só senti vontade de ir para a escola de ônibus hoje.

Sério, na história dos pontos de ônibus, será que alguém já havia falado algo tão tosco quanto isso?

— Deixa de ser boba — disse Skip. — Entra no carro. Eu levo você até a escola.

Todos os nerds, que tinham ficado encarando Skip enquanto ele falava, viraram as cabeças para olhar para mim, com ares de expectativa.

— Hum — disse eu, sentindo minhas bochechas corarem e grata porque meu bronzeado esconderia o rubor. — Não, obrigada, Skip. Claire e eu estávamos conversando.

— Claire pode vir também. — Skip enfiou a cabeça dentro do carro, inclinou-se até o outro lado e abriu a porta do lado do passageiro. — Venham!

Claire já estava juntando seus livros.

— Que ótimo! — Ela deu um gritinho agudo. — Obrigada!

Fui atrás, mais relutante. Aquilo não era nada do que eu tinha em mente.

— Vamos, Claire. — Estava dizendo Skip a ela quando me aproximei do carro. — Você pode entrar aí atrás...

Vi que Claire, com seu 1,75 metro de altura, hesitou quando olhou para o espaço confinado do banco traseiro do carro de Skip. Soltei um suspiro e disse:

— Eu vou atrás.

Quando eu estava confinada à escuridão do banco traseiro do Pontiac Firebird, Claire jogou o banco do passageiro para trás e entrou no carro.

— Que fofo da sua parte, Skip — disse ela, enquanto olhava para o próprio reflexo no retrovisor. — Muito obrigada. O ônibus é tranquilo e tal, sabe... Mas isso daqui é muito melhor.

— Ah — disse Skip, afivelando o cinto de segurança.
— Sei. Você está bem aí atrás? — perguntou ele para mim.

— Estou bem — falei. Eu precisava, eu sabia que precisava fazer a conversa voltar ao assunto dos poços. Mas como?

— Ótimo. — Skip deu partida no carro e saímos dali, deixando os nerds comendo poeira. Essa parte, pra falar a verdade, eu meio que curti.

— Então — disse Skip —, como vocês estão, meninas, nessa manhã?

Viram? Esse é o problema do Skip. Ele diz coisas como "Então, como vocês estão, meninas, nessa manhã?". Como levar a sério um cara que diz coisas assim? Skip não é feio nem nada, na verdade, ele se parece bastante com Ruth: um gordinho de óculos. Com a diferença, é claro, que Skip não tem peitos.

Ainda assim, Skip não é nenhum cara dos sonhos, apesar de seu Pontiac.

Uma pena ele não ter se tocado disso ainda.

— Estou bem — respondeu Claire.

— E você, Jess?

— Estou bem — falei, lá do banco traseiro do Pontiac que era do tamanho de uma caixa de fósforos. E lancei a pergunta:

— O que você estava falando, Claire? Sobre estar lá na região dos poços no dia em que Amber desapareceu?

— Ah — disse Claire.

O vento do teto solar estava despenteando todo o cabelo dela, mas Claire nem parecia se importar com isso. Ela passou os dedos nos cabelos com deleite. Não se pega esse ar fresco no ônibus!

— Meu Deus, que pesadelo *foi* aquilo. Tínhamos acabado de sair juntas, sabe, passamos o dia inteiro juntas. Nada demais. Alguns daqueles caras do time de futebol americano levaram uma grelha pra lá e ficaram fazendo churrasco, e todo mundo estava, você sabe, bem bêbado, mesmo depois de eu ter avisado que ficariam desidratados, por beberem cerveja sob o sol...

Para alguém cujo objetivo primário era cozinhar a pele até fritar, Claire sempre fora surpreendentemente consciente em relação à saúde. Um dos motivos pelo qual ela demorava tanto para conseguir o bronzeado tão desejado em todos os verões era porque insistia em se lambuzar de protetor solar com FPS 15.

— E então o sol se pôs, e algumas pessoas começaram a arrumar as coisas para, sabe, irem pra casa. E foi então que Mark... Leskowski, sabe? Ele e Amber estavam saindo desde sempre. De qualquer forma, ele estava todo "Alguém viu a Amber?" pra lá e pra cá. E todos nós começamos a procurá-la no bosque, sabe, e então, começamos a achar que ela poderia ter tropeçado, ou algo do gênero, e caído na água. Achávamos que talvez ela tivesse caído na água, ou algo do gênero. A queda de lá é bem íngreme. Quando não conseguimos encontrá-la, achamos que ela provavelmente tinha ido para casa com alguma outra pessoa, ou coisa assim. Não falamos isso para o *Mark*, é claro, mas era o que todos nós estávamos pensando.

Claire se virou e olhou para mim, com um ar de perturbação em seus belos olhos azuis.

— Mas aí ela não voltou para casa. E no dia seguinte, assim que clareou, todos nós voltamos à região dos poços, sabe, para procurar por ela.

— E não encontraram nada — falei.

— Não naquele dia. O corpo dela só apareceu no domingo de manhã. — Claire continuou falando: — Um bando de gente tentou telefonar para você, sabe. Na esperança de que você pudesse ajudar a encontrá-la. Teve essa garota, a Karen Sue Hankey, que disse que você encontrou uma criança que havia se perdido numa caverna, então achamos que talvez você ainda tivesse, sabe, aquele lance psíquico rolando...

Aquele lance psíquico. Bem, era uma forma de colocar as coisas.

Eu ia acabar com a raça de Karen Sue Hankey!

— Eu não estava exatamente acessível no último fim de semana — expliquei. — Eu estava em... — Interrompi o que estava dizendo ao notar que estávamos nos aproximando do desvio na Creek Road, que dava para a oficina da Pike. — Ei, Skip, vire aqui.

Obediente, Skip tomou o retorno.

— E estou virando aqui porque...?

Eu quero, hum, um donut — falei, já que havia um Dunkin' Donuts perto da oficina onde Rob trabalhava.

— Aah — disse Claire. — Donuts! Nã... m! Não temos donuts no ônibus.

Quando passamos zunindo pela oficina do tio de Rob, eu me afundei muito no banco do carro, assim Rob não me veria caso estivesse do lado de fora.

Ele estava, de fato, do lado de fora e não me viu. Estava curvado, enfiado no capô de um Audi, e seus cabelos escuros macios caíam sobre o rosto de maxilar quadrado, e sua calça jeans parecia devidamente justa e desgastada nos lugares certos. Estava quente do lado de fora, embora ainda nem tivesse dado oito horas da manhã, e Rob vestia uma camiseta de manga curta, deixando à mostra seu tríceps lindamente pronunciado.

Já tinham se passado quase três semanas desde a última vez que eu o vira. Ele fora ao recital do Acampamento Wawasee, onde fiz uma apresentação solo. Fiquei surpresa... não esperava que ele fosse viajar durante quatro horas só para me ouvir tocar.

E então, visto que eu tinha que ir embora com os meus pais depois — e, convenhamos, meus pais não aprovariam um cara como Rob, com antecedentes criminais, e que vem, como dizem nos livros, do lado errado dos trilhos —, ele só precisaria voltar pra casa com sua moto numa viagem de mais quatro horas. É um caminho e tanto só para ouvir uma garota com quem você nem está saindo de verdade tocar um noturno com sua flauta.

Isso me deixou pensando. Sabe, já que ele tinha ido até tão longe para me ouvir tocar. Talvez, no fim das contas, ele gostasse de mim, apesar de todo o lance de eu ser chave de cadeia, ser mais nova e tal.

Exceto, é claro, que eu já tinha voltado fazia dois dias, e ele ainda não tinha me telefonado.

De qualquer forma, aquele breve vislumbre do Rob checando o óleo daquele Audi era tudo que eu provavelmente veria dele por um tempo, então fiquei olhando até pararmos no estacionamento do Dunkin' Donuts, e eu não conseguir ver mais nada.

Ei, sei que não era uma coisa legal eu aproveitar a oportunidade para ficar espiando garotos ao mesmo tempo em que tentava resolver um caso de assassinato. Mas Nancy Drew ainda teve tempo de namorar Ned Nickerson, não teve, em meio à resolução de todos aqueles mistérios?

Com a diferença, é claro, que Ned não estava sob condicional, e não acho que algum daqueles mistérios resolvidos por Nancy envolvessem uma líder de torcida morta.

Enquanto Skip e Claire se dirigiam ao balcão para pegarem donuts, eu aleguei que precisava dar um telefonema. Daí segui até o orelhão perto da porta e liguei para o Disque-Desaparecidos.

Rosemary ficou feliz ao ouvir a minha voz, mesmo sabendo que a ligação teria que ser breve. Ela está arriscando totalmente seu emprego ao fazer o que faz por mim

Você sabe, essa coisa de me enviar aquelas fotos e aqueles relatórios de crianças desaparecidas. Aqueles arquivos não deveriam sair do escritório deles.

No entanto, creio que a Rosemary ache que isso vale a pena, se ao menos uma criança é encontrada. E, desde que começamos a trabalhar juntas, já encontramos muitas crianças, mantendo esse lance só entre nós duas. Mas meio que temos que pegar leve nisso, é claro, para não levantarmos suspeitas demais. Mantemos a média aproximada de uma criança encontrada por semana, o que, cá entre nós, é bem melhor do que os resultados conseguidos pelo Disque-Desaparecidos antes de eu me juntar a eles.

O bom de trabalhar com Rosemary, em comparação ao trabalho com o FBI ou com a polícia ou algo do gênero, é que Rosemary é totalmente discreta e nunca, digamos, ligaria para o *National Enquirer* e faria com que eles fossem até minha casa para me entrevistar. A presença excessiva de repórteres ao nosso redor tendia a fazer com que Douglas tivesse um de seus episódios. Foi por esse motivo que, na primavera anterior, menti e falei para todo mundo que não tinha mais meus poderes psíquicos.

E, até bem recentemente, todo mundo acreditava nisso.

Ao que tudo indica, todo mundo menos Karen Sue Hankey.

De qualquer forma, depois que eu e Rosemary terminamos nossa conversa, desliguei o telefone, fui andando e encontrei Skip contando a Claire sobre a vez, no terceiro ano, em que ele e eu mandamos seu GI Joe para o espaço, usando um cano de chumbo e pólvora que extraímos de cerca de trezentos fogos de artifício. Notei que ele excluiu do relato a parte em que ele colocou um desses fogos, uma vela romana, dentro da cabeça da minha Barbie, ato este sobre o qual eu não havia sido consultada e que não fazia parte de nosso programa de viagens espaciais como eu o entendia. Ele também deixou de fora a parte em que quase nos explodimos.

— Uau! — disse Claire, enquanto lambia o açúcar de seus dedos. — Sempre vi vocês dois andando juntos, mas não sabia que faziam coisas legais assim.

— Ah, é — acabei ouvindo o Skip dizer. — Jess e eu temos uma história antiga. *Bem* antiga.

Alô! Do que se tratava tudo *isso*? Só porque passei duas semanas com o cara na casa do lago dos pais dele, isso não queria dizer que eu tinha desejo de renovar um relacionamento que havia sido formado devido a um amor mútuo por explosivos, e que se desintegrou tão logo nossos pais descobriram nosso passatempo ilícito e confiscaram todos os nossos fogos de artifício. Skip e eu não tínhamos nada em comum. Nada além de nosso passado.

— Está pronta para ir? — perguntou Skip, radiante, quando fui até a mesa onde eles estavam. — É melhor a gente ir andando, ou vamos nos atrasar para a sala de chamada.

Sala de chamada. Eu me esqueci de toda minha irritação com Skip.

— Ei, Claire — perguntei a ela, enquanto voltávamos para o carro. — Naquela sexta-feira em que Amber desapareceu... Ela e Mark Leskowski ficaram com o restante de vocês o dia todo, ou em algum momento eles saíram juntos, sozinhos?

— Você está de brincadeira? — disse Claire, e fez um meneio com a cabeça, jogando para o lado seus cachos cor de cobre que, apesar de terem sido atingidos pelo vento, ainda se mantinham viçosos e belos. Claire era esse tipo de garota. — Aqueles dois eram inseparáveis. Mark se senta na minha frente na primeira aula, e deixa eu contar a vocês, era uma luta para ele se desgrudar daquela garota...

Levantei as sobrancelhas. Não era de se admirar que Amber nunca tivesse conseguido chegar a se sentar em seu lugar antes do primeiro sinal.

— E no dia em que ela desapareceu? — perguntei. — Eles ainda estavam... inseparáveis?

Claire assentiu.

— Ah, sim. Eles estavam totalmente juntos. Ficamos brincando sobre como acabariam ficando com um sério envenenamento por hera venenosa por causa de todas aquelas idas até o bosque para "ficarem a sós".

Entrei e me sentei no banco traseiro do carro do Skip.

— E na última vez em que eles saíram de lá, juntos, para ficarem a sós... Como foi que Mark voltou?

Claire se sentou no banco do carona.

— O que você quer dizer com isso?

— Ele voltou sozinho?

Claire inclinou a cabeça para um lado enquanto pensava no assunto. Ao lado dela, Skip deu partida no carro.

Fiquei me perguntado o que Rob, lá na garagem-oficina, acharia se soubesse que passei de carro por ele e nem mesmo disse "oi".

— Sabe... — disse Claire. — Não sei o que ele fez. Sobre voltar sozinho, quero dizer. Eu não estava prestando tanta atenção assim neles... Para falar a verdade, aquela galera não é a minha, sabe? Aquele lance todo de líderes de torcida, time de futebol americano. Não é a minha praia. Se eles dessem só metade do dinheiro que dão para o departamento esportivo para apoiar o departamento de teatro, poderíamos fazer apresentações *muito* melhores. Poderíamos alugar fantasias, em vez de termos que nós mesmos fazê-las, e poderíamos ter microfones, de modo que não teríamos que gritar para sermos ouvidos na última fileira...

Eu podia ver que a Claire estava prestes a mudar totalmente de assunto. Para fazer com que ela retornasse ao que estávamos discutindo, eu disse:

— Você está certa. Não é justo. Alguém deveria fazer algo a respeito. Então você não viu Mark voltar sozinho de nenhuma daquelas viagens até o bosque que os dois fizeram juntos?

— Não — respondeu Claire. — Acho que não. Alguém teria dito alguma coisa se Mark tivesse voltado sozinho. Não acha? Não acha que alguém teria perguntado a ele: "Ei, Mark, onde está Amber?"

— Faz sentido — comentou Skip.

— Sim — falei, pensativa. — Você não faria isso?

Capítulo 5

Os serviços do memorial de Amber Mackey foram realizados mais tarde naquele dia. Em vez de realizá-los numa igreja ou numa casa funerária, ou seja lá onde fosse, eles o fizeram no ginásio.

Isso mesmo. No ginásio da Escola Ernest Pyle High School.

E foi durante o sétimo período, com presença obrigatória. A única pessoa que não estava lá, na verdade, era a própria Amber. Acho que o Sr. Feeney estabeleceu um limite do aceitável ao permitir que os pais dela arrastassem seu caixão até bem ali na frente de todos os duzentos colegas de escola de sua filha.

A banda tocou uma versão lenta da música da escola, acho que para soar triste. E então o Sr. Feeney se levantou e ficou falando sobre como Amber tinha sido uma ótima pessoa. Eu duvido que ele algum dia sequer a tivesse visto, mas enfim. Ele ficou bem com o terno cinza-escuro que tinha vestido para a ocasião.

Quando o diretor terminou de falar, o técnico Albright apareceu e disse algumas palavras. O técnico Albright não é conhecido por sua eloquência, então, felizmente, não disse muita coisa. Apenas anunciou que seus jogadores usariam faixas pretas no braço em seus uniformes na temporada inteira em honra a Amber. Como nunca havia ido a nenhum evento esportivo na minha escola, eu não fazia a mínima ideia do que ele estava falando, até Ruth me explicar do que se tratava.

Então a treinadora das líderes de torcida, Sra. Tidd, levantou-se e disse um monte de coisas sobre como sentiriam falta de Amber, especialmente de sua habilidade de fazer giros acrobáticos. Então ela disse que, em honra a Amber, as equipes sênior e júnior das líderes de torcida tinham criado em conjunto uma dança interpretativa.

Então — e não estou brincando com vocês! — as líderes de torcida e as *Pompettes* fizeram a tal dança, bem no meio no chão do ginásio, ao som de "My Heart Will Go On", de Celine Dion, da trilha sonora de *Titanic*.

E as pessoas *choraram* durante a apresentação. Juro. Olhei ao meu redor e as pessoas estavam chorando mesmo.

Foi uma boa dança e tal. Daria pra dizer que elas realmente tinham se esforçado naquilo. E só tiveram dois dias mais ou menos para memorizar a coreografia.

Ainda assim, não senti vontade de chorar. Sério. E não pensem que sou uma pessoa calejada ou algo do gênero. Eu só espero que, quando eu morrer, ninguém faça uma dança interpretativa em meu memorial. Não suporto esse tipo de coisa.

Mas posso dizer a vocês o que realmente me fez ter vontade de chorar. O fato de algumas pessoas entrarem no ginásio enquanto a dança estava sendo realizada. Eu estava sentada bem no meio das arquibancadas, já que Ruth queria ter certeza de que conseguiríamos ver tudo, e nem mesmo sabia, naquele instante, que haveria uma dança interpretativa, mas consegui distinguir as feições daquelas pessoas. Com clareza o bastante para saber que não eram alunos da escola.

Também não eram professores da escola.

Eram federais.

Sério. E nem eram apenas uns federais quaisquer, mas sim meus antigos amigos, os agentes especiais Johnson e Smith.

Era de se achar que, à essa altura do campeonato, eles tivessem desistido. Quero dizer, eles estavam me seguindo desde maio, e ainda não tinham nada sólido para me pegar. E não que o que eu estivesse fazendo fosse sequer errado. Quero dizer, certo, bem, eu ajudo a reunir famílias e seus filhos desaparecidos. Aaah, me prendam! Sou uma criminosa perigosa.

Exceto, é claro, que eles não queriam me prender. Queriam que eu trabalhasse para eles.

Mas eu tenho um problema sério em trabalhar para uma instituição cuja rotina é coagir pessoas que poderiam muito bem ser inocentes dos crimes dos quais foram acusadas, como no filme *O fugitivo*...

E, ao que tudo indicava, dizer para eles que eu não tinha mais o poder de encontrar pessoas desaparecidas não era o bastante. Ah, não. Eles precisavam grampear meu telefone, ler minhas correspondências, além de me seguir até o Lago Wawasee.

Agora eles tinham a pachorra de aparecer durante o memorial de uma amiga minha morta...

E, sim, tudo bem, Amber não era realmente minha amiga, mas eu me sentei num lugar atrás dela durante, sabe, meia hora em todos os dias de semana durante seis anos. Isso tem que contar para alguma coisa, certo?

— Vou cair fora daqui — falei para Ruth, enquanto reunia minhas coisas.

— O que você quer dizer com "vou cair fora daqui"? — perguntou Ruth, parecendo alarmada. — Você não pode ir embora. É uma reunião da escola.

— Fica olhando — falei.

— Eles colocaram membros do conselho estudantil em todas as saídas — sussurrou Ruth para mim.

— Não foi só isso que colocaram nas saídas — falei, e apontei para os agentes especiais Johnson e Smith, que estavam conversando com o Sr. Feeney numa das laterais do ginásio.

— Ai, meu Deus! — falou Ruth, baixinho, quando os viu. — De novo, não.

— Ah, sim — falei. — E se você acha que vou ficar aqui para ser investigada por eles por causa de Courtney Hwang, que com certeza é a razão para eles estarem aqui, esqueça, irmã. A gente se vê por aí.

Sem falar mais nada, fui avançando até chegar à extremidade mais afastada das arquibancadas — passando por várias pessoas que me olhavam feio enquanto eu passava por elas, embora os olhares fossem por eu ter pisado nos pés dos dedos delas, e não porque estivessem com raiva de mim por causa da Amber — até que cheguei na lacuna entre as arquibancadas e a parede, pela qual fui me arrastando sem grandes dificuldades, embora, te digo, minha aterrissagem com as alpargatas plataforma não tivesse sido digna de nenhuma nota dez. Depois disso, foi fácil andar sob as arquibancadas até a porta mais próxima, onde eu planejava fingir que estava doente e ganharia permissão para ir até a enfermaria...

Exceto, é claro, que, quando surgi de debaixo das arquibancadas e vi quem era o membro do conselho estudantil que estava guardando aquela saída em particular, eu não teria que fingir que estava passando mal.

Não, eu me senti mal de verdade.

— Jessica — disse Karen Sue Hankey, que segurava com firmeza a pilha de panfletos *Lembrem-se da Amber*, que ela entregara a cada um de nós quando entramos. O folheto de quatro páginas tinha fotos coloridas de Amber em diversas posições como animadora de torcida, interpostas na letra impressa de "My Heart Will Go On". A maior parte do pessoal, eu tinha notado isso enquanto seguia meu caminho por debaixo das arquibancadas, jogara seus folhetos no chão. — O que você está fazendo? — sibilou Karen Sue. — Volte para o seu lugar. Não acabou ainda.

Apertei minha barriga com força. Mas não o bastante para atrair atenção para mim. A última coisa que eu queria era que os agentes especiais Johnson e Smith me notassem. Mas o suficiente para conseguir ser entendida por ela.

— Karen Sue — falei, aos soluços. — Acho que vou...

Passei cambaleando por ela e cruzei a passagem pelas portas que davam para a ala musical. Livre. Eu estava livre! Agora tudo de que precisava fazer era chegar até o estacionamento dos alunos e esperar Ruth aparecer de carro assim que deixassem todo mundo sair. Eu poderia até mesmo ter uma oportunidade de me esticar no capô do carro dela e cuidar do meu bronzeado.

Só que Karen Sue me seguiu até o corredor, definitivamente estragando os meus planos.

— Você não está passando mal, Jessica Mastriani — disse ela, num tom firme. — Você está fingindo. Você faz exatamente a mesma coisa na aula de educação física toda vez que a Sra. Tidd anuncia os testes de aptidões físicas.

Eu não conseguia acreditar. Já não era o bastante ela ficar dedurando para todo mundo que eu ainda tinha poderes psíquicos. Não, Karen Sue também precisava me impedir de fugir dos federais que estavam atrás de mim.

Mas eu não ia deixar a raiva me vencer. De jeito nenhum. Eu tinha virado uma nova página na minha vida. Já era o segundo dia de aulas no novo ano letivo e... adivinhe? Eu ainda não havia ido para a detenção.

E eu não iria arruinar esse recorde excelente deixando Karen Sue Hankey me irritar.

— Karen Sue — falei, me aprumando. — Você está certa. Não estou doente. Mas tem umas pessoas lá dentro que não quero ver, se você não se importa. Então você poderia agir como um ser humano... — mal consegui me conter para não dizer *uma vez na vida* — ...e me deixar ir embora?

— Quem você não quer ver? — Quis saber Karen Sue.

— Uns federais, se você quer saber. Olha, já tive muitos problemas por as pessoas continuarem achando que ainda tenho poderes psíquicos, quando, na verdade... — acrescentei essa última parte com toda a ênfase que consegui reunir — eu *não tenho*.

— Você é uma tremenda de uma mentirosa, Jess — disse Karen Sue, balançando a cabeça de forma que seus cabelos loiros cor de mel ficassem balançando, cabelos cujas pontas estavam perfeitamente enroladas, logo acima dos ombros. — Você sabe que encontrou aquele menino, Shane, no acampamento nesse verão, quando ele se perdeu dentro daquela caverna.

— É, eu o encontrei — falei. — Mas não foi porque tive uma visão psíquica de que ele estava lá ou algo do gênero. Foi só porque eu tinha um palpite de que ele estava lá. Só isso.

— Foi assim? — Karen Sue fez carinha de santa. — Bem, o que você chama de palpite, eu chamo de percepção extrassensorial. Você tem um dom dado por Deus, Jessica Mastriani, e é um pecado tentar negá-lo.

O primeiro problema é que Karen Sue frequenta a mesma igreja que eu. Ela faz parte da mesma turma dominical que eu desde sempre.

E o outro problema é que Karen Sue é um saco de garota ultravirtuosa, que costumávamos trancar no armário do porteiro da escola sempre que o professor da escola dominical não aparecia na hora certa. O que, na verdade, acontecia com certa frequência.

— Olha, Karen Sue — falei. Estava ficando mais difícil reprimir minha necessidade urgente de tirar aqueles panfletos dos braços dela com um soco e esmagar a cara dela com eles. — Agradeço tudo que você vem tentando fazer por mim, em nome do Senhor e tudo, mas você poderia, ao menos dessa vez, tentar fazer todo aquele lance de oferecer a outra face...? Vire o rosto para a parede, para não me ver enquanto caio fora daqui? Desse jeito, se alguém lhe perguntar, você não estará mentindo quando disser que não viu para onde fui.

Karen Sue olhou para mim com tristeza.

— Não — disse ela, e começou a caminhar em direção à porta, claramente em busca da ajuda de alguém maior do que ela para me deter.

Agarrei-a pelo pulso, mas eu não iria machucá-la. Juro que não ia fazer isso. Eu tinha virado uma nova página na minha vida. Estava vestindo um suéter de crochê novinho em folha e alpargatas. Tinha colocado um pouco de brilho labial de cereja nos lábios. Garotas vestidas como eu não entram em brigas. Garotas vestidas como eu usam argumentos lógicos umas com as outras, de um jeito amigável.

— Karen Sue — falei. — O lance é que essa coisa toda do poder psíquico e tal, isso tudo realmente perturba meu irmão, Douglas, sabe? Os repórteres ficam aparecendo em volta da nossa casa e ligando e tudo aquilo. Então você pode ver porque eu quero manter esse tipo de coisa em segredo, sabe? Por causa do meu irmão.

O olhar contemplativo de Karen Sue não se desviou do meu em momento algum enquanto ela soltava o pulso da minha mão.

— Seu irmão, Douglas — disse ela — é doente. A doença dele é, obviamente, um julgamento de Deus. Se Douglas fosse à igreja com mais frequência e rezasse com mais intensidade, ficaria melhor. E você não o está ajudando ao negar seus dons concedidos por Deus. Na verdade, você provavelmente está fazendo com que ele piore.

Bem. O que eu poderia dizer?

Nada, mesmo. Quero dizer, não existe nenhuma resposta apropriada para algo assim.

Ou melhor, nenhuma resposta *verbal* apropriada.

Os gritos de Karen Sue atraíram o Sr. Feeney, o técnico Albright, a Sra. Tidd, a maior parte do conselho estudantil e os agentes especiais Johnson e Smith. Quando viu Karen Sue, a agente especial Smith pegou seu celular e chamou uma ambulância.

Mas eu garanto que o nariz dela nem estava quebrado. Provavelmente só estourei um vaso sanguíneo ou dois.

Enquanto o Sr. Feeney e o agente especial Johnson me levavam para longe dali, eu falei:

— Ei, Karen Sue, talvez se você rezar com bastante intensidade, Deus vai fazer com que o sangramento pare.

Fora de contexto, eu conseguia ver o quanto aquilo poderia soar insensível, mas nenhum deles tinha ouvido o que Karen Sue tinha dito para mim. E não importava o quanto eu falasse, "Mas ela disse que...", pois nada parecia fazê-los compreender que meu comportamento era totalmente justificado.

— E eu achei que você vinha fazendo progressos de verdade — disse o Sr. Goodhart, com tristeza, quando fui arrastada para dentro da sala do orientador.

— Eu *estava* progredindo. — Eu me joguei num dos sofás alaranjados. — Eu gostaria de ver quantas das *coisas* que Karen Sue fala o senhor aguentaria antes de surrá-la.

Só que eu não falei *coisas*.

— Vou dizer uma coisa para você — alertou o Sr. Goodhart. — Eu não deixaria uma garota como aquela me tirar do sério.

— Ela disse que Douglas é doente por minha culpa — falei. — Ela disse que a doença é uma punição de Deus por eu não usar meu dom!

O agente especial Johnson, que tinha sido levado para longe de mim com o Sr. Feeney — para falarem sobre mim, eu tinha certeza disso! —, escolheu aquele momento para sair da sala do diretor.

— É mesmo, Jessica? — disse ele, soando surpreso. — Eu não teria imaginado que você seria suscetível a esse tipo de tolices.

— Bem, se sou suscetível — falei —, é porque vocês estão me deixando assim. Ficam me seguindo por aí o tempo todo. Aparecendo na minha escola. Ficam me atormentando. Bem, não tive nada a ver com aquela garota encontrada em São Francisco. Nada!

O agente especial Johnson ergueu as sobrancelhas.

— Eu não estava sabendo de nenhuma garota encontrada em São Francisco — disse ele, num tom gentil. — Mas obrigado por me informar.

Olhei para ele.

— Vocês... vocês não estão aqui por causa de Courtney Hwang?

— Ao contrário do que você aparenta acreditar, Jessica — continuou o agente especial Johnson —, o mundo, e menos ainda o meu trabalho, não gira em torno de você. Eu e Jill estamos aqui por causa de uma coisa que não está relacionada a você.

A porta da sala do orientador foi aberta, e a agente especial Smith entrou.

— Bem — disse ela. — Isso foi emocionante. Da próxima vez que sentir necessidade de socar a cara de uma outra garota, Jessica, por favor, faça isso quando eu não estiver por perto.

Olhei dela para o agente especial Johnson e depois para ela de novo.

— Espera um minuto — falei. — Se vocês dois não vieram por minha causa, por que estão aqui?

A porta da sala do orientador foi aberta de novo, e, desta vez, foi Mark Leskowski quem entrou, com uma aparência confusa e estranhamente vulnerável para um cara que, tendo 1,83 metro de altura, provavelmente pesava mais de 80 quilos.

— O senhor queria me ver de novo, Sr. Goodhart? — perguntou Mark.

O Sr. Goodhart olhou de relance para os agentes especiais Johnson e Smith.

— Hum... — disse ele. — Sim, Mark, eu queria. Para falar a verdade, esses, hum, oficiais aqui queriam trocar umas palavrinhas com você, mas, antes de falarem com ele, eu poderia falar com vocês dois?

O agente especial Johnson sorriu.

— Certamente — respondeu, e tanto ele quanto a agente especial Smith entraram na sala do Sr. Goodhart, fechando a porta depois de entrarem.

Incrível. Mais do que incrível. Indescritível. Eu dou um soco na cara de Karen Sue Hankey e sou convocada à sala do orientador, só *para ser ignorada*?

Além do mais, meus dois arqui-inimigos, os agentes especiais Johnson e Smith, aparecem na Ernest Pyle High School, não para dificultarem a minha vida, e sim, a *de outra pessoa*?

O assassinato de Amber Mackey fez muito mais do que roubá-la de nós. Tinha virado o universo que eu conhecia de trás para a frente e de cabeça para baixo.

Isso ficou ainda mais aparente quando Mark Leskowski, quarterback, vice-presidente da turma do último ano e, em todos os aspectos, um gato, sorriu para mim, *eu*, Jessica Mastriani, que tinha passado mais tempo na detenção do que na sala de aula, e disse:

— Bem, acho que nos encontramos de novo.

Ah, sim. Chamem o Pentágono. Alguém morreu e criaram uma nova ordem mundial.

Capítulo 6

— Então... — continuou Mark Leskowski. — Por que você está aqui desta vez?

Olhei para ele. Era tão bonito. Não tanto quanto Rob Wilkins, é claro, mas que cara seria mais bonito do que Rob?

Ainda assim, Mark Leskowski ficava bem perto, em segundo lugar no departamento dos sonhos.

— Dei um soco na cara de Karen Sue Hankey — falei.

— Uau! — Ele realmente pareceu impressionado. — Boa!

— Você acha mesmo? — perguntei.

Nem sei dizer a você como foi incrível a sensação de ter a aprovação de um cara que ficava tão bem com uma Levi's 505. Sério. Parecia que Rob não aprovava a maior parte das coisas que eu fazia regularmente. Primeiro porque ele achava que isso ia acabar me matando, mas... ainda assim. Ele não precisava ser tão mandão em relação a essas coisas.

— Claro que sim — disse Mark. — Aquela garota se acha tanto que até dói!

Meu Deus! Ele sentia exatamente a mesma coisa que eu em relação a Karen Sue! E, ainda, de certa forma, quando tais sentimentos eram expressos por lábios tão másculos assim, pareciam ter mais validade do que nunca.

— É — concordei. — Ela se acha mesmo, não é?

— É sim! Vou te contar uma coisa. Amber costumava chamá-la de "grude". Sabe, porque ela vivia grudando no resto do pessoal, tentando se enturmar e tal.

Quando ele falou o nome de Amber, fui trazida de volta à realidade. O que eu estava fazendo? O que estava fazendo, sentada num sofá alaranjado de vinil na sala do orientador, tendo desejos por Mark Leskowski? Ele estava sendo chamado para um interrogatório pelo FBI. O FBI! Isso era coisa séria.

— Então — falei, voltando o olhar rapidamente para a janela de vidro na porta da sala do Sr. Goodhart, através da qual pude ver o agente especial Johnson falando rapidamente. O Sr. Goodhart não era só meu orientador, mas de Mark Leskowski também. Ele era orientador de todos os alunos cujos sobrenomes começavam com a letra *L* e iam até *P*.

Mark notou que mudei a direção do meu olhar e assentiu.

— Acho que estou encrencado agora, né?

Falei com cuidado:

— Bem, você sabe. Se eles estão trazendo o FBI...

— Eles sempre fazem isso — falou ele. — Em casos de sequestro. Ou, pelo menos, foi isso que o Sr. Goodhart afirmou. Aqueles dois lá dentro são agentes regionais.

Os agentes especiais Johnson e Smith eram agentes regionais? Mesmo? Eu nunca tinha pensado que Allan e Jill pudessem realmente ter suas casas. Eu sempre os visualizava como moradores de quartos fétidos de hotel. Mas é claro que fazia sentido que morassem na região. Estremeci com a ideia de que eu poderia, um dia, encontrar um dos dois ao sair da mercearia.

— Eles estão classificando o que aconteceu com Amber como sequestro seguido de assassinato — continuou dizendo Mark —, porque Amber ficou... viva um tempo antes de ser assassinada.

— Ah — falei. — Você não deveria... sei lá. Estar acompanhado de um advogado ou algo do gênero?

— Eu tenho advogado — disse ele, olhando para baixo, para suas mãos repousadas entre as coxas. — Ele está a caminho. Meus pais também. Achei que já tivesse explicado tudo ao xerife, mas acho que... não sei. Vou ter que fazer isso de novo. Com aqueles caras.

Acompanhei a direção do olhar dele. Agora, o Sr. Goodhart estava falando com o agente especial Johnson. Eu não conseguia ver a agente especial Smith. Provavelmente ela estava sentada na minha cadeira, aquela perto da janela. Eu me perguntei se ela estaria olhando para fora, para o lava-rápido, como eu sempre fazia quando me sentava lá.

— Eu só não entendo... — disse Mark, com o olhar fixo num ponto no centro da mesinha que estava entre a gente, olhando para uma brochura na qual se lia EXÉRCITO DE UM HOMEM SÓ. — Quero dizer, eu amava Amber. Eu nunca a machucaria.

Olhei de relance para a secretária, que estava ouvindo totalmente o que falávamos, mas fingia não estar, parecendo muito absorta num jogo de Campo Minado. Caso o Sr. Feeney aparecesse por ali, ela clicaria num botão do teclado, e o jogo do computador sumiria, dando lugar a uma planilha.

Eu deveria saber. Passei bastante tempo naquela sala.

— É claro que você não faria uma coisa dessas — falei a Mark.

— O lance é que... — disse ele, erguendo o olhar da brochura do Exército e me fitando com olhos castanhos comoventes. — Quero dizer, não é que não tivéssemos problemas. Todo casal tem problemas. Mas estávamos lidando com eles. Estávamos resolvendo os problemas completamente.

Vou dizer uma coisa. Pelo menos, se o que a Claire Lippman tinha me contado era algum indicativo... ele e Amber tinham sido o Rei e a Rainha dos Amassos naquele churrasco.

— E então, isso acontecer... — Ele foi desviando o olhar de mim e o voltou para o relógio na parede atrás de mim. — Especialmente quando todo o restante estava indo tão bem. Sabe, temos uma chance real de vencer o campeonato estadual este ano. Eu só...

Eu juro que, enquanto estava sentada ali, olhando para ele, notei um brilho artificial nos olhos dele. A princípio achei que fosse só um truque das luzes fluorescentes acima da gente. E depois eu me dei conta do que era.

Mark Leskowski estava chorando. Chorando. Mark Leskowski. Um jogador de futebol. Chorando porque sentia falta de sua namorada morta.

— E vai ter gente avaliando os jogadores, sabe, gente de todas as grandes universidades — disse ele, com um soluço mesclado ao choro que mal conseguia conter. — Me analisando. *Me* avaliando. Tenho uma chance de verdade de cair fora dessa cidade minúscula e sem graça, de dar certo na vida.

Ou talvez fosse porque sua bolsa de jogador de futebol americano numa faculdade estivesse indo pelo ralo. Por qualquer que fosse o motivo, Mark estava *chorando*.

Olhei de relance, alarmada, em direção à secretária porque eu não sabia o que fazer. Quero dizer, nunca tinha lidado antes com jogadores de futebol americano chorando. Com irmãos suicidas, sim. Maníacos homicidas que queriam me matar? Fácil! Mas jogadores de futebol americano chorando?

A secretária não mais fingia que estava absorta no jogo de Campo Minado. Ela também tinha notado as lágrimas do Mark. E também parecia não saber o que fazer. Nossos olhares alarmados se encontraram, e ela deu de ombros, confusa. Então, como se houvesse tido uma ideia, ela deu um pulo e acenou com uma caixa de lenços de papel para mim.

Ah, ótimo. Ajuda.

Ainda assim, não parecia haver mais nada que eu pudesse fazer. Eu me levantei e peguei a caixa de lenços de papel com ela, depois fui me sentar ao lado de Mark e ofereci os lenços a ele.

— Toma — falei, colocando uma das mãos no ombro dele. — Está tudo bem.

Mark pegou um punhado de lenços de papel e os pressionou contra os olhos. Ele estava xingando baixinho.

— *Não* está tudo bem — protestou, com veemência, o rosto de encontro ao lenço de papel. — Isso é inaceitável. Tudo isso é *inaceitável*.

— Eu sei — comentei, batendo de leve no ombro dele. Senti a força e os músculos sob meus dedos. — Mas é verdade, vai dar tudo certo. Tudo vai ficar bem.

Foi nesse instante que a porta da sala do Sr. Goodhart se abriu, e os agentes especiais Johnson e Smith saíram de lá. Eles olharam para Mark e para mim, com curiosidade, e então pareceram entender o que estava acontecendo. Quando se deram conta disso, as expressões nos rostos dos dois ficaram endurecidas.

— Mark — disse a agente especial Smith, num tom de voz que não achei muito amigável, enquanto dava um passo na nossa direção. — Você poderia, por favor, me acompanhar?

Quando chegou perto do sofá, ela se abaixou e colocou a mão sob o braço de Mark. Ele se levantou sem protestar, mantendo os lenços encostados nos olhos. Então se deixou guiar para longe dali, em direção a uma das salas de conferência ao fim do corredor.

O agente especial Johnson ficou de pé, olhando para mim, os braços cruzados sobre o peito.

— Jessica — disse ele. — Nem pense em ir até lá.

— O quê? — Estiquei as mãos num gesto universal usado para declarar inocência. — Eu não disse nada.

— Mas estava prestes a dizer. Jessica, estou avisando, deixe isso pra lá. A menos que você saiba de alguma coisa...

— Não sei de nada — falei.

— Então fique fora disso. Uma jovem está morta. Não quero que você seja a próxima.

Uau! Tudo bem, Oficial Amigável.

Como se tivesse se dado conta do quão desagradável ele tinha sido, o agente especial Johnson mudou de assunto.

— Ainda estou ansioso para ouvir — ele descruzou os braços — a história sobre a garota em São Francisco.

— Não tem nenhuma garota em São Francisco — protestei. — Mesmo. Juro que não tem.

O agente especial Johnson assentiu.

— Certo. Ok. Se é assim que você quer que seja. Leia meus lábios então, Jess. Fique fora desse caso. Fora.

Então ele se virou e seguiu sua parceira e Mark.

Olhei para a secretária, que também olhou para mim. Nossos olhares disseram tudo. De jeito nenhum Mark Leskowski, um garoto que não tinha medo de chorar em público por causa de sua namorada morta, era um assassino.

— Jessica. — O Sr. Goodhart saiu de sua sala e parecia surpreso ao me ver ainda ali sentada, esperando por ele. — Vá para casa.

Ir para casa? Ele estava doido? Eu tinha acabado de enfiar um murro na cara de outra aluna. E ele estava simplesmente me deixando ir para casa?

— Mas...

— Vá. — O Sr. Goodhart se virou para a secretária. — Ligue para o Xerife Hawkins, por favor, Helen.

Ir embora? Era isso? Simplesmente *ir embora*? Achei que mais um vacilo e eu estaria fora. Onde estava o sermão de controle de raiva? Onde estavam os suspiros, os "Ah, Jess, simplesmente não sei o que fazer com você"? Onde estava minha detenção por uma semana? Era isso? Eu podia simplesmente... ir embora?

Helen, ao notar que eu ainda estava sentada ali, colocou a mão sobre o fone, de forma que a pessoa para quem quer que estivesse ligando não a ouvisse enquanto ela falava, sibilando, o seguinte para mim:

— Jess. O que você está esperando? Vá embora, antes que ele se lembre.

Depois disso, não perdi mais tempo. Fui embora.

Eu estava sentada no capô do Cabriolet da Ruth quando ela saiu do memorial, parecendo levemente incomodada.

— Ah, ei — disse ela, surpresa ao me ver. — O que está fazendo aqui? Achei que os agentes Mulder e Scully estivessem atrás de você de novo.

— Não era atrás de mim que estavam desta vez — falei.

Eu ainda não conseguia ocultar o tom maravilhado de minha voz. A coisa toda tinha sido simplesmente bizarra demais.

— É mesmo? — Ruth destrancou a porta do lado do motorista e entrou no carro. — O que eles queriam então?

— Mark — falei.

— Leskowski? — Ruth parecia chocada quando se inclinou para destravar a porta do meu lado. — Ai, meu Deus. Eles devem achar mesmo que foi ele quem fez aquilo.

— É, só que não foi ele. — Abri a porta e entrei no carro. — Ruth, você devia ter visto. Mark, quero dizer. Eu estava sentada ao lado dele, na sala de espera do gabinete do Sr. Goodhart, e ele... ele estava chorando.

— Chorando? — Ruth, que estava verificando os próprios lábios no retrovisor, se virou. — Não estava, não!

Garanti a ela que ele estava, sim, chorando.

— Foi algo tão doce — continuei falando. — Sabe? Dava pra ver. Ele realmente a amava, a amava mesmo. Ele está se sentindo tão mal.

Ruth ainda parecia chocada.

— Mark Leskowski. Chorando. Quem imaginaria uma coisa dessas?

— Eu sei. Então, como foi o restante do memorial?

Ruth descreveu-o enquanto dirigia até nossas casas. Aparentemente, depois da dança interpretativa, houve uma longa palestra feita por um orientador em casos de luto que a escola tinha contratado para nos ajudar naquele momento difícil, seguida por um instante de reflexão silenciosa, durante o qual todos nós deveríamos nos lembrar do que amávamos em Amber. Então as líderes de torcida anunciaram que, diretamente depois das aulas, elas retornariam à região dos poços na Pike para jogar flores na água como um tributo a Amber. Qualquer um cujo coração tivesse sido tocado por Amber estava convidado a acompanhar e assistir.

— É — disse Ruth. — Qualquer um cujo coração tenha sido tocado pela Amber está convidado. Você sabe o que isso quer dizer.

— Certo — falei. — Só o pessoal da galera dela. Você não vai, não é?

— Você está de brincadeira comigo? Talvez eu não tenha deixado claro. Essa noitada especificamente está sendo realizada pela equipe sênior das líderes de torcida da Ernie Pyle High School. Em outras palavras, "garotas gordas, fiquem em casa".

Olhei para ela, piscando, um pouco desconcertada com a veemência em seu tom.

— Ruth — comecei —, você não está...

— Uma vez gorda, sempre gorda. De qualquer forma, aos olhos delas é assim.

— Mas sua aparência não é importante — falei. — É o interior que...

— Me poupe — contestou Ruth. — Além disso, tenho teste para minha cadeira na orquestra amanhã. Tenho que ensaiar.

Olhei para ela. Era difícil entender Ruth às vezes. Ela era tão confiante, de um jeito supremo, em relação a algumas coisas — coisas acadêmicas, e não o lance de ir atrás dos meninos —, mas tão insegura em relação a outras. Ela realmente era um daqueles enigmas envoltos em mistério de que as pessoas sempre falam. Especialmente porque a forma como Ruth se sentia em relação aos caipiras era o mesmo jeito que alegava que as líderes de torcida se sentiam em relação a garotas gordas.

— Quero dizer, lamento que ela esteja morta e tal — continuou Ruth —, mas duvido muitíssimo que teriam feito um memorial desses, convocando toda a escola, para mim ou para você, caso uma de nós duas batesse as botas.

— Bem, ela realmente morreu de uma forma meio trágica.

Ruth falou um palavrão quando virou na Lumley Lane.

— Faça-me o favor. Ela era uma animadora de torcida, certo? Isso já não diz tudo? Eles não fazem reuniões convocando toda a escola em memória de violoncelistas ou flautistas mortos. Só líderes de torcida. Ei. — Estacionando na entrada de carros, Ruth ficou me olhando, boquiaberta. — Espere um minuto. Acabamos de passar pela Estrada da Pike's Creek, e você não disse nem uma palavra sequer. Não venha me dizer que os grandes olhos azuis de Mark Leskowski substituíram suas lembranças em relação ao Babaca?

— Os olhos de Mark — comentei, um pouco incomodada — são castanhos. E Rob não é um babaca. E acontece que acho que você está certa. Não vou conseguir conquistar Rob indo atrás dele.

— Aham. — Ruth balançou a cabeça. —Skip me falou que deu uma carona para você e para Claire do ponto de ônibus até a escola hoje de manhã. Você o convenceu a parar para comprar donuts, não foi?

— Eu não o convenci a fazer nada — respondi, indignada. — Ele parou por livre e espontânea vontade.

— Ah, faça-me o favor! — Ruth revirou os olhos. — Então? Você o viu?

— Vi quem? — perguntei, tentando ganhar tempo.

— Você sabe quem. O Babaca.

Soltei um suspiro.

— Sim, eu o vi.

— E?

— E o quê? Eu o vi. Ele não me viu. Fim da história.

— Deus! — Ruth deu risada. — Você é uma figura! Ei. O que é isso?

Baixei o olhar para mim, afinal era para onde Ruth estava apontando.

— O que é isso o quê?

— Isso! Essa mancha vermelha no seu sapato.

Ergui o pé, examinando uma minúscula gota vermelha na minha alpargata bege.

— Ah — falei. — É só um pouco de sangue de Karen Sue Hankey.

— Sangue dela? — Ruth parecia pasmada. — Ai, meu Deus! O que você fez com ela?

— Soquei a cara dela — respondi, ainda sentindo um pouco de orgulho ao me lembrar daquilo. — Você devia ter visto, Ruth. Foi lindo!

— Lindo? — Ruth bateu a cabeça no volante do carro algumas vezes. — Ai, Deus! Você estava indo tão bem.

Eu não conseguia entender a chateação dela.

— Ruth — falei. — Ela totalmente fez por merecer.

— Isso não é desculpa — justificou Ruth, levantando a cabeça. — Só existe uma justificativa para bater em alguém, Jess, e é se tentarem bater em você primeiro, aí você revida, em autodefesa. Você não pode simplesmente sair por aí *batendo* nas pessoas o tempo todo, só porque você não gosta do que falam pra você. Você vai se meter em sérios problemas por causa disso.

— Não vou. Não desta vez. Fui pega em flagrante e o Sr. Goodhart nem mesmo disse nada. Ele só me falou para ir para casa.

— É — disse Ruth. — Porque havia um suspeito de assassinato na sala dele! Provavelmente, ele só ficou um pouco distraído com isso.

— Mark Leskowski — disse — não é assassino. Além do mais, ele me apoiou totalmente por quebrar a cara de Karen Sue. Ele disse que ela se acha.

— Ai, meu Deus — disse Ruth. — Por que fui amaldiçoada com uma melhor amiga tão zoada?

Já que eu estava pensando essa mesma coisa legal em relação a ela, não me senti ofendida.

— Vamos ensaiar juntas — falei — às nove. OK?

Como moramos uma do lado da outra, com frequência abríamos as janelas de nossas salas e tocávamos ao mesmo tempo, dando à vizinhança um concerto de graça, enquanto, além disso, também ganhávamos tempo valioso de treino.

— OK — respondeu Ruth. — Mas se você acha que pode simplesmente socar Karen Sue Hankey sem nunca ouvir ninguém falar disso de novo, está enganada, amiga.

Dei risada enquanto subia correndo os degraus até minha casa. Até parece! Karen Sue provavelmente ficaria com tanto medo de mim de agora em diante que eu nunca mais teria que aguentar as provocações venenosas dela de novo. E como ganho extra, ela provavelmente não iria tocar tão bem durante seu teste para uma cadeira na orquestra na quinta-feira, por causa do nariz inchado.

Foi com estes pensamentos deliciosos que entrei em casa. Eu tinha acabado de colocar um pé na escada que dava para meu quarto quando a voz da minha mãe, soando não tão contente, surgiu da cozinha.

Timidamente, fui andando até a parte de trás da casa.

— Oi, mãe — cumprimentei, quando a vi sentada à mesa da cozinha.

Para minha surpresa, meu pai também estava lá. Mas meu pai nunca chegava em casa antes das seis numa terça-feira.

— Ei, pai — cumprimentei também, notando que nenhum dos dois parecia lá muito feliz.

Então meu coração começou a bater de um jeito desconfortável.

— O que houve? — Me apressei em perguntar. — Douglas...?

— Douglas — interrompeu minha mãe, a voz dura como gelo — está bem.

— Ah.

Olhei para os dois.

— Não foi...?

— Michael — disse minha mãe, com o mesmo tom duro na voz — também está bem.

Um alívio percorreu meu corpo. Bem, se não era nada com Douglas nem com Mike, não poderia ser tão ruim assim. Talvez fosse até mesmo algo bom. Sabe, algo que meus pais achariam ser ruim, mas que eu poderia achar bom. Como, por exemplo, se minha tia-avó Rose tivesse sido fulminada por um ataque cardíaco.

— Então — falei, me preparando para parecer triste. — O que houve?

— Recebemos um telefonema faz uns minutinhos — disse meu pai, com uma aparência sombria.

— Você nunca vai adivinhar de quem foi — comentou minha mãe.

— Eu desisto — falei, pensando "Uau, tia-avó Rose morreu mesmo!" — Quem era?

— A Sra. Hankey — esclareceu a minha mãe. — Mãe de Karen Sue.

Opa.

Capítulo 7

Pega no flagra.

Fui totalmente pega no flagra.

Mas querem saber, realmente não acho que tinham direito algum de ficar tão enfurecidos, vendo que eu estava defendendo a honra da família e tal.

E que bebezinho chorão aquela Karen Sue, indo me dedurar para a mãe dela. É lógico que na versão de Karen Sue dos eventos que me levaram a dar um soco na cara dela, ela não mencionou nenhuma das coisas que nós duas sabíamos que ela me dissera. Na versão dela, eu estava tentando sair de fininho da reunião, e ela tentou me impedir de fazê-lo — para meu próprio bem, é claro, e porque minha saída mais cedo mancharia a memória de Amber Mackey —, e eu a golpeei por causa de seus esforços para me deter.

E toda a parte sobre a negação de meus poderes ser a responsável pela doença de Douglas? É, Karen Sue deixou essa parte de fora.

Ah, e a parte sobre o Douglas não ir à igreja e não rezar com frequência o bastante? É, ela deixou essa parte de fora também.

Minha mãe não acreditou em mim quando contei tais partes a ela. Veja bem, Karen Sue leva minha mãe no papo, tal como faz com a própria mãe. Tudo que minha mãe vê quando olha para Karen Sue é a filha que sempre desejou ter. Você sabe, a filha doce e obediente que inscreve seus biscoitos no concurso de culinária do condado todos os anos, e usa bobes nos cabelos à noite para que as pontas fiquem viradas do jeito certo pela manhã. Minha mãe nunca contou com a possibilidade de ter uma filha como eu, que está guardando dinheiro para comprar uma Harley e usa o cabelo tão curto quanto possível para não ter o trabalho de cuidar dele.

E, ah, é, que entra em brigas o tempo todo e que está apaixonada por um cara que está sob condicional.

Pobre da minha mãe!

Meu pai acreditou em mim. Inclusive na parte sobre o que Karen Sue me disse. Minha mãe, como falei, não.

Ouvi os dois discutindo sobre isso depois que fui banida para o meu quarto, para "Pensar No Que Eu Tinha Feito". Supostamente, eu também deveria pensar em como eu pagaria a conta do médico de Karen Sue (249 dólares por uma ida ao pronto-socorro. Ela nem mesmo precisou de pontos). A Sra. Hankey também estava ameaçando me processar pelo tormento mental que eu tinha infligido em sua filhinha. O tormento mental de Karen Sue, segundo a mãe dela, "valia" cerca de 5 mil dólares. Eu não tinha

5 mil dólares. Eu só tinha uns mil dólares que sobraram na minha conta, depois dos meus gastos com as compras no *outlet* em Michigan City.

Eu deveria ficar sentada no meu quarto e pensar em como faria para angariar os outros 4.249 dólares.

Em vez disso, fui até o quarto de Douglas para ver o que ele estava fazendo.

— Ei, perdedor. — Comecei a dizer assim que entrei no quarto dele com tudo, como era minha tradição. — Adivinha o que aconteceu comigo na...

Só que não terminei a frase, porque Douglas não estava lá.

É, isso mesmo. Ele não estava no quarto. Havia uns oito milhões de exemplares de revistas em quadrinhos em cima da cama dele, mas nada de Douglas no quarto.

O que era meio bizarro. Porque desde que fora mandado para casa pela faculdade estadual por tentar se matar, Douglas nunca ia a lugar algum. Sério. Ele só ficava sentado no quarto, lendo.

Ah, claro que às vezes nosso pai o obrigava a ir a um dos restaurantes da nossa família e a ajudar a limpar as mesas ou algo assim, mas, tirando isso, ou às idas ao consultório do terapeuta, Douglas sempre estava no quarto.

Sempre.

Talvez, concluí, ele tivesse ficado sem revistas em quadrinhos para ler e tivesse ido ao centro para comprar mais. Isso fazia sentido. Porque das poucas vezes em que ele tinha saído do quarto nos últimos seis meses, era para lá que tinha ido.

Não era divertido ficar sentada no meu quarto pensando no que eu tinha feito. Antes de mais nada, eu não achava minha atitude tão ruim assim. Além do mais, estávamos em agosto, então estava bem legal do lado de fora de casa para um fim de tarde. Fiquei sentada na janela com o olhar contemplativo voltado para a rua. Meu quarto fica no terceiro andar da casa, no sótão para falar a verdade, que é onde ficavam os antigos aposentos dos criados. Nossa casa é a mais antiga da Lumley Lane, construída por volta da virada do século. Do século XX. A cidade até veio colocar uma placa nela (na casa, quis dizer), dizendo que era um marco histórico.

Das janelas do terceiro andar — das janelas do meu quarto — dava para ver tudo na Lumley Lane. Pelo menos dessa vez não havia ali nenhuma van branca monitorando minhas atividades. Isso porque os agentes especiais Johnson e Smith estavam lá na escola com Mark Leskowski.

Coitado do Mark. Eu não tinha como saber como ele devia estar se sentindo... Quero dizer, se Rob um dia aparecesse morto, só Deus sabe o que eu faria, e nós nem mesmo tínhamos saído. Bem, não por mais de cinco minutos, afinal. E, se eu fosse considerada culpada por ter feito isso, sabe, tê-lo matado, eu ficaria ensandecida, louca mesmo, para descobrir a verdade.

Ainda assim, parecia que Mark era o principal suspeito para todos. Os pais dele tinham, como Ruth havia previsto, contratado o Sr. Abramowitz como advogado; não que Mark tivesse sido acusado de assassinato oficialmente, mas certamente parecia que isso iria acontecer.

A forma como fiquei sabendo disso? Porque meus pais berraram do pé da escadaria, dizendo que iriam à casa vizinha à nossa para consultar o pai de Ruth sobre o caso da Karen Sue. Aparentemente o Sr. Abramowitz tinha acabado de chegar de uma consulta na Ernie Pyle. O que mais, além do lance com Mark, ele poderia estar resolvendo lá? O novo uniforme de mascote?

— Tem uns restos de penne na geladeira — gritou minha mãe para mim lá de baixo. — Esquente se sentir fome. Ouviu, Douglas?

Foi então que me dei conta de que minha mãe não sabia que Douglas não estava no quarto.

— Eu falo pra ele — gritei em resposta a ela. O que não era mentira. Eu *falaria* pra ele. Quando ele chegasse em casa.

Vocês não achariam lá grande coisa um cara de 20 anos sair um pouco, mas, na verdade, no caso de Douglas, era sim. Algo considerável, quero dizer. Minha mãe ficava toda surtada por causa dele, achando que ele era uma florzinha delicada que definharia sob a mais leve exposição aos elementos da natureza.

O que era bem uma grande piada, mesmo, porque Douglas não era nenhuma florzinha. Ele estava simplesmente, sabe, tentando ajeitar as coisas na vida dele. Assim como o restante de nós.

Só que estava sendo um pouco mais cauteloso do que o restante de nós.

— E você — gritou minha mãe escada acima —, nem pense em ir a lugar algum, Jessica. Quando seu pai e eu chegarmos em casa, nós três vamos nos sentar e teremos uma longa e boa *conversinha*.

Bem. Diante daquela ameaça, não parecia que meu pai a tinha convencido de que eu estava falando a verdade sobre o que Karen Sue dissera. Ainda assim, que seja.

Da minha janela, fiquei olhando enquanto eles saíam. Os dois cruzaram nosso gramado na frente da casa, depois cortaram caminho pela cerca viva que separava nossa propriedade da dos Abramowitz, embora sempre ficassem falando para eu tomar o caminho longo, ou a cerca viva sofreria danos permanentes em suas raízes. Enfim. Eu me levantei e fui até o andar de baixo para ver como estava o penne.

Eu tinha acabado de abrir a geladeira quando alguém girou a manivela da nossa campainha. Como nossa casa é muito velha, ela tem essa campainha antiga, com uma manivela que você tem que girar, e não um botão para ser apertado.

— Já estou indo — avisei, me perguntando quem poderia ser.

Ruth nunca tocava a campainha. Ela simplesmente entrava na casa. E todo mundo que conhecíamos teria ligado antes de aparecer em nossa casa.

Quando cheguei ao vestíbulo, vi o que parecia, definitivamente, uma silhueta masculina atrás da cortina de renda que cobria a vidraça da porta da frente de nossa casa. Parecia ser do tamanho e forma exatos de Rob.

Meu coração, é ridículo, eu sei, parou de bater por um instante, mesmo eu sabendo perfeitamente que Rob nunca simplesmente apareceria à porta da frente da minha casa e tocaria a campainha. Não desde que falei a ele o quão apavorada minha mãe ficaria caso algum dia descobrisse que eu gostava de um cara que a) não estava na faculdade e b) tinha passado um tempo no xadrez.

Talvez, pensei durante um instante, dominada pelo pânico, Rob *realmente* tenha me visto na traseira do Pontiac Firebird de Skip e estivesse aparecendo para me perguntar se eu tinha ficado completamente maluca, passando pelos arredores de onde ele trabalhava, espionando-o daquele jeito.

Mas quando abri a porta com tudo, vi que não se tratava de Rob. No entanto, meu coração não parou com toda sua ginástica insana.

Porque, em vez de ter Rob Wilkins parado na varanda da frente da minha casa, lá estava Mark Leskowski.

— Ei — disse ele ao me ver. Exibia um sorriso tenso, tímido e maravilhoso, tudo ao mesmo tempo. — Ufa! Fico feliz por ter sido você. Sabe? Que atendeu à porta. De repente eu estava, você sabe, "Ai, e se o pai dela atender?". Mas é você.

Eu simplesmente fiquei ali parada encarando-o. Você teria feito o mesmo também, se tivesse aberto a porta da frente da sua casa e se deparado com o quarterback e astro da sua escola sorrindo timidamente.

— Hum — disse Mark, quando não falei nada de imediato. — Posso conversar com você por alguns minutinhos?

Olhei para trás. Claro que não havia ninguém em casa. Olhar para trás foi puro reflexo da minha parte.

O lance era que, embora eu nunca tivesse recebido a visita de um garoto em minha casa, eu tinha plena certeza de que meus pais não gostariam se eu o convidasse para entrar enquanto eles não estavam em casa.

Mark deve ter se dado conta do que eu estava pensando, pois disse:

— Ah, não preciso entrar, não. Podemos ficar sentados aqui, se você quiser.

Balancei a cabeça. Eu ainda estava me sentindo um pouco confusa e não conseguia pensar direito. Não é todos os dias que a gente abre a porta de casa e vê um cara como Mark Leskowski parado na varanda.

Acho que foi por causa dessa estupefação que abri a boca e falei sem pensar:

— Por que você não estava no memorial de Amber?

Mark não pareceu ter ficado ofendido pela minha aspereza, no entanto. Ele olhou para baixo e murmurou:

— Não consegui. Quero dizer, o dia de hoje na escola já foi ruim o bastante, mas voltar lá, onde aquilo aconteceu... simplesmente não consegui.

Ai, meu Deus! Meu coração deu um pulo por ele. Claramente, o cara estava sofrendo.

— A única vez, desde que tudo isso começou, em que me senti ao menos semi-humano foi quando estava conversando com você — disse Mark, erguendo o olhar contemplativo e deparando-se com o meu. — Eu estava esperando que pudéssemos... sabe... conversar um pouco mais. Se você não tiver comido ainda, eu estava até pensando em ir a algum lugar. Para comer, quero dizer. Nada muito chique, não. Pode ser só pizza.

Pizza. Mark Leskowski queria me levar para comer pizza.

— Claro — respondi, e fechei a porta da frente de casa depois de sair. — Pizza é uma boa.

É, eu sei, tá? Sei que minha mãe disse que não era para eu sair. Sei que estava sendo punida por tentar desviar o septo de Karen Sue Hankey.

Mas, veja só, Mark precisava de mim, OK? Dava para *ver*, estava escrito bem ali na cara dele.

E, falando sério, com quem mais ele poderia conversar? Quem mais além de mim já tinha estado numa situação similar à que ele se encontrava? Tipo, eu sabia o que era ser caçada, como um animal, pelas supostas autoridades. Eu sabia o que era ter todo mundo, todas as pessoas no mundo inteiro, contra você.

E, sim, tudo bem, ninguém nunca tinha suspeitado de que eu tivesse cometido assassinato. Mas não estavam todos na escola me culpando pela morte de Amber? Não era quase a mesma coisa?

Então fui com ele. Entrei em seu carro, um BMW preto, que combinava totalmente com ele, e seguimos viagem até o centro da cidade, e não, não pensei em momento algum: *Ai, meu Deus! Espero que ele não leve o carro até o bosque e tente me matar.*

Isso porque, em primeiro lugar, eu não acreditava que Mark Leskowski fosse capaz de matar alguém, por ser tão sensível e tal. E, além disso, estávamos em plena luz do dia. Ninguém tenta matar ninguém em plena luz do dia.

No mais, mesmo tendo apenas 1,52 metro de altura, eu já havia brigado com caras maiores do que Mark Leskowski. Como Douglas gosta de ressaltar, eu não sinto remorso nenhum por brigar feio se tiver que fazê-lo.

Posso simplesmente dizer a você como o mundo parece diferente de dentro de uma BMW? Ou talvez só pareça diferente dentro da BMW de Mark Leskowski. A dele tem janelas com insulfim, então tudo parece meio que... *melhor* de dentro do carro dele.

Exceto Mark, é claro. Ele, eu estava descobrindo, sempre parecia bem.

Especialmente quando, como agora, estava preocupado. Suas sobrancelhas escuras meio que se contraíam de um jeito adoravelmente vulnerável... meio como um filhote de golden retriever que não sabia ao certo onde tinha colocado sua bola.

— É só que todo mundo acha que fui eu que a matei — disse ele, quando começamos a descer a Lumley Lane. — E... Eu simplesmente não consigo acreditar nisso. Tipo, que eles pensem isso de mim. Eu amava Amber.

Murmurei algo encorajador. Tudo no qual conseguia pensar era *Heather Montrose*, por favor, *esteja no centro da cidade quando chegarmos lá*. Por favor, *me veja saindo da BMW de Mark Leskowski*. Por favor, *me veja comendo pizza com ele*. Por favor.

Era errado da minha parte — tão errado — querer ser vista na BMW de um garoto cuja namorada tinha morrido de modo trágico há poucos dias.

Por outro lado era errado da parte da Heather — tão errado — ter sido tão malvada comigo em relação a algo que não era minha culpa.

— Mas esses federais... — continuou Mark. — Bem, você os conhece. Certo? Quero dizer, eles parecem conhecer você. Eles são tão... reticentes. É como se soubessem de alguma coisa. Como se tivessem algum tipo de prova de que fui eu quem fiz aquilo.

— Ah — falei, quando viramos na Second Street. — Tenho certeza de que não sabem de nada.

— É claro que não — falou Mark. — Porque eu não fiz aquilo.

— Certo — respondi. Uma pena mesmo que eu não tivesse um celular. Porque, se tivesse, então poderia ter inventado uma desculpa para ligar para Ruth, e então poderia contar a ela que estava com o Mark. Mark *Leskowski*. Que eu estava com *Mark Leskowski* na BMW dele.

Por que todas as garotas de 16 anos têm um celular e eu não?

— Isso mesmo — disse Mark. — Eles não têm prova nenhuma. Porque se tivessem já teriam me prendido. Não é?

Olhei para ele. Lindo. Tão lindo. Nenhum Rob Wilkins, é claro. Mas um gato mesmo assim.

— É — respondi.

— E eles teriam falado algo a você, não teriam? Quero dizer, não teriam dito a você? Se tivessem alguma prova contra mim?

— É claro que não — falei. — Por que diriam algo pra mim? O que você acha que sou? Alguma informante?

— É claro que não — esclareceu Mark. — É só que você parece ser, sabe, verdadeiramente amigável com eles...

Dei uma risada que soou quase um uivo ao ouvir aquilo.

— Lamento desapontar você, Mark — falei. — Mas os agentes especiais Johnson e Smith e eu não somos exatamente amigos. Basicamente, tenho algo que eles querem, e é isso.

Mark olhou de relance para mim com curiosidade. Nós paramos num cruzamento, então tudo bem que ele estivesse olhando para mim e não para a rua, mas notei que Mark também tinha uma tendência a me encarar quando deveria estar prestando atenção a onde estávamos indo. Isso, além de sua tendência a considerar sinais vermelhos meras sugestões, e a não achar nem um pouco necessário manter a distância mínima de pelo menos dois carros do veículo à frente; tudo isso me levava a acreditar que Mark não era o melhor motorista do mundo.

— O que é? — perguntou ele. — O que você tem que eles querem?

Voltei o olhar para ele, porém o meu não ostentava curiosidade alguma. Eu estava pasma. Como ele podia não saber? Como podia não ter ouvido falar? Esteve estampado em todos os jornais locais durante semanas, e na maioria das publicações nacionais durante quase o mesmo período de tempo. Esteve nos noticiários, e teve até um papo sobre um filme que seria feito sobre a coisa toda, exceto que, é claro, eu não estava muito entusiasmada em ver a minha vida pessoal transferida para a telona.

— Alô-ou — falei. — Garota Relâmpago. Lembra-se?

— Ah — disse ele. — Aquele lance todo de poderes psíquicos. É. Isso mesmo.

Mas não era a única coisa da qual Mark tinha se esquecido. Eu percebi isso quando ele parou o carro no estacionamento do Mastriani, um dos restaurantes da minha família. Era o mais chique dos três, embora servisse pizza também. Achei um pouco estranho Mark estar me levando para um restaurante da minha família, mas, pensei, bem, era a melhor pizza da cidade, então por que reclamar?

Só depois que passamos pela porta — Heather Montrose, infelizmente, não estava no centro da cidade para me ver sair da BMW de Mark Leskowski —, e a garçonete que nos arrumou uma mesa me disse, "Oh! Jessica. Olá!", que me dei conta do imenso e colossal erro que tinha acabado de cometer.

Porque é claro que Mark não era o único que estava se esquecendo das coisas. Eu tinha me esquecido de que a nova garçonete que meu pai tinha contratado era ninguém mais ninguém menos do que a mãe de Rob.

Capítulo 8

É. Isso mesmo. A mãe de Rob.

Não que meu pai soubesse que ela era a mãe de Rob, claro. Quero dizer, ele até poderia saber que a mulher tinha um filho e tal, mas ele não sabia que eu estava meio que de olho no filho dela.

Bem, admito que eu estava loucamente apaixonada pelo filho dela.

Não, meu pai contratou a Sra. Wilkins porque ela ficou sem trabalho quando a fábrica local de plástico foi fechada, e eu falei dela para ele, dizendo que era uma moça muito legal e tal. Porém, eu nunca disse que a conhecia. Nunca fui falando "Ei, pai, você deveria contratar a mãe do cara por quem estou loucamente apaixonada, mesmo que ele não possa sair comigo porque ele me considera chave de cadeia, tem 18 anos e está em condicional".

É. Eu não disse isso.

Mas é claro que até o momento em que vi a Sra. Wilkins lá parada com vários cardápios na mão, eu tinha me esquecido completamente de que ela trabalhava no Mastriani's... E de que estava trabalhando lá desde boa parte do verão, enquanto eu estava no acampamento, e vinha fazendo, pelo que ouvi dizer, realmente um trabalho muito bom.

E agora ela iria me servir — servir a garota que poderia, se fizesse o jogo certo, vir a ser nora dela um dia — enquanto eu comia pizza com o quarterback da Ernie Pyle High que, a propósito, era suspeito do assassinato da própria namorada.

Ótimo. Que ótimo! Te digo uma coisa, com essa nova situação, além da aparente quedinha de Skip por mim, de ter todo mundo pensando que eu era responsável por Amber ter morrido, mais o processo de Karen Sue Hankey contra mim, meu ano escolar estava se moldando de um jeito bem legal, obrigada.

— Oi, Sra. Wilkins — falei, com um sorriso tão forçado que achei que minhas bochechas fossem se partir. — Como vai?

— Bem, estou bem, obrigada — respondeu a Sra. Wilkins. Ela era uma bela mulher com um cabelo ruivo volumoso preso no topo da cabeça por um grampo de casco de tartaruga. — É ótimo ver você. Ouvi dizer que esteve no acampamento de música.

— Hum, sim, senhora! — falei. — Trabalhando como monitora. Voltei faz uns dias.

E seu filho ainda não me ligou. Três dias, faz três dias que já estou de volta na cidade, e ele nem mesmo passou pela minha casa dirigindo sua Indian?

Não. Nada. Nadinha. Zero.

— Deve ter sido divertido — comentou a Sra. Wilkins.

Foi exatamente naquele momento que percebi, horrorizada, que ela estava nos conduzindo à mesa sete, à mesa onde os casais "se pegavam", no canto mais escuro do salão de jantar.

Não! Eu queria gritar. Não a mesa onde os casais ficam de amassos, Sra. Wilkins! Isso não é um encontro, eu juro! Isso... não... é... um... encontro!

— Aqui está — disse a Sra. Wilkins, colocando os cardápios sobre a mesa sete. — Sentem-se, já voltarei com dois copos de água gelada. A não ser que prefiram Coca-Cola...?

— Coca está bom para mim — disse Mark.

— Eu vou... Eu vou querer só água — consegui dizer, engasgando.

A mesa dos amassos! Ai, meu Deus, não a mesa dos amassos!

— Uma Coca e uma água então — disse a Sra. Wilkins, e depois saiu depressa.

Ótimo. Simplesmente o máximo. Eu sabia o que aconteceria agora, é claro. A Sra. Wilkins diria a Rob que tinha me visto, num encontro, com Mark Leskowski. Ela poderia até mesmo contar a ele sobre a mesa dos amassos.

Então Rob finalmente acharia que aceitei a ordem dele para não nos vermos mais, no sentido romântico da coisa. E o que aconteceria depois disso? Eu te digo: ele iria começar a pensar que estaria tudo bem se saísse com alguma daquelas vadias do Chick's Biker Bar, onde ele vai às vezes. Como posso competir com uma mulher de 27 anos chamada Darla, com tatuagem e moto? Não tenho como competir com ela. Não com um toque de recolher às onze da noite.

Minha vida estava acabada. Completamente acabada.

— Ei — disse Mark, baixando seu cardápio. Sob a luz de velas (sim, havia luz de velas! Convenhamos. Era a mesa dos amassos...) ele parecia mais bonito do que nunca. Mas o que isso importava? Que diferença a beleza de Mark fazia? Mark não era quem eu queria. — Eu me esqueci — disse Mark. — Você é dona do lugar, ou algo assim, não é?

— Algo assim — falei, sem fazer questão de ocultar meu infortúnio.

— Eita! — disse Mark. — Sinto muito. Quero dizer, não quero que você ache que escolhi esse lugar para eu não precisar pagar ou algo do tipo. Eu só realmente gosto da pizza do Mastriani's. — Ele colocou o cardápio na mesa. — Mas podemos ir a outro lugar totalmente diferente se você quiser...

— Ah, é? Onde exatamente? — perguntei.

— Bem — disse ele. — Tem o Joe's...

— Somos donos do Joe's também — falei, soltando um suspiro.

— Ah — Mark se encolheu. — Isso quer dizer que você provavelmente deve ser dona do Joe Junior's também, não é?

— É — falei.

Ergui o queixo. Certo. Era a mesa dos amassos. Mas isso não queria dizer que eu tinha que dar uns amassos em Mark Leskowski. Não que isso fosse ser um sacrifício e tal, mas, sob tais circunstâncias, dificilmente seria apropriado.

— Olha, tudo bem — disse, tentando animar meu oprimido estado de espírito. — Nós podemos ficar. Você só tem que dar uma gorjeta realmente boa, ok? Porque eu... conheço essa garçonete. Muito bem.

— Sem problemas — disse Mark, e depois começou a me perguntar do que eu gostava na minha pizza.

Olha, apesar de todas as evidências ao contrário, não sou a pessoa mais idiota do mundo. Eu sabia por que Mark tinha me chamado para sair, e não era porque ele havia reparado no meu belo par de pernas desde que eu tinha começado a usar minissaias para ir à escola. Não era nem mesmo por causa do encontro na sala do orientador um pouco mais cedo, onde havíamos tido aquele adorável momento de conexão, antes de os federais nos atacarem tão rudemente.

Não, Mark tinha me chamado para sair porque achava que poderia obter informações comigo... informações que eu nem tinha. Os agentes especiais Johnson e Smith o tinham como suspeito de assassinar a namorada? Era possível.

Ou talvez eles só quisessem fazer algumas perguntas, de forma que pudessem descobrir quem mais poderia ter feito aquilo.

E eu não tentei fazer a mesma coisa? Extrair informações dele sobre os últimos momentos de Amber na

Terra... ou, pelo menos, de seus últimos momentos com Mark? Porque, por mais arduamente que eu tentasse negar minha culpa na morte de Amber, ainda havia um lado meu que se sentia responsável, como se eu pudesse impedir tal acontecimento caso estivesse por perto. Eu estava convencida de que, se Heather e aqueles caras tivessem conseguido falar comigo, eu teria sido capaz de encontrar Amber antes de ela ser morta. Eu sabia disso. Assim como sabia que, quando Kurt, o *chef* principal no Mastriani's, me descobrisse sentada à mesa sete, ele arrumaria os pepperonis na minha pizza em forma de coração. O que ele fez, para minha completa humilhação.

Mark mal notou. De tão desatento que estava por causa de todo o lance de ser suspeito da morte da namorada. Ele só me entregou uma fatia, e, enquanto comíamos, conversamos sobre como era ser atormentado pelo FBI.

E a parte triste era que isso era tudo que tínhamos em comum. Nós dois tínhamos sido interrogados pelo FBI, quero dizer. Isso, e o fato de não gostarmos de Karen Sue Hankey. Parecia que a vida inteira de Mark girava em torno de futebol americano. Ele estava sendo avaliado, ele me explicou, pelos treinadores de diversas faculdades das Dez Mais, e ainda por mais algumas no Leste. Ele ia conseguir a melhor bolsa de estudos possível e jogar bola na faculdade até a NFL bater à sua porta.

Parecia um plano razoável para mim, exceto pelo fato de que a NFL não aparecia batendo à porta de todos os jogadores de futebol americano de faculdades, e até mesmo eu, que era uma ignorante no que dizia respeito a futebol americano, sabia disso. E se, me perguntei, aquele plano dele desse errado? Qual seria o plano B? Faculdade de medicina? Faculdade de direito? O quê?

Mark ficou me encarando, inexpressivo, por cima de nossa pizza de pepperoni com queijo extra.

— Plano B? — Ele ecoou minhas palavras. — Não existe nenhum plano B.

Achei que talvez tivesse me expressado mal.

— Não — falei. — Sério. E se você não conseguir entrar para a liga dos profissionais? O que vai fazer da vida?

Mark balançou a cabeça, mais como se estivesse dispensando algo desagradável que tivesse pousado em sua cabeça do que realmente discordando de mim.

— Fracasso — disse ele — é inaceitável.

Lá estava aquilo de novo. O lance todo que ele tinha mencionado lá na sala do orientador. Esses atletas, não pude evitar observar, realmente levam o chamado deles a sério.

— Inaceitável? — Tossi. — É, está certo. O fracasso é inaceitável, claro, mas às vezes acontece. E então... bem, você precisa aceitá-lo.

Mark olhou com calma para mim, do outro lado da mesa.

— Esse é um erro comum — argumentou ele. — Muitas pessoas realmente acreditam nisso. Mas não eu. É isso que me faz diferente de todo o restante, Jess. Porque, para mim, fracasso simplesmente não é uma opção.

Ah. Bem. OK.

Aquilo era meio que estranho, devo dizer, estar com o namorado de Amber Mackey. Além do fato de estarmos sendo servidos pela mãe do cara de quem eu realmente gostava. Não, era todo o lance de "Amber já esteve aqui". Eu não conseguia evitar pensar... o que Amber tinha visto naquele cara? É, ele era muito gato, mas também era meio... entediante. Tipo, ele não sabia nada de música, nem de motos, e nem de nada divertido do gênero. Ele tinha visto a maioria dos filmes mais recentes, mas não tinha gostado daqueles que eu achava bons, e o único do qual ele tinha gostado, achei o mais imbecil, além da conta. E ele não tinha tempo para mais nada, como ler livros ou ver TV, pois tudo na vida dele se resumia a treinar futebol americano.

Sério. Nem mesmo quadrinhos. Nem mesmo a WWF.

Não que Amber fosse a Madame intelectual em pessoa, mas ela pelo menos tinha interesses além da animação de torcida. Quero dizer, estava sempre organizando vendas de bolos para alguma instituição de caridade. Parecia que a cada semana tinha uma causa nova, desde coletar coisinhas de bebê para mães solteiras até recolher alimentos para serem doados a pessoas famintas em nações na África sobre as quais nenhum de nós nunca nem mesmo tinha ouvido falar.

Mas talvez eu estivesse sendo dura demais com Mark. Quero dizer, ao menos ele tinha uma meta na vida, certo? Um monte de caras sequer tinha metas. Meu irmão Douglas, por exemplo. Bem, acho que a meta dele era sarar, mas o que ele fará quando tiver realizado esta meta?

Rob tem uma meta. Quer ter a própria oficina de consertos de moto. Até juntar dinheiro suficiente para tal, ele vai trabalhar na oficina do tio.

Sabe quem não tem nenhuma meta? É, eu. Nenhum objetivo. Quero dizer, além de manter o FBI longe de descobrir que ainda tenho poderes psíquicos. Ah, e de conseguir uma Harley quando eu fizer 18 anos. E de um dia ser a Sra. Robert Wilkins.

Mas eu preciso ter uma carreira primeiro. Antes de me casar, quero dizer. E nem mesmo sei que tipo eu quero. Sabe, de carreira. Não dá para ganhar dinheiro encontrando crianças desaparecidas. É até possível, mas eu não gostaria de fazer isso. Não se pode ganhar dinheiro por algo que qualquer ser humano decente deveria fazer de graça. Frequentei a igreja por tempo suficiente para saber *disso*, pelo menos.

Então disse a mim mesma para parar de ser tão crítica com Mark. O cara estava passando por uma barra pesada.

E ele realmente deixou uma bela gorjeta para a Sra. Wilkins, então tudo bem.

Quando estávamos a caminho da saída, ela acenou para nós e disse:

— Divirtam-se agora.

Divirtam-se agora. Meu coração teve um sobressalto. Eu não queria me divertir. Não com Mark Leskowski. A única pessoa com quem eu queria me divertir era com Rob Wilkins. Seu filho, Rob, tá bom, Sra. Wilkins? Ele é a única pessoa com quem quero me divertir. Então, por favor, a senhora poderia, por gentileza, me fazer esse favor e NÃO contar a ele que me viu aqui hoje à noite com Mark Leskowski? Por favor? A senhora faria isso por mim?

E, pelo amor de Deus, faça o que fizer, NÃO conte a ele sobre esse lance da mesa dos amassos. Pelo amor de Deus, não mencione a mesa dos amassos.

Só que é claro que eu não poderia dizer isso a ela. Como eu poderia, sabe, dizer isso a ela?

Então, em vez disso, tudo que fiz foi acenar em despedida, sentindo uma náusea no estômago, e dizer:

— Obrigada!

Ai, meu Deus! Eu estava morta, morta!

Tentei não pensar nisso. Tentei ficar toda animada e falante, do jeito que Amber sempre tinha sido. Sério. Não importava o quão cedo da manhã fosse nem o quão horrível estivesse o tempo lá fora, Amber sempre estava animada na sala de chamada. Amber realmente gostava da escola. Amber era uma daquelas pessoas que acordava todos os dias e dizia "Bom dia, flor do dia" a ela mesma no espelho.

Pelo menos, era assim que ela sempre parecia para mim.

É claro que, no fim das contas, havia muita coisa boa nela.

Tentei não pensar nisso enquanto Mark me levava de volta a seu carro. Tentei manter minha mente focada em assuntos mais felizes.

O único problema era que eu não conseguia pensar em nada.

Nada de coisas felizes, quero dizer.

— Acho que você provavelmente precisa ir para casa — disse Mark, enquanto abria a porta do carona para mim.

— É — falei. — Meio que estou com problemas. Por causa de todo aquele lance com Karen Sue Hankey.

— OK — disse Mark. — Mas você não quer, talvez, dar uma paradinha no Moose por uns minutinhos? Para tomar um milk-shake ou algo do gênero?

O Moose. The Chocolate Moose. Era o quiosque de sorvete que ficava do outro lado do cinema na Main Street, onde todos os garotos populares ficavam. Sério. Eu e Ruth não íamos ao Moose desde que éramos crianças porque, tão logo chegamos à puberdade, nos demos conta de que todas as pessoas bonitas da escola iam para lá. Se você não fosse um jogadorzinho de futebol americano ou uma animadora de torcida e desse as caras no Moose, todo mundo lá olhava torto para você.

O que, na verdade, estava tudo bem, porque o sorvete não era tão bom quanto o do Thirty-one Flavors, no fim da rua. Ainda assim, a ideia de ir ao Moose com Mark Leskowski... Bem, era estranho, perturbador e emocionante demais, tudo ao mesmo tempo.

— Com certeza — respondi casualmente, como se os garotos me convidassem a ir ao Moose com eles todos os dias. — Acho que seria bom tomar um milk-shake.

Não havia muitas pessoas no Moose logo de cara. Só Mark e eu, e algumas líderes de torcida de luta romana, que me olharam feio assim que entrei no lugar. Porém, quando viram que eu estava com Mark Leskowski, elas relaxaram, e até mesmo sorriram. Todd Mintz estava lá com alguns amigos. Ele grunhiu um "olá" para mim e fez um "toca aqui" no Mark.

Eu tomei um sorvete de menta com pedacinhos de chocolate. Mark tomou algo com pedacinhos de doces Heath por cima. Nós nos sentamos numa mesa do lado de fora que tinha vista para toda a Main Street, bem diante do fórum. Do fórum e, não pude deixar de notar, da cadeia. Por trás da cadeia, o sol estava se pondo em todas aquelas cores vibrantes. Era bonito e tudo o mais — um verdadeiro pôr do sol do verão em Indiana. Mas ainda era, sabem... A *cadeia*.

A cadeia onde Mark poderia acabar indo parar, admirando o pôr do sol por detrás das barras.

Acho que ele também meio que se deu conta disso, porque se desviou do pôr do sol e começou a me fazer perguntas sobre minhas aulas. Quando se começa a fazer perguntas a alguém sobre aulas, bem, isso é desespero. Quero dizer, se eu não tivesse percebido antes disso que Mark e eu não tínhamos nada em comum, essa teria sido uma verdadeira grande pista.

Felizmente, um carro estacionou bem no meio da minha descrição da aula sobre o governo dos Estados Unidos, e as pessoas que saíram, aos montes, de dentro do carro, começaram a chamar Mark pelo nome.

Só que não era, como eu tinha pensado a princípio, porque estavam felizes por vê-lo. Era porque tinham alguma coisa para contar a ele.

— Ai, meu Deus.

Era Tisha Murray, da minha sala de chamada. Ela ainda estava usando o uniforme do memorial — Tisha era da equipe sênior das líderes de torcida —, mas aparentemente ela deixara os pompons no carro.

— Ai, meu Deus, estou tão contente por termos encontrado você — falou, toda efusiva e emocional. — Estávamos procurando você por toda parte. Olha, você precisa vir com a gente logo. É uma emergência!

Mark saiu sorrateiramente de sua mesa ao ar livre, deixando seu milk-shake esquecido.

— Que foi? — perguntou ele, segurando Tisha pelos ombros. — O que aconteceu? O que você precisa que eu faça?

— Não *você* — disse Tisha, com rudeza. Porém ela não teve a intenção de soar rude. Só estava histérica demais para se lembrar das delicadezas sociais. — *Ela*.

Tisha apontou. Para mim.

— Você — falou Tisha para mim. — Nós precisamos de você.

— *Eu?* — Quase caí da mesa. Nunca antes alguém da equipe sênior da Ernie Pyle tinha expressado o mínimo interesse que fosse por mim. Bem, exceto pelos últimos dois dias, quando ficaram me dando bronca por deixar Amber morrer. — Para quê vocês precisam de *mim*?

— Porque aconteceu de novo! — disse Tisha. — Só que dessa vez é Heather. Ele a pegou! Seja lá quem foi que matou Amber está com Heather agora! Você precisa encontrá-la. Está me ouvindo? Você precisa encontrá-la antes que ele a estrangule também!

Capítulo 9

Provavelmente não é politicamente correto estapear uma animadora de torcida. Porém, foi exatamente isso que fiz.

Ei, ela estava histérica, tá? Não é isso que devemos fazer quando as pessoas não conseguem se controlar?

Olhando em retrospecto, todavia, provavelmente não foi a coisa mais inteligente a se fazer. Porque tudo que fiz foi reduzir Tisha às lágrimas. Não apenas lágrimas, mas imensos soluços de um bebezão. Mark teve que obter informações sobre a história com Jeff Day, que não sabia tanto do assunto quanto Tisha.

— Nós estávamos todos no lance do memorial — disse ele, enquanto Tisha limpava suas lágrimas nos braços de Vicky Huff, uma *Pompette*. — Sabe, lá na região dos poços. As garotas estavam jogando na água um punhado de coroas de flores, de flores soltas e de sobras do memorial. Era tudo simbólico, essas bobagens.

Por acaso eu mencionei que Jeff Day não está exatamente na lista de alunos honrados?

Então chegou a hora de ir embora, e todo mundo voltou para seus carros... Todo mundo, menos Heather. Ela simplesmente... se foi.

— O que você quer dizer — exigiu saber Mark — com *se foi*?

Jeff deu de ombros, seus ombros enormes.

— Você sabe, Mark — disse ele. — Simplesmente... se foi.

— Isso é inaceitável — retrucou Mark.

Eu não sabia direito ao que Mark estava se referindo... Se ao fato de Heather ter desaparecido ou de Jeff dar de ombros para o desaparecimento dela. Contudo, quando Jeff falou, gaguejando "O que quero dizer... O que quero dizer é que a procuramos, mas não conseguimos encontrá-la", me dei conta de que Mark estava se referindo à resposta do Jeff.

A pressa de Jeff para se corrigir me fez me lembrar de que, como quarterback, Mark se encontrava numa posição de certa autoridade sobre aqueles caras.

— As pessoas não fazem isso, Jeff — falei. — As pessoas não desaparecem simplesmente.

— Eu sei disso — comentou Jeff, com um ar meio desafortunado. — Mas aconteceu com Heather.

— Foi como naquele filme — disse Tisha, erguendo a voz marcada pelas lágrimas. — Aquele filme, *A bruxa de Blair*, em que os garotos desapareceram na floresta. Foi daquele jeito. Num segundo Heather estava lá, e no segundo seguinte, tinha sumido. Nós a chamamos várias vezes e procuramos por toda parte, mas foi como se... ela tivesse evaporado. Como se aquela bruxa a tivesse pegado.

Olhei para Tisha com as sobrancelhas erguidas.

— Duvido muitíssimo — falei — de que o desaparecimento da Heather seja resultado de bruxaria, Tisha.

— Não — disse Tisha, limpando os olhos com os dedos finos como gravetos. Sendo a mais minúscula das meninas da equipe sênior das líderes de torcida, era Tisha que ficava no topo da pirâmide troféu, ou que pulava no ar e aterrissava no ninho formado por braços no chão do ginásio abaixo dela. — Eu sei que não foi uma bruxa de verdade. Mas é bem provável que tenha sido, sabe, um caipira.

— Um caipira — falei.

— É. Eu vi um filme uma vez sobre uns caipiras que viviam nas montanhas, e eles raptaram a mulher do Michael J. Fox... Sabe, aquela Tracy Pollan. Ela era uma biatleta olímpica, e eles a raptaram e tentaram fazer com que ela, sabe, transportasse a água deles e tal. Até que ela, tipo, conseguiu fugir.

Não consigo acreditar na minha vida às vezes. Não consigo mesmo.

— Talvez alguns caipiras anormais como aqueles do filme, que moram no bosque perto da região dos poços, tenham pegado a Heather. Eu os vi por lá, sabe? Eles vivem em barracos, sem água corrente nem eletricidade, e com um banheiro externo. — Tisha começou a soluçar e chorar ao mesmo tempo, tudo de novo. — Provavelmente eles a enfiaram nesse banheiro externo!

Eu tinha que parabenizar Tisha por ter uma imaginação tão fértil. Mas, ainda assim, aquilo tudo parecia um pouco demais para mim.

— Deixe-me ver se entendi direito — falei. — Você acha que um caipira demente que mora na região dos poços na Pike sequestrou Heather e enfiou a menina privada abaixo.

— Já ouvi falar nesse tipo de coisa acontecendo — comentou Jeff Day.

Porém, em vez de apoiar seu colega de time, Mark pronunciou-se, irritado:

— Essa é a coisa mais idiota que já ouvi!

Jeff Day era o tipo de cara que teria metido o punho cerrado com a força de uma marreta na cara de qualquer um que o tivesse chamado de idiota. Exceto se essa pessoa fosse Mark Leskowski. Para Jeff, Mark estava próximo a uma divindade.

— Desculpa, cara — murmurou ele, parecendo envergonhado.

Mark ignorou seu colega de time.

— Algum de vocês — quis saber Mark — chamou a polícia?

— Claro que chamamos — disse outro jogador, Roy Hicks, indignado, não querendo ficar mal na frente do quarterback do time, tal qual estava acontecendo com seu colega, Jeff.

— Um bando de assistentes do xerife foi até a região dos poços — Tisha entrou na conversa — e está ajudando todo mundo a procurar por ela. Até mesmo trouxeram alguns daqueles cães farejadores. Nós só saímos de lá —

ela voltou seus olhos manchados de rímel para mim — para procurar por ela. — Tisha parecia não conseguir se lembrar do meu nome. E por que se lembraria? Eu estava tão longe de sua esfera social, como se fosse invisível...

Exceto quando se tratava de resgatar suas amigas de caipiras psicóticos, ao que tudo indicava.

— Você precisa encontrar Heather — implorou Tisha, os olhos úmidos brilhando juntamente aos últimos raios do sol que se punha. — *Por favor*. Antes que... seja tarde demais.

Isso detonava tudo. Sério. Como eu conseguiria convencer o FBI de que não tinha mais poderes psíquicos quando não conseguia nem ao menos convencer meus próprios colegas disso?

— Olha, Tisha — falei, ciente de que não somente Tisha estava voltando seu olhar contemplativo e esperançoso para mim, como também o estavam Mark, Jeff Day, Todd Mintz, Roy Hicks e uma quantidade substancial de líderes de torcida. — Eu não... Quero dizer, não consigo...

— Por favor — sussurrou Tisha. — Ela é minha melhor amiga. Como você se sentiria se sua melhor amiga fosse sequestrada?

Droga!

Olha, não é que eu guardasse no coração sentimentos ruins em relação a Heather Montrose. Eu guardava, é claro, mas esse não era o ponto. O ponto era que eu estava tentando manter a discrição quanto a todo o lance psíquico.

Mas se Tisha estivesse certa, então havia um serial killer à solta. Ele bem que poderia estar com Heather em suas garras, do mesmo jeito que, uns dias antes, estivera com Amber. Eu seria capaz de permitir que uma garota morresse — mesmo que esta garota fosse Heather Montrose, que, depois de Karen Sue Hankey, era uma das pessoas de quem eu menos gostava?

Não. Não, eu não seria capaz.

— Eu não tenho mais poderes psíquicos — falei, só para que depois ninguém pudesse afirmar que eu tinha concordado com tudo aquilo. — Mas vou tentar.

Tisha soltou o ar numa rajada violenta, como se estivesse prendendo a respiração até que eu desse minha resposta.

— Ah, obrigada — gritou ela. — Obrigada!

— É — falei. — Tudo bem. Mas, olha, preciso de alguma coisa dela.

— Alguma coisa de quem? — Tisha inclinou a cabeça de lado, gesto que a fez se parecer com um pássaro. Um pardal, talvez, espiando uma minhoca.

É. Essa seria eu. Eu seria a minhoca.

— Alguma coisa da Heather — expliquei, devagar, para me assegurar de que seria compreendida. — Você tem um suéter dela ou algo assim?

— Tenho os pompons dela — disse Tisha, e saiu dando pulinhos em direção ao carro no qual tinha chegado.

Todd Mintz parecia perplexo.

— É assim mesmo que você os encontra? — Quis saber. — Tocando um objeto que pertence à pessoa desaparecida?

— É — falei. — Bem. Meio que é.

É claro que não era assim. Porque eis uma coisa: desde a última primavera, quando fui atingida por um raio, encontrei um monte de gente, tudo bem. Mas eu só tinha encontrado uma pessoa quando estava acordada. Sério. Para encontrar todos os outros, foi preciso dormir para invocar a localização deles, como Douglas havia colocado as coisas, até a percepção da minha mente. Essa era a forma como minha habilidade psíquica específica funcionava. Enquanto eu dormia.

O que significava que, como futura opção de carreira, eu teria que descartar a clarividência. Vocês nunca me pegariam sentada numa tenda com uma bola de cristal e um turbante grande e velho na cabeça. Minha possibilidade de prever o futuro breve era tão remota quanto a possibilidade de voar. Tudo que consigo fazer — tudo que *já* fui capaz de fazer, desde aquele dia da tempestade — é encontrar pessoas desaparecidas.

E só consigo fazer isso enquanto durmo.

Exceto uma vez. Uma vez, quando um dos campistas sob minha guarda fugiu, e eu abracei o travesseiro dele e tive aquele lampejo esquisito. Sério. Foi como uma imagem na minha cabeça, mostrando exatamente onde a criança estava e o que ela estava fazendo.

Se isso aconteceria ou não com a ajuda dos pompons de Heather, eu não tinha como saber, mas sabia que a mesma pessoa que matara Amber havia sequestrado Heather, e não podíamos nos dar ao luxo de esperar até a manhã seguinte para encontrá-la.

— Aqui estão. — Tisha veio correndo até mim e enfiou duas grandes bolas prateadas e reluzentes com fitas brancas nas minhas mãos. — Agora encontre-a. Rápido.

Abaixei o olhar para os pompons. Surpreendentemente, eram pesados. Não era de se admirar que todas as garotas na equipe das líderes de torcida tivessem uns músculos saradinhos nos braços. Eu achava que era por causa de todos aqueles saltos de mão, mas, na verdade, era de ficar sacudindo aqueles trecos de um lado para o outro.

— Ah, Tisha — falei, ciente de que todos os clientes da Chocolate Moose estavam olhando para mim de cima a baixo. — Eu não consigo, hum... Eu acho que talvez precise ir para casa para tentar. Que tal fazermos assim: se eu conseguir descobrir alguma coisa, eu ligo pra você e aviso?

Tisha não pareceu particularmente entusiasmada com a ideia, mas o que mais eu poderia dizer? Eu não ia ficar lá, parada, em pé, inalando o cheiro dos pompons da Heather Montrose. (Foi assim que eu encontrei Shane. Mas cheirando o travesseiro dele, não pompons.)

Felizmente, pelo menos Mark parecia me entender e, me segurando pelo cotovelo, disse:

— Eu deveria levar você de volta para sua casa, de qualquer forma.

E então, sob os olhares vigilantes da maioria da elite da Ernie Pyle High, Mark Leskowski me acompanhou de volta até sua BMW, me empurrou com gentileza para o banco do carona, depois se posicionou atrás do volante e foi dirigindo lentamente até minha casa.

Lentamente não porque não quisesse que nossa noite juntos tivesse fim, mas por estar tão ocupado falando, que acho que era difícil para ele acelerar ao mesmo tempo.

— Você entende o que isso significa, não? — perguntou ele tão logo chegamos à Second Street. — Se Heather desapareceu mesmo, se a mesma pessoa que matou Amber realmente fez isso com Heather... Bem, eles não podem continuar a suspeitar de mim, podem? Aquelas pessoas do FBI não podem dizer que tive alguma coisa a ver com isso.

— Certo — falei, baixando o olhar para os pompons de Heather.

Será que isso iria funcionar?, eu me perguntava. Tipo, um punhado de pompons realmente me levaria a encontrar uma garota desaparecida? Não me parecia muito provável, mas fechei os olhos, enfiei os dedos nas fibras fofas e tentei me concentrar.

— E, antes de estar com você — estava dizendo Mark —, eu estava com eles. Sério. Fui direto para sua casa depois do meu interrogatório com eles. Os caras do FBI, quero dizer. Então em momento algum tive oportunidade de fazer qualquer coisa com Heather. Ela esteve fora o dia todo lá na região dos poços, com todo o restante do pessoal. E tem aquela garçonete. Ela me viu com você também.

— Certo. — Era bem difícil me concentrar com Mark falando tanto.

Ah, bem, pensei. Vou simplesmente esperar chegar em casa e tentar fazer isso lá, na privacidade do meu quarto. Terei muitas oportunidades de fazer isso assim que estiver em casa.

Só que é claro que isso não aconteceu. Porque meus pais chegaram antes de mim, e estavam esperando na varanda com expressões sombrias.

Pega no flagra de novo!

Mark perguntou enquanto estacionava na entrada da minha casa:

— Aqueles são seus pais?

— Sim — respondi, engolindo em seco. Eu estava ferrada.

— Eles parecem legais. — Mark acenou para eles quando saiu do carro e deu a volta para abrir a porta para mim. Uma coisa que eu tinha a dizer sobre Mark Leskowski: ele era um cavalheiro e tudo o mais.

— Olá, Sr. e Sra. Mastriani — disse ele aos meus pais. — Espero que vocês não se importem por eu ter levado sua filha para comer algo. Tentei trazê-la para casa o mais depressa possível, pois amanhã temos aula.

Eita! O Mark não se tocou de que estava soando forçado? Certinho demais? Tipo, meus pais não são retardados.

Minha mãe e meu pai só ficaram lá, sentados, minha mãe no balanço da varanda e meu pai nos degraus enquanto mantinham os olhares fixos em mim, que saía da BMW do Mark. Eu nunca tinha visto ambos tão preocupados. Pronto! Eu estava marcada para morrer.

— Bem, foi um prazer conhecer vocês, Sr. e Sra. Mastriani — disse Mark e, exercitando um pouco daquele charme que fazia dele um líder eficiente no campo de futebol, acrescentou: — E devo lhes dizer que adorei jantar muitas vezes nos restaurantes de vocês. Eles são especialmente ótimos!

Meu pai, parecendo um pouco surpreso, disse:
— Hum, obrigado, filho.

Pegando na minha mão que não estava segurando firme os pompons de Heather Montrose, Mark disse a mim:

— Obrigado, Jessica, por ser tão boa ouvinte. Eu realmente precisava disso essa noite.

Ele não me beijou nem nada. Só apertou minha mão, de leve, deu uma piscadela, voltou para dentro do carro e foi embora.

Deixando-me para encarar o pelotão de fuzilamento sozinha.

Eu me virei e aprumei os ombros. Para falar a verdade, aquilo era ridículo. Quero dizer, tenho 16 anos. Praticamente uma mulher. Se eu quisesse socar a cara de uma garota e depois ir a um belo jantar com o quarterback do time de futebol americano, bem, essa era a minha prerrogativa divina...

— Mãe — falei. — Pai. Ouçam-me. Eu posso explicar...

— Jessica — disse minha mãe, levantando-se do balanço. — Onde está seu irmão?

Pisquei para eles. O sol tinha se posto, não estava fácil de enxergar os dois na escuridão. Ainda assim, não havia nada de errado com meus ouvidos. Minha mãe tinha acabado de me perguntar onde meu irmão estava. Não onde eu havia estado. Onde meu irmão estava.

Seria possível que, no fim das contas, eu não estava encrencada por ter saído?

— Vocês se referem ao Douglas? — perguntei, com ar de imbecil, porque eu ainda não conseguia acreditar na minha sorte.

— Não — respondeu meu pai, com sarcasmo. Ao que tudo indicava, ele não estava tão preocupado assim, já que não tinha perdido o senso de humor. — Seu irmão Michael. É claro que estamos falando de Douglas! Quando foi a última vez em que você o viu?

— Não sei — respondi. — Hoje de manhã, acho.

— Ai, meu Deus! — Minha mãe começou a andar de um lado para o outro na extensão da varanda. — Eu sabia! Ele fugiu! Joe, vou ligar para a polícia.

— Ele tem 20 anos, Toni — disse o meu pai. — Se ele quiser sair, pode sair. Não existe nenhuma lei contra isso.

— Mas o remédio dele! — gritou minha mãe. — Como vamos saber se ele tomou o remédio antes de sair?

Meu pai deu de ombros.

— O médico dele disse que ele vem tomando o remédio regularmente.

— Mas como vamos saber se ele tomou o remédio *hoje*? — Minha mãe abriu a porta de tela. — Está decidido. Vou chamar a...

Nós três ouvimos aquilo ao mesmo tempo. Um assovio. Alguém estava descendo a Lumley Lane assoviando.

Eu soube quem era na hora, é claro. Douglas sempre foi quem melhor assoviava na família. Foi ele, na verdade, quem me ensinou a fazê-lo. Eu ainda conseguia assoviar umas poucas canções folclóricas, mas Douglas conseguia assoviar sinfonias, sem nem mesmo fazer pausa para respirar.

Quando Douglas surgiu em meio ao círculo de luz lançado pela luminária da varanda, que minha mãe se apressou em acender, ele parou e piscou algumas vezes. Das mãos pendia uma sacola da loja de revistas de histórias em quadrinhos lá do centro da cidade.

— Ei — disse ele, erguendo o olhar para nós. — O que é isso? Reunião familiar? E começaram sem mim?

Minha mãe simplesmente ficou ali, parada, em pé, salivando e balbuciando. Meu pai soltou um longo suspiro e se levantou.

— Olha lá — disse ele para minha mãe. — Está vendo, Toni? Falei que estava tudo bem com ele. Vamos lá, vamos entrar. Estou perdendo o jogo.

Minha mãe, sem dizer uma palavra, se virou e entrou em casa.

Olhei para Douglas e balancei a cabeça.

— Normalmente — falei —, eu ficaria muitíssimo brava com você por sair assim e não dizer a ninguém aonde ia ou quando voltaria para casa. Mas eles estavam tão preocupados com você que se esqueceram de surtar comigo, então vou te perdoar desta vez.

— Bem — disse Douglas. — Que cortês da sua parte. — Nós subimos os degraus da varanda juntos e ele olhou para baixo, para os pompons que eu tinha em mãos. — Quem você acha que é? — perguntou. — Marcia Brady de *A Família Sol-Lá-Si-Dó*?

— Não — falei, acompanhado de um suspiro. — A Madame Zenda, a clarividente.

Capítulo 10

Não funcionou, é lógico.

Os pompons, quero dizer. Tudo que consegui foi um grande e imenso nada... e algumas daquelas coisas penduradas neles entraram no meu nariz quando tentei cheirá-las.

Isso não é tão esquisito quanto parece, já que a visão que tive sobre Shane aparentemente teve um gatilho olfativo. Porém, aquilo que funcionou com o travesseiro do menino definitivamente não deu muito certo com os pompons de Heather.

Talvez fosse porque eu de fato gostasse de Shane, além de me sentir responsável por ele ter fugido da cabine que dividíamos.

Mas Heather? É, eu não gosto muito dela. E também não me sinto responsável pelo desaparecimento dela.

Então por que eu não conseguia dormir? Quero dizer, se me sentia tão isenta de qualquer responsabilidade ao que tinha acontecido com Heather, por que lá estava eu, com os olhos fixos no teto?

Droga, não sei. Talvez fosse por causa de todos aqueles telefonemas que tinham feito para mim naquela noite, exigindo saber o motivo pelo qual eu ainda não a havia encontrado. É sério, se eu recebesse telefonemas de todos os integrantes, sem exceção (tirando Amber e Heather, claro) da equipe de líderes de torcida júnior, eu não ficaria surpresa. Minha mãe, que já estava de um jeito que de maneira nenhuma poderia ser descrito como bom humor, por causa do processo pendente da Sra. Hankey contra mim e do repentino desejo de Douglas de vagar por aí, ameaçou desconectar o telefone da tomada caso o aparelho tocasse mais alguma vez.

Por fim, entrei no clima, sabe, "Vai em frente", porque já estava de saco cheio de dizer às pessoas que eu não sabia de nada. Já era ruim o bastante que toda a população estudantil da Ernest Pyle High School parecesse achar que eu ainda estava em plena posse dos meus poderes psíquicos. Agora aparentemente achavam que eu me recusava a usar meus poderes para encontrar determinadas pessoas porque eu tinha ressentimentos quanto à popularidade delas.

— Ai, não — disse Ruth, quando liguei para contar o que estava acontecendo. — Eles não disseram isso a você.

— É — falei. — Eles disseram sim. Tisha veio logo com essa. Ela ficou toda: "Jess, se você está segurando informações por causa do que Heather te disse outro dia no refeitório, quero só te lembrar de que ela já faz parte do comitê de Boas-Vindas há dois anos e que por isso seria muito conveniente para você se pôr a trabalhar."

— Tisha Murray não usou os termos "seria muito conveniente" — disse Ruth.

— Bem — falei —, você sabe o que quero dizer.

— Então acho que isso significa que Mark não matou Amber no fim das contas. Ouvi um som de algo sendo raspado, indicando que Ruth estava lixando as unhas enquanto falávamos ao telefone, como era de costume.

— Quero dizer, se ele estava com você quando Heather desapareceu.

— Pois é — falei.

— O que quer dizer, você sabe. Ele é Pegável!

— Ele não é apenas Pegável — corrigi. — Ele é Gato! E acho que ele meio que gosta de mim. — Contei a Ruth sobre como Mark tinha apertado de leve minha mão e dado uma piscadela para mim antes de me deixar condenada aos meus pais. Não mencionei que ele não parecia ter meta alguma senão se tornar um profissional do futebol americano. Isso não teria deixado Ruth impressionada.

— Uau! — disse Ruth. — Se você começar a sair com o quarterback dos Cougars, tem ideia de que tipo de festas e eventos vai frequentar? Jess, você poderia concorrer a Rainha do Baile. E talvez até mesmo ganhar. Se deixar os cabelos crescerem.

— Uma coisa de cada vez — pedi. — Em primeiro lugar, preciso provar que ele não matou a última namorada, encontrando o cara que fez isso. E... — acrescentei —, além disso... e Rob?

— O *que é que tem* Rob? — Quis saber Ruth. — Jess, Rob desprezou você, certo? Faz três dias inteirinhos desde que você voltou e ele nem mesmo telefonou. Esquece o Babaca. Sai com o quarterback. Ele nunca foi preso por nada.

— Ainda — falei.

— Jess, não foi ele. Esse lance com Heather é uma prova disso. — Seguiu-se um clique, e então Skip começou a dizer "Alô? Alô? Quem está usando essa linha?".

— Skip — começou Ruth, com uma fúria malcontida. — Estou ao telefone.

— Ah, é? — disse Skip. — Com quem?

— Com quem...?! — falou Ruth, rugindo. — Com Jess, tá bom? Agora desliga o telefone. Termino num minuto.

— Oi, Jess — disse Skip, em vez de desligar como deveria fazer.

— Oi, Skip — falei. — Obrigada de novo pela carona hoje de manhã.

— Jess — rugiu Ruth. — NÃO DÊ TRELA PRA ELE!

— É melhor eu desligar, acho — disse Skip. — Tchau, Jess.

— Tchau, Skip — me despedi. Seguiu-se um clique, e Skip não estava mais na linha.

— Você... — disse Ruth. — É melhor você fazer alguma coisa em relação a isso.

— Ah, Ruth — falei. — Não se preocupe. Skip e eu estamos de boa.

— Não, vocês não estão de boa. Ele tem uma quedinha por você. Eu te avisei para não jogar tanto videogame com ele lá na casa do lago.

Eu quis perguntar o que mais deveria ter feito, afinal ela nunca estava por perto, mas me contive.

— Então o que você vai fazer agora? — Ruth queria saber.

— Não sei. Ir para a cama, acho. Pela manhã saberei. Onde Heather está, quero dizer.

— É o que você espera — disse Ruth. — Sabe, você nunca procurou por alguém de quem não gostasse. Talvez isso só funcione com pessoas que você não despreze completamente.

— Meu Deus... — falei antes de desligar. — Espero que isso não seja verdade.

Porém, ao que tudo indicava, era assim, já que, quando acordei, depois de aparentemente ter caído no sono por volta de meia-noite, eu nem mesmo me lembrava de que deveria estar tentando encontrar Heather. Tudo no qual conseguia pensar era: *Agora, o que era* aquilo?

E isso porque eu tinha acordado, não com o som do meu despertador, nem dos passarinhos gorjeando do lado de fora do meu quarto, e sim com um som pungente de algo trepidando ruidosamente.

Sério. Abri os olhos e, em vez de ter a luz da manhã entrando no meu quarto, não havia nada além de sombras. Quando virei a cabeça para olhar o despertador, vi o motivo: eram apenas duas da manhã.

Por que, me perguntei, eu tinha acordado às duas da manhã? Nunca acordei no meio da noite por motivo nenhum. Tenho sono pesado. Mike sempre brincava que um tornado poderia destruir a cidade, e eu não faria nada além de rolar um pouco na cama.

Então ouvi os barulhos de novo, como granizo batendo à minha janela.

Só que não era granizo, percebi. Eram pedras de verdade. Alguém estava jogando *pedras* na minha janela.

Joguei as cobertas para o lado, me perguntando quem na face da Terra poderia estar fazendo aquilo. Os amigos de Heather eram as únicas pessoas que eu sabia estarem ansiosas o bastante para me ver, a ponto de fazer uma cena do tipo. Mas nenhum deles tinha como saber que meu quarto era o único da casa que ficava de frente para a rua, ou o único com janelas no meio do telhado.

Cambaleando até uma daquelas janelas, espiei pela tela. Vi que alguém estava parado no jardim. Mal havia sinal de lua, mas da pouca luz que ela lançava, eu conseguia ver que a silhueta era alta e distintamente do sexo masculino. Os ombros eram largos demais para pertencer a uma garota.

Que cara que eu conhecia, me perguntei, jogaria um punhado de pedras nas minhas janelas no meio da noite? Que cara que eu conhecia sabia onde ficavam as janelas do meu quarto?

E aí caiu a ficha.

— Skip — sibilei para a silhueta no meu quintal. — Que diabos você acha que está fazendo? Vá para casa!

A silhueta ergueu a cabeça na minha direção e sussurrou de volta:

— Quem é Skip?

Dei um pulo para trás, afastando-me da janela, alarmada. Não era Skip. Aquele não era Skip de jeito nenhum.

Com o coração martelando no peito, fiquei em pé no meio do quarto, incerta quanto ao que fazer. É claro que esse tipo de coisa nunca tinha acontecido. Eu não era do tipo de garota que tinha os carinhas jogando pedrinhas em sua janela todas as noites. Talvez Claire Lippman fosse acostumada a esse tipo de coisa, mas eu não. Eu não sabia o que fazer.

— *Mastriani!* — Eu o ouvi me chamar num sussurro alto.

Não havia chance alguma, claro, de ele acordar meus pais, cujo quarto ficava do lado oposto ao meu, bem na outra extremidade da casa. Mas ele poderia acordar Douglas, cujas janelas davam para a casa dos Abramowitz, e que, além de tudo, tinha sono leve. Eu não queria que Douglas acordasse e descobrisse que a irmãzinha dele tinha um visitante noturno. Quem ia saber se esse tipo de coisa não poderia causar um episódio nele?

Fui voando para a frente, me apoiei no peitoril da janela, com o rosto pressionado contra a tela, e disse, baixinho:

— Espera aí. Já vou descer.

Então dei meia-volta e catei as primeiras peças de roupas que consegui achar: minha calça jeans e uma camiseta. Enfiando uns tênis nos pés, fui saltitando pelo corredor até o banheiro, onde lavei a boca com água e pasta de dentes. Ei, uma garota não vai falar com seus visitantes noturnos com hálito matinal. Isso é algo que *sei* em relação a essas coisas.

Então fui descendo sorrateiramente as escadas, evitando meticulosamente o notório degrau que rangia, logo antes do segundo patamar, até que cheguei à porta da frente e a destranquei silenciosamente.

Então fui para o ar fresco noturno e caí no abraço quentinho de Rob.

Olha, eu sei, tá bom? Três dias. Fazia *três dias* que eu estava em casa e ele não tinha me ligado. Eu deveria estar enfurecida. Eu deveria estar lívida de tanta fúria. No mínimo do mínimo, eu deveria tê-lo cumprimentado com uma civilidade fria, talvez um olhar de desprezo e um "Ei, como tem passado?", em vez de saudá-lo me jogando em seus braços.

Mas eu simplesmente não consegui me conter. Ele estava tão adorável lá, parado, em pé, sob a luz da lua, todo grande e alto e másculo e tudo o mais. Dava para dizer que ele tinha tomado um banho, porque os cabelos escuros na nuca ainda estavam úmidos, e ele cheirava a sabonete, xampu e *Goop*, aquela coisa que os mecânicos usam nas mãos para tirar a graxa e o óleo de motor das unhas. Como eu não poderia pular nos braços dele? Você teria feito exatamente a mesma coisa.

Exceto que Rob não devia ter a mínima ideia de o quão estonteante e gostoso estava, já que pareceu meio surpreso quando me pendurei e grudei nele como aqueles macacos guaribas que aparecem no Discovery Channel agarrados às mães.

— Bem — disse ele. Ele não parecia exatamente insatisfeito. Só um pouco desconcertado. — Ei. É bom ver você também.

Bem. Ei. Bom ver você também. Não é exatamente o que uma garota espera ouvir do cara que acabou de acordá-la no meio da noite jogando pedrinhas na janela do quarto dela. Um "Jess, eu amo você loucamente, foge comigo!" poderia ter sido legal. Diabos, eu teria me contentado com um "Senti sua falta".

Mas o que ganhei em troca? Ah, não. Aquele grande "Bem. Ei. É bom ver você também."

Te digo, minha vida é um *saco*!

Eu me soltei dele e, como estava pendurada cerca de uns 30 centímetros no ar, a medida que Rob tinha a mais do que eu, ele foi me deslizando de volta ao chão. O chão ao qual fiquei encarando, numa desilusão de doer. Eu tinha acabado de fazer — não conseguia evitar essa sensação — um enorme papel de boba na frente dele.

De novo.

— Eu acordei você? — Quis saber Rob, enquanto estávamos parados na varanda, naquela situação esquisita, como se fôssemos dois estranhos, graças a minhas habilidades sociais subdesenvolvidas.

— Hum — murmurei. — É. — O que ele achou? *Eram duas da manhã!* Um horário perfeito, na minha opinião, para um pouco de romance.

Mas, ao que tudo indicava, não para Rob.

— Desculpa — disse ele.

Rob colocara as mãos nos bolsos da calça jeans, mas não para evitar me agarrar, me erguer e me encher com uma chuva de beijos no rosto, como os heróis fazem nos livros que pego minha mãe lendo de vez em quando, mas porque não sabia o que mais poderia fazer com elas.

— Acabei de saber que você estava de volta à cidade. Minha mãe disse que você foi ao restaurante hoje à noite. Ou na noite passada, acho.

Ai, meu Deus! A mãe dele tinha contado! A Sra. Wilkins tinha contado ao filho sobre servir a mim e a Mark Leskowski na mesa sete. A mesa dos amassos! Eu, sinceramente, esperava que ela tivesse mencionado que Mark e eu não tínhamos, na verdade, ficado dando amassos.

— É — falei. — Voltei no domingo à noite. Tive que voltar. Sabe? Escola. As aulas começaram na segunda-feira.

"Seu retardado!", eu queria acrescentar, mas não o fiz.

E fiquei feliz por não ter dito isso quando ele falou:

— Eu sei. Tipo, eu me dei conta essa noite de que era óbvio que as aulas deveriam ter recomeçado. Sendo a última semana de agosto e tal. É que quando a gente não vai mais à escola, fica meio difícil acompanhar essas coisas.

É claro! É lógico que ele não sabia que eu tinha voltado! Ele não estava mais na escola. Como ele saberia que as aulas tinham começado na segunda? E, trabalhando o dia todo, não era como se ele tivesse tempo para ver o ônibus nem nada.

Eis então o motivo pelo qual ele não tinha me ligado nem passado na minha casa. Bem, isso e o fato de que eu tinha pedido para ele não fazer isso, por causa do lance dos meus pais não saberem dele e tudo o mais.

Voltei a encará-lo, com sensações de calidez e felicidade percorrendo meu corpo, até que Rob me perguntou:

— Então, quem era o cara?

Opa.

As sensações de calidez e felicidade desapareceram.

— Cara? — falei, como em eco, enrolando para ganhar tempo.

Uma parte minha estava pensando, *O quê? Ele está com ciúmes! O lance das Regras imbecis de Ruth realmente funciona!*, enquanto outra pensava, *Ei, foi ele quem insistiu nessa história de que vocês dois não deveriam namorar, e agora ele acha ruim você estar saindo com outra pessoa? Diga a ele que lide com isso*, e uma terceira lamentava por tê-lo magoado, se é que ele estava magoado mesmo, o que era impossível de discernir pela voz ou expressão dele, ambas neutras.

Neutras demais.

— É — disse Rob. — Aquele com quem minha mãe viu você.

— Ah, *aquele* cara — falei. — Aquele é só, hum, Mark.

— Mark? — Rob tirou a mão do bolso e passou os dedos pelos cabelos ainda úmidos. Gesto que, cheguei à conclusão, não significava realmente nada.

— É? Você gosta dele? Desse cara? Desse Mark?

Ai, meu Deus! Eu não conseguia acreditar que estávamos tendo aquela conversa. Quero dizer, não era eu quem tinha problemas com os antecedentes criminais de Rob, nem com a idade dele e tudo aquilo. Era *ele* quem parecia achar que estaria me roubando do berço caso saísse comigo, mesmo sendo apenas dois anos mais velho do que eu, e mesmo eu sendo, eu acho, excepcionalmente madura para minha idade. E agora ele estava chateado porque eu tinha saído com outra pessoa — outro alguém que, a propósito, tinha a mesmíssima idade que ele e apenas uma ficha limpa como diferença?

Até agora, de qualquer forma.

Eu quase desejei que Ruth estivesse ali por perto para testemunhar aquela cena. Foi algo verdadeiramente clássico.

Por outro lado, é claro, eu estava transtornada pela culpa. Porque, se tivesse que escolher entre sair para comer pizza com Mark Leskowski ou ir até o ferro-velho para surrupiar peças de carros usados com Rob Wilkins, eu teria escolhido ir ao ferro-velho em qualquer dia da semana.

E esse foi o motivo pelo qual, um segundo depois, me dei conta de que não poderia mais aguentar. É isso mesmo, eu quebrei as Regras. Arruinei todo aquele trabalho árduo, tudo aquilo de não telefonar para ele, de não correr atrás dele, tudo aquilo de fazer com que ele achasse que eu gostava de outra pessoa, dizendo:

— Olha, não é o que você está pensando. A namorada de Mark é a garota que foi encontrada morta no domingo. Eu só saí com ele para, sabe, conversar. Os federais estão na cola dele agora, imagina só, então, temos muito em comum.

Rob tirou as mãos dos bolsos rapidamente e as colocou, para minha grande surpresa, em meus ombros. No momento seguinte, ele estava me sacudindo, com vigor.

— Mark Leskowski? — Quis saber. — Você saiu com Mark Leskowski? Você está doida? Está querendo ser assassinada?

— Não — falei, entre as chacoalhadas. — Não foi ele quem matou Amber.

— Bobagem! — Rob parou de me chacoalhar. — Todo mundo sabe que foi ele! Todo mundo, menos você, ao que me parece.

Eu fiz *shhhh* para ele.

— Você quer que meus pais acordem? — perguntei, sibilando. — É a última coisa de que preciso, que eles me encontrem na varanda na frente da casa, no meio da noite com...

— Ei — disse Rob. — Pelo menos não sou assassino!

— Nem Mark — falei.

— É o que você diz.

— Não, é o que todo mundo diz. Eu sei que ele não matou Amber, Rob, porque enquanto eu e ele estávamos juntos, outra garota desapareceu, Heather...

Parei de falar subitamente, ofegante, como se alguém tivesse me dado um beliscão. Um beliscão? Pareceu mais como se alguém tivesse me dado um soco.

— Que foi? — Quis saber Rob, agarrando meu braço e baixando o olhar preocupado para mim, esquecendo de toda a raiva. — Qual é o problema, Jess? Está tudo bem com você?

— Estou bem — falei, quando recuperei o fôlego. — Mas Heather Montrose não está.

Um fato sobre o qual eu tinha certeza, porque no momento em que falei o nome dela, eu me lembrei do que estava sonhando bem na hora em que fui acordada pelas pedrinhas que Rob começou a jogar.

Sonho? Do que estou falando? Aquilo foi um pesadelo! Exceto, é claro, que não foi. Um pesadelo, quero dizer. Porque aquilo era a coisa em si. Tinha sido real.

Real demais.

Capítulo 11

— Vem — chamei Rob, enquanto disparava pelos degraus da varanda rumo ao jardim. — Temos que chegar até ela, antes que seja tarde demais.

— Chegar até quem? — Rob me seguiu, parecendo confuso.

No caso dele, é claro, até mesmo a confusão lhe deixava sexy.

— Heather — falei, fazendo uma parada perto da árvore na entrada da garagem. — Heather Montrose. Ela é a garota que desapareceu esta tarde. Acho que sei onde ela está. Temos que chegar até ela, agora, antes que...

— Antes que o quê? — perguntou Rob.

Engoli em seco.

— Antes que ele volte.

— Antes que quem volte? Jess, o que foi exatamente que você viu?

Estremeci, embora a temperatura não estivesse muito abaixo de 20 graus ali fora.

Mas não era a temperatura que estava me dando calafrios. Eram as lembranças do meu sonho com Heather.

A pergunta de Rob era boa. O quê exatamente eu *tinha* visto? Não muito. Escuridão, principalmente. Foi o que senti que mais me assustou. E o que senti com certeza era o que Heather estava sentindo.

Frio. Essa era uma das sensações. Muito, muito frio.

E umidade. E confinamento. E dor. Muita dor, na verdade.

E medo. Medo de que ele estivesse vindo. Não apenas medo também, mas pavor. Pavor extremo, diferente de qualquer coisa que eu já tivesse experimentado. Que Heather tivesse experimentado, quero dizer.

Não. Que *nós* tivéssemos experimentado.

— Precisamos ir — falei com um gemido, afundando meus dedos no braço dele. Que bom que mantenho minhas unhas curtas, ou Rob passaria a ser a pessoa que experimentaria a dor. — Precisamos ir *agora*!

— Tudo bem — concordou Rob, olhando para minha mão que estava no braço dele e pegando-a com seus dedos quentinhos. — Tudo bem, como você quiser. Você quer ir encontrá-la? Vamos encontrá-la. Venha. Minha moto está logo ali.

Rob havia estacionado a moto um pouquinho mais abaixo na rua. Quando chegamos perto dela, ele abriu o compartimento na parte traseira e me entregou seu capacete reserva e uma jaqueta de couro extremamente surrada que ele guardava lá para emergências, juntamente a outras coisas estranhas, como uma lanterna, ferramentas, garrafa de água e, por motivos que eu nunca seria capaz de conceber, uma caixa de barrinhas de NutriGrain de morango. Acho que era só porque ele gostava delas.

— Certo — disse ele, enquanto eu me movimentava para me posicionar no assento atrás dele. — Tudo certo?

Assenti, não confiando em mim para falar. Eu estava com medo de começar a gritar, caso o fizesse. No meu sonho, era isso que Heather queria fazer. Gritar.

Só que ela não conseguia. Porque tinha algo na boca.

— Ahm... Mastriani? — disse Rob.

Inspirei profundamente. Tudo bem. Estava tudo bem. Aquilo estava acontecendo com Heather, não comigo.

— Sim? — falei, sem firmeza na voz.

As mangas da jaqueta de Rob eram longas demais para mim e ficavam pendendo além das mãos que eu tinha travado em volta da cintura dele. Eu podia sentir o coração de Rob batendo através da jaqueta jeans. Tentei me concentrar nas batidas do coração dele em vez de pensar no som gotejante, a única coisa que Heather conseguia ouvir.

— Aonde estamos indo?

— Ah — falei. — Para a região dos poços na P-Pike.

Rob assentiu, e, um segundo depois, a Indian dele rugiu e ganhou vida, e lá fomos nós.

Normalmente, é claro, andar de moto à luz da lua com Rob Wilkins teria sido minha ideia de paraíso na Terra. Quero dizer, vamos encarar a situação: sou caidinha pelo corpo do cara, desde aquele dia na detenção, no último ano, quando ele me convidou para sair pela primeira vez, sem saber, é claro, que eu era apenas aluna do segundo ano e que nunca tinha saído com um cara antes. Na hora em que ele descobriu isso, já era tarde, tarde demais. Eu já estava apaixonada.

Gosto de pensar que o mesmo poderia ser dito dele. E, sabe, a forma como ele reagiu quando ouviu que eu tinha saído com outro cara foi meio que um indicativo de que talvez ele gostasse de mim mais do que apenas como amiga.

Mas eu não poderia tão cedo me deleitar com tal percepção ou poderia curtir a viagem de moto. Isso, é claro, devido ao fato de eu saber o que havia no fim. Da estrada, quero dizer.

Não encontramos nenhum único outro veículo ao longo do caminho. Não até chegarmos ao desvio para a região dos poços, quando vimos um carro solitário de radiopatrulha parado lá, com a luz interna ligada, enquanto o policial dentro dele analisava algo preso a uma prancheta. Rob diminuiu a velocidade automaticamente conforme nos aproximávamos — ele não precisava de uma multa por excesso de velocidade —, no entanto, não parou. Ele desconfiava dos mantenedores da ordem pública. Assim como eu — e ele tinha motivos melhores para tal, afinal já estivera do outro lado.

Quando nos afastamos o suficiente do assistente do xerife, de forma que pudéssemos estacionar sem que ele nos visse, Rob disse, mantendo o motor ligado:

— Você quer pedir que ele se junte a nós?

— Ainda não — falei. — Eu prefiro... Quero ter certeza primeiro.

Embora eu tivesse cortado. Infelizmente, eu realmente tinha certeza.

— Tudo bem — disse Rob. — Para onde vamos agora?

Apontei para o bosque denso afastado da lateral da estrada. Para a parte turva, escura e aparentemente impenetrável na lateral do bosque.

— Que ótimo — disse Rob, sem entusiasmo. Então ele abaixou o visor de seu capacete de novo e disse: — Aguenta aí.

Foi uma entrada lenta. O solo do bosque estava mole, cheio de folhas em decomposição e agulhas de pinheiros, e as árvores, com menos de 1 metro de espaço entre si, formavam obstáculos desafiadores na rota. Conseguíamos ver apenas o que estava diretamente sob a luz do farol dianteiro da moto e, basicamente, tudo que havia eram árvores e mais árvores. Eu arregaçava a manga da jaqueta de Rob e apontava para algum lugar sempre que precisávamos mudar o rumo.

Também não venha me perguntar como eu sabia aonde estávamos indo, eu, que não consigo ler nem um mapa para salvar minha vida e que fracassei no teste de direção duas vezes. Deus sabia que eu nunca tinha estado naquele bosque. Ao contrário de Claire Lippman, não me era permitido nadar na região dos poços, e eu nunca estivera naquela região antes. Havia um motivo pelo qual nadar por ali era ilegal, e era porque as águas convidativas e escuras estavam repletas de perigos ocultos, como equipamentos abandonados de fazendas com seus cantos pontiagudos voltados para cima, e baterias de carros que vazavam ácido nas águas subterrâneas do condado vagarosamente.

Parece o paraíso, hein? Bem, para um bando de adolescentes que não tinha permissão para beber à beira das piscinas dos pais, era o paraíso.

Então embora eu nunca tivesse estado lá, era como se... bem, era como se eu tivesse. No centro de minha mente, como Douglas diria, eu havia estado lá, e sabia aonde estávamos indo. Eu sabia exatamente.

Ainda assim, fiquei surpresa quando voltamos à estrada. Nem mesmo era uma estrada, não exatamente, apenas uma faixa de terra que, décadas antes, tinha sido aplanada por pesados equipamentos removedores de pedras calcárias que tinham passado sobre o local, dia após dia. Agora era apenas um par de sulcos com grama espalhada. Sulcos que davam numa casa suja e aparentemente abandonada, com todas as vidraças escuras e quebradas, e que tinha, presa à porta da frente, uma placa onde se lia PERIGO — MANTENHA DISTÂNCIA.

Fiz um sinal para que Rob parasse, e ele obedeceu. Então nós dois nos sentamos e encaramos a casa através do facho do farol dianteiro da moto dele.

— Você deve estar brincando comigo — disse Rob.

— Não — falei. Tirei o capacete. — Ela está aí dentro. Em algum lugar.

Rob tirou o capacete e ficou sentado por um minuto, encarando a casa. Nenhum som vinha dela — nem de lugar nenhum — com exceção do cricrilar dos grilos e dos piados ocasionais de uma coruja.

— Ela está morta? — perguntou Rob. — Ou viva?
— Viva — falei. Então engoli em seco. — Eu acho.
— Tem alguém com ela aí dentro?
— Eu não... Eu não sei.

Rob olhou para a casa durante mais um minuto. Então ele disse:

— Tudo bem. — E desceu da moto.

Ele foi até o compartimento na garupa da moto e ficou procurando algo lá. Sob o brilho do farol da moto, e da luz fraca provida pela minúscula fatia de luz da lua, eu o vi puxar dali uma lanterna e mais alguma outra coisa.

Uma chave de roda.

Ele notou a direção do meu olhar.

— Nunca é demais — disse ele — estar preparado.

Assenti, mesmo duvidando que ele conseguisse enxergar aquele meu pequeno gesto sob o luar mínimo.

— Pronto — disse ele, fechando a tampa do compartimento da garupa e se virando para ficar de frente para mim. — Eis como vamos fazer as coisas. Vou entrar lá e dar uma olhada nos arredores da casa. Se eu não aparecer dentro de cinco minutos... Ah, aqui, fique com meu relógio, você sobe nessa moto e vai até aquele policial que a gente viu. Entendido?

Peguei o relógio, porém balancei a cabeça enquanto o colocava no bolso da jaqueta de couro.

— Não — falei. — Eu vou com você.

A expressão de Rob, ou o que eu conseguia ver dela, de qualquer forma, era de plena desaprovação.

— Mastriani — disse ele. — Espere aqui. Vai ficar tudo bem.

— Não quero esperar aqui. — Eu sabia muito bem: eu não podia mandá-lo fazer algo que certamente deveria ser feito apenas por mim. Fui eu que tive a visão. Eu deveria ser a pessoa a entrar na casa sinistra e verificar se a visão era real. — Quero ir com você.

— Jess — disse Rob. — Não faça isso.

— Eu vou com você — falei.

Para minha surpresa, minha voz falhou. De verdade. Do mesmo jeito que aconteceu com Tisha, quando ela ficou histérica na entrada do Chocolate Moose. Será que, me perguntei, eu estava ficando histérica?

Se Rob ouviu minha voz falhar, ele não demonstrou ter notado.

— Jess — disse ele —, você vai ficar aqui com a moto e ponto final.

— E se... — perguntei, a voz falhada tendo se transformado num soluço choroso — eles voltarem... E se não estiverem lá dentro agora... e me encontrarem aqui, completamente sozinha?

É claro que eu não acreditava, nem mesmo remotamente, que isso pudesse acontecer, ou que, na eventualidade improvável de que isso acontecesse, eu não fosse capaz de cair fora na Indian, que ia de zero a sessenta em meros segundos, graças aos reparos dedicados de Rob.

Contudo, a minha pergunta teve o efeito desejado em Rob, pois ele suspirou e, enganchando a chave de roda num dos passantes do cinto da calça jeans, segurou minha mão.

— Venha — disse ele, embora não parecesse muito feliz com aquilo.

Os degraus que davam para a varanda minúscula da frente da casa estavam quase apodrecidos por completo. Tivemos que pisar com cuidado enquanto subíamos por eles. Eu me perguntava quem tinha morado ali, se é que alguém tinha morado ali algum dia. O local poderia, eu pensei, ter servido como escritório de administração durante a época em que as pedras calcárias foram removidas da região dos poços na estrada lá embaixo. Certamente ninguém morava ali fazia anos...

No entanto, alguém com certeza havia entrado ali recentemente, pois a porta, que tinha sido fechada com pregos, se abriu com facilidade sob a palma de Rob. Com a luz do farol dianteiro da Indian, eu conseguia ver pontos brilhantes dos pregos reluzindo onde tinham sido forçados da madeira, as cabeças quase enferrujadas por causa das intempéries e dos anos que se passaram.

Enquanto iluminava a escuridão úmida com sua lanterna, Rob murmurou assim que passamos pela porta:

— Eu estava com um pressentimento ruim em relação a isso.

Eu não o culpava. Eu mesma tinha uma sensação muito sinistra em relação àquilo. Tudo que eu conseguia ouvir eram os grilos e o martelar do meu coração. Além de um outro som, muito mais fraco do que esses dois, mas, infelizmente, familiar. Um som de algo gotejando. Como água caindo de uma torneira que não tinha sido devidamente fechada.

O *pinga, pinga, pinga* do meu sonho.

Quero dizer, do meu pesadelo. A realidade de Heather.

Rob segurou minha mão firmemente e demos um passo lá para dentro.

Não fomos os primeiros a fazê-lo tão recentemente. Nem de longe. Em primeiro lugar, era óbvio que animais tinham feito uso do local, deixando fezes e ninhos de folhas, além de gravetos, por todo o chão de madeira apodrecido.

No entanto, guaxinins e gambás não eram os únicos inquilinos mais recentes da edificação dilapidada. Não se as muitas garrafas de cerveja e os sacos de batatas amassados no chão fossem algum indicativo. Alguém vinha fazendo grandes festas ali. Eu conseguia até mesmo sentir o cheiro fraco mas intoxicante de vômito humano.

— Legal — disse Rob, enquanto seguíamos em direção à única porta que havia ali, que pendia ansiosamente nas dobradiças. Ele parou um pouco e, soltando minha mão por um segundo, se curvou para pegar uma garrafa de cerveja.

— Importada — disse ele, lendo o rótulo à luz da lanterna. Depois colocou a garrafa de volta no chão. — Urbanos — comentou, pegando de novo na minha mão. — Faz sentido.

O cômodo seguinte tinha sido, ao que tudo indicava, uma cozinha, mas estava despida de todos os aparatos, exceto por alguns armários enferrujados e um forno a gás que parecia não ter conserto. Havia menos fezes de animais na cozinha do que na sala, porém mais garrafas de cerveja e, o que era interessante, uma calça. Grande demais, e nada estilosa, para pertencer a Heather, então continuamos nosso circuito.

A cozinha dava para um terceiro ambiente, o qual achei ser o último da casa. Possuía uma lareira, sobre a qual descansava um pequeno barril de cerveja vazio.

— Alguém — disse Rob — não se importou em pagar a taxa pelo barril. — Foi então que notei as escadas e apertei a minha pegada na mão de Rob. Ele seguiu a direção do meu olhar e soltou um suspiro. — É claro — disse. — Vamos.

As condições da escada estavam apenas um pouco melhores do que as dos degraus que davam para a varanda. Subimos lentamente, tomando cuidado onde colocávamos cada pé. Um passo errado e cairíamos. Conforme subíamos, o som gotejante ficava mais alto. *Por favor*, disse em tom de prece. *Que não seja sangue.*

O segundo andar consistia em três ambientes. O primeiro, à esquerda, obviamente tinha sido um quarto um dia. Ainda havia um colchão no chão, embora estivesse coberto por tantas manchas e nódoas que eu só teria colocado a mão nele usando luvas de látex. Um som de algo sendo esmagado sob nossos pés revelou que meus medos não tinham sido infundados. Havia embalagens vazias de camisinhas por toda parte.

— Bem — comentou Rob —, pelo menos eles estão praticando sexo seguro.

O segundo ambiente estava num estado ainda pior. Neste não havia nem colchão, apenas alguns cobertores velhos... Mas tantas embalagens vazias de camisinhas quanto no outro...

Realmente achei que fosse vomitar, e estava com esperanças de que a pizza que Mark e eu havíamos comido mais cedo já tivesse sido digerida.

Então havia apenas uma última porta, e eu realmente não queria que Rob a abrisse, pois sabia o que iríamos encontrar atrás dela. O som gotejante estava vindo de trás desta porta fechada.

— Deve ser o banheiro — disse Rob, e soltou minha mão para segurar na maçaneta.

— Não — falei, dando um passo à frente. — Não. Deixe que eu faça isso.

Eu não conseguia enxergar o rosto de Rob no escuro, mas podia ouvir o tom de preocupação na voz dele quando disse:

— Claro... Se quer assim.

Agarrei a maçaneta. Senti frio sob a palma da mão.

Então a porta se abriu com tudo, e o cômodo estava exatamente como na minha visão. A umidade, as paredes manchadas. A cela escura e sem janelas. O banheiro antigo e manchado, pingando, pingando, sem parar.

E a silhueta encolhida dentro da banheira, com a boca estirada num sorriso horrendo e largo formado pela tira suja de um material que mantinha a mordaça no lugar, os cabelos desgrenhados, os braços e pernas contorcidos em ângulos dolorosos por causa de faixas do mesmo material que envolvia os pulsos e seus tornozelos.

No fim das contas, só consegui identificá-la por causa do uniforme púrpura e branco que ela usava. Bem, por isso e, é claro, por causa do meu sonho.

— Ah, Heather — falei, numa voz que não soou nem um pouco como a minha. — Eu lamento tanto.

Capítulo 12

— Jesus — disse Rob, segurando a lanterna de forma que iluminasse o rosto manchado pelas lágrimas de Heather... O que não era lá de muita ajuda, pois eu estava tentando soltar um nó na parte de trás da cabeça dela, o nó que estava mantendo a mordaça no lugar, e eu mal conseguia enxergar o que fazia.

— Rob — falei. Eu tinha me arrastado para dentro da banheira, junto da Heather. — Segura a lanterna mais para cá, por favor?

Ele fez o que pedi, mas era como se estivesse em transe ou algo do gênero. Eu realmente não poderia culpá-lo. Eu pelo menos tive uma boa noção do estado em que Heather estaria quando a encontrássemos. Ele não tinha sido avisado de nada. De nadinha.

E o estado dela era ruim. Era realmente ruim. Pior ainda do que eu tinha vislumbrado na minha visão, porque, é claro, eu havia enxergado através dos olhos de Heather. Eu não tinha sido capaz de vê-la, porque no meu sonho eu *era* ela.

E este era o motivo pelo qual eu sabia que ela estava sentindo dor. Só que agora eu conseguia ver o porquê.

— Heather — disse eu, quando consegui tirar a mordaça de sua boca. — Você está bem?

Era uma pergunta imbecil, é claro. Ela não estava nada bem. E pela aparência dela, eu estava disposta a apostar que ela nunca mais ficaria bem.

Entretanto, o que mais eu poderia dizer?

Heather não falou uma palavra sequer. Sua cabeça pendia. Ela não chegava a estar inconsciente, mas estava tão próximo disse quanto uma pessoa poderia estar.

— Toma — disse Rob, quando viu a dificuldade que eu estava tendo com os nós nos pulsos dela. Ele enfiou a mão no bolso e tirou de lá um canivete suíço. Foi necessário apenas um segundo para que a lâmina brilhante cortasse a faixa fina do material que prendia as mãos de Heather atrás das costas.

Foi só quando um dos braços dela ficou pendendo e balançando meio fraco depois de solto, que me dei conta de que estava quebrado.

Não que Heather parecesse se importar com isso ou parecesse notar o braço quebrado. Ela se encolheu em posição fetal, e, embora Rob tivesse tirado sua jaqueta e a envolvido com ela, a garota tremia como se fosse inverno.

— Acho que ela está em estado de choque — disse Rob.

— É — falei. Eu já havia escutado coisas sobre ficar em choque. Sobre como o choque em si poderia matar alguém depois de um acidente, mesmo que a pessoa nem estivesse com danos físicos sérios.

E Heather, se vocês quiserem saber, estava seriamente machucada.

— Heather? — Dei uma olhada no rosto dela. Era difícil dizer se ela conseguia me ouvir ou não. — Heather, você está me ouvindo? Ouça, está tudo bem. Tudo vai ficar bem.

Rob arriscou uma tentativa.

— Heather — disse ele. — Você está a salvo agora. Olha, você pode nos dizer quem fez isso? Pode nos dizer quem fez isso com você, Heather?

Foi nesse momento que, por fim, ela abriu a boca, mas o que saiu dali não foi o nome de seu atacante.

— Vão embora — disse Heather em tom de lamúria, me empurrando sem eficácia com o braço que não estava quebrado. — Vão embora antes que eles voltem... e encontrem vocês aqui...

Rob e eu trocamos olhares. Envolvida por minha preocupação com Heather, eu tinha me esquecido de que havia uma possibilidade muito forte de que isso pudesse acontecer. Sabe, que eles pudessem realmente retornar e nos encontrar ali. Eu tinha esperanças de que Rob ainda tivesse aquela chave de roda à mão.

— Está tudo bem, Heather — falei, tentando acalmá-la. — Mesmo que realmente voltem, eles não podem com nós três.

— Sim, eles podem... — insistiu Heather. — Sim, eles podem, sim, eles podem, sim, eles podem, sim...

Certo, a coisa estava ficando mais sinistra a cada minuto que passava. Eu tinha pensado, sabe, que íamos encontrar Heather e pronto.

Mas estava claro que *não* era só isso. Tinha muito mais além. Como, por exemplo, como diabos iríamos sair dali? De jeito nenhum que ela seria capaz de se equilibrar na moto nas condições em que se encontrava. Eu não tinha nem certeza se ela conseguiria se sentar direito.

— Escuta — falei para Rob. — Você precisa chegar até aquele policial. Aquele perto do desvio. Fale para ele chamar uma ambulância.

Rob olhou para mim como se eu fosse doida.

— Você está maluca? — perguntou ele. — É você quem vai chamar o policial.

— Rob — continuei, tentando manter meu tom de voz uniforme e agradável, de modo a não alarmar Heather, que já parecia ter problemas demais naquele momento. — Eu vou ficar aqui com Heather. Você vai buscar o policial.

— Para que você tenha o braço quebrado como o dela quando *eles*, seja lá quem forem, voltarem? — O tom usado por Rob não foi nem impassível nem agradável. Foi determinado e soou sério. — Não! Vou ficar aqui! Você vai lá.

— Rob — falei. — Não se ofenda, mas acho que ela vai se sentir melhor com alguém que ela...

Mas Rob não me deixou terminar a frase.

— E você vai ficar melhor quando estiver a quilômetros daqui. — Rob se levantou e me pegou pelo braço, meio me erguendo, meio me arrastando para fora da banheira. — Vamos!

Eu não queria ir. Bem, está certo, eu *realmente* queria ir, mas não achava que deveria. Eu não queria sair de perto de Heather. Não sabia ao certo, não exatamente, o que tinha acontecido com ela, mas fosse o que fosse, tinha deixado a garota traumatizada até um ponto no qual eu não tinha certeza nem mesmo se ela se lembrava do próprio nome. Como eu poderia deixá-la com um cara que ela não conhecia, especialmente considerando a suposição legítima de que aquilo tivesse sido feito exatamente por alguém assim? Algum cara estranho e aleatório, eu quero dizer.

Ou caras, eu deveria dizer, pois Heather dissera "eles".

Por outro lado, eu também não queria exatamente ficar sozinha com Heather enquanto Rob ia buscar ajuda.

Felizmente, Rob tomou a decisão por mim. Namorados mandões às vezes podem ser uma mão na roda.

— Você segue nossos rastros — disse ele enquanto me puxava escada abaixo, passando pelos cômodos e saindo rumo ao ar noturno. — Os rastros que deixamos em meio às agulhas dos pinheiros. Está vendo os rastros? Siga-os de volta até a estrada e depois vire à esquerda. Entendeu? E não pare. Não pare por nada. Quando encontrar o cara, diga a ele para pegar a estrada do poço velho. OK? A estrada do poço. Se ele for daqui, vai saber do que você está falando.

Rob pôs o capacete dele na minha cabeça, dificultando minha fala. Ainda assim, enquanto eu me sentava na Indian, com os pés mal encostando nos apoios para as botas, tentei expressar minha grande inquietação diante de tal plano.

Contudo, Rob não estava me dando ouvidos. Estava ocupado dando partida no motor.

— Não pare! — gritou ele de novo quando conseguiu dar a partida. — Não pare para ninguém que não esteja usando um uniforme, entendeu?

— Mas Rob — disse acima do ruído do motor, que nem era tão alto assim, para falar a verdade, já que ele mantinha sua moto em boas condições. — Eu nunca guiei uma moto sozinha antes. Não sei ao certo como fazer isso.

— Você vai se sair bem — disse ele.

— Hum. Fico meio receosa em mencionar isso, mas acho que você deveria saber que não tenho exatamente uma carteira de motorista ainda...

— Não se preocupe com isso. Apenas vá!

Ele estava segurando o freio. Quando o soltou, a moto foi com tudo para a frente. Meu coração teve um sobressalto quando agarrei os guidões. Eu era muito baixinha, tinha que me esticar e ficar praticamente estirada na moto para alcançá-los... mas consegui mesmo assim. Eu ficaria bem, percebi... até o momento em que tivesse que parar. De jeito nenhum que minhas pernas curtas conseguiriam alcançar o chão e manteriam a moto em pé, e ela devia pesar mais de 350 quilos.

De qualquer forma, Rob estava certo sobre uma coisa. Eu não poderia parar de jeito nenhum, e não pelo fato de os atacantes de Heather provavelmente estarem à espreita nos arredores, mas sim porque, uma vez que eu parasse, nunca seria capaz de conseguir fazer com que a droga da moto funcionasse de novo.

E então eu estava viajando a uma velocidade temerária pelo bosque, tentando seguir os entalhes feitos pelas rodas da Indian nas samambaias pelo caminho que fizemos vindo da estrada. Não foi exatamente difícil ver aonde eu estava indo, pois o farol dianteiro era reluzente o bastante, de modo que eu conseguia enxergar a mais de 350 metros adiante o tempo todo. Só que direcionar a moto era mais difícil do que eu tinha pensado. Meus braços estavam tensos pelo esforço de guiar em volta de todas aquelas árvores gigantescas adiante.

Isso é tudo que você sempre quis, falei a mim, enquanto pilotava. Uma moto sua, para sentir o vento no rosto, para ir tão depressa quanto sempre desejou, mas ninguém deixava você fazer isso...

No entanto, quando você está guiando uma moto em meio ao bosque, no meio da noite, procurando um policial, na moto do namorado, que é, sem sombra de dúvida, mais moto do que você aguenta, você não pode, na real, ir muito rápido de jeito nenhum. Não se não quiser que as rodas fujam girando de debaixo de você.

Meu maior medo não era que os atacantes de Heather saltassem subitamente de trás de uma árvore, agarrassem os guidões da moto de Rob e me nocauteassem. Não, meu maior temor era que o motor parasse de funcionar, de tão devagar que eu estava indo.

Tentei acelerar um pouco e descobri que, acelerando um pouco mais, eu na verdade conseguia manobrar a moto com muito mais facilidade. Tentei não me concentrar demais nas árvores e, em vez disso, me foquei nos espaços em volta delas. Soa estranho, mas de fato ajudou. Tentei me imaginar como se estivesse usando a Força ou algo do gênero. *Confie em seus sentimentos, Jess,* eu disse a mim, com uma voz de Obi-Wan Kenobi. *Conheça o bosque. Sinta o bosque. Seja o bosque...*

Eu realmente odeio o bosque.

Foi logo depois disso que irrompi do meio das árvores e subi derrapando na rampa que dava para a estrada. Seguiu-se um momento de pânico quando achei que a moto fosse virar...

No entanto, joguei um pé para a frente e consegui parar no último minuto. Não sei como, mas consegui fazer com que a moto ficasse em pé e desligada. A coisa toda mal durou um segundo, mas, na minha cabeça, pareceu uma hora. Meu coração batia como uma trovoada, mais alto nos meus ouvidos do que o motor da motocicleta.

Por favor, esteja na estrada, eu estava entoando em prece enquanto disparava em direção ao lugar onde vimos o carro de radiopatrulha. *Por favor, esteja na estrada, por favor, esteja na estrada, por favor, esteja na estrada...* Agora que eu estava na estrada aberta, conseguia realmente me soltar, em velocidade decente, e então o fiz, observando o velocímetro ir de 20 para 30, depois para 50, 60...

E então, o carro de radiopatrulha estava se agigantando à minha frente, o farol dianteiro ainda ligado, o policial dentro bebendo um gole de café. Os sons metálicos do rádio escapavam pela janela aberta no lado do motorista.

E foi no lado do motorista que me apoiei enquanto parava a moto, para impedi-la de cair com tudo.

— Oficial — falei.

Não precisei dizer muita coisa para chamar a atenção dele, porque, é claro, quando alguém numa moto estaciona ao lado do seu carro e se inclina, você percebe isso de imediato.

— Sim? — O cara era jovem, provavelmente tinha só uns 22 ou 23 anos. Ainda tinha acne. — O que foi?

— Heather Montrose — falei. — Nós a encontramos lá atrás, dentro de uma casa no fim da estrada, na velha estrada do poço, aquela que está desativada. É melhor chamar uma ambulância, ela está realmente ferida.

O cara ficou olhando para mim por um minuto, como se estivesse tentando descobrir se eu estava armando para cima dele. É claro que eu estava com o capacete de Rob na cabeça, então eu não sabia quanto do meu rosto ele conseguia ver. Mas pelo pouco que conseguiu ver de mim, deve ter concluído que eu parecia sincera, pois ele falou ao rádio e disse que precisava de reforços, uma ambulância e paramédicos. Então ele olhou para mim e disse:

— Vamos!

Acabou que os policiais já sabiam sobre a casa. Realizaram buscas nela duas vezes já, explicou o agente Mullins — esse era o nome dele —, uma logo depois que relataram que Heather tinha desaparecido, e então de novo, depois do cair da noite, mas não encontraram nada suspeito lá dentro... a menos que se levasse em conta o excesso de garrafas de cerveja vazias e de camisinhas usadas.

Em todo caso, o agente Mullins me levou em direção a uma trilha de terra claramente pouco usada, fora da estrada. Era melhor, achei, do que o caminho que tínhamos tomado originalmente em meio ao bosque, pois não tive que desviar de árvore nenhuma. Eu me perguntei por que meu radar psíquico não havia me guiado por aquele caminho antes. Talvez porque acabasse demorando mais. Levamos quase 15 minutos em uma viagem lenta sobre um terreno cheio de ervas daninhas e lombadas para chegarmos até a casa. Eu só tinha levado dez minutos para chegar até a estrada passando pelo bosque. Eu sabia disso por causa do relógio de Rob.

Quando a casa surgiu sob as luzes dos faróis dianteiros da radiopatrulha, o agente Mullins a estacionou ao lado, e então voltou ao rádio para descrever sua localização. Depois, deixando os faróis dianteiros ligados, mas desligando o motor, saiu do carro, enquanto eu encostava a moto cuidadosamente, a desligava e descia.

— Ela está aí dentro — falei, apontando para a casa. — No segundo andar.

O agente Mullins assentiu, mas parecia tenso. Realmente tenso.

— Algumas pessoas a pegaram — falei. — Ela está com medo de que possam voltar. Ela...

Rob, tendo ouvido nossa aproximação, saiu na varanda. O agente Mullins ficou ainda mais tenso do que eu tinha pensado — isso, ou a casa estava tendo um efeito tão sinistro sobre ele quanto teve em mim —, visto que ele se apoiou no chão imediatamente e, com o braço estirado e a arma na mão apontada para Rob, gritou:

— Parado aí!

Rob levou as mãos ao ar e ficou lá, em pé e parado, parecendo um pouco entediado sob a luz dos faróis do carro.

Posso mencionar que Rob Wilkins é a única pessoa que conheço que acharia entediante ter uma arma apontada para si?

— Cara — falei para o agente Mullins num tom de voz com emoção controlada —, esse é o meu namorado! Ele é... ele é um dos bonzinhos!

O agente Mullins abaixou a arma.

— Ah — disse ele, parecendo envergonhado. — Desculpe-me por isso.

— Tudo bem — respondeu Rob, abaixando as mãos. — Olha, você tem um cobertor e um kit de primeiros-socorros no carro? Ela não está conseguindo se aquecer.

O agente Mullins assentiu e deu a volta correndo até a radiopatrulha. Tirei o capacete e fui correndo até Rob.

— Ela disse alguma coisa? — perguntei a ele. — Quero dizer, sobre quem fez isso, ou qualquer coisa?

— Nem uma palavra — disse Rob. — Ela só fala sobre como eles, seja lá quem eles forem, estarão de volta em breve, e sobre como todos nós vamos lamentar quando isso acontecer.

— É? — comentei, passando a mão nos meus cabelos suados. (Estava quente dentro daquele capacete.) — Bem, eu já lamento.

Lamentei mais ainda quando conduzi o agente Mullins pelas escadas vacilantes acima e descobri que, em relação a qualquer tipo de conhecimento em primeiros-socorros, ele era tão inútil quanto eu e Rob. Tudo que podíamos fazer era tentar mantê-la o mais aquecida e confortável possível, e então esperar pela chegada dos profissionais.

O que não demorou para acontecer. Pareceu não demorar entre o tempo que entrei de novo naquela banheira e a chegada de meia dúzia de sirenes ressoando no ar noturno. Segundos depois, lâmpadas vermelhas estavam girando de um lado para o outro dentro das paredes da casa, como aquelas luminárias de lava em festas, e vozes podiam ser ouvidas do lado de fora. O agente Mullins pediu licença e foi até lá fora mostrar o caminho para os caras técnicos em emergências médicas.

— Está ouvindo isso, Heather? — perguntei a ela, segurando a mão do braço que não estava quebrado. — São os policiais. As coisas vão ficar bem agora.

Heather só gemia. Obviamente não acreditava em mim. Era quase como se ela achasse que as coisas nunca ficariam bem novamente.

Talvez estivesse certa. Pelo menos, foi isso que comecei a pensar quando eu e Rob, banidos pelo pessoal da emergência, que precisava de todo espaço que conseguisse obter naquele lugar confinado para cuidar de Heather, descemos as escadas e fomos até a varanda. Não, as coisas não ficariam bem. Não por um bom tempo, de qualquer forma.

Porque os agentes especiais Johnson e Smith estavam vindo na nossa direção, com seus distintivos já sacados e preparados.

— Jessica — disse o agente especial Johnson. — Sr. Wilkins. Vocês dois podem vir conosco, por favor?

Capítulo 13

— Eu disse — reafirmei, pelo que parecia ser a trigésima vez. — Estávamos procurando um lugar para dar uns amassos.

A agente especial Smith sorriu para mim. Era uma mulher muito bonita, até mesmo quando tirada da cama no meio da noite. Estava usando brincos de pérolas, uma blusa azul passada e engomada e calça preta. Com os cabelos curtos e loiros e o narizinho empinado, sua aparência era elegante e jovial o bastante para ser uma comissária de bordo ou até mesmo uma agente imobiliária.

Exceto, é claro, pela Glock 9 mm presa à lateral do corpo. Aquilo meio que destoava de toda aquela imagem de elegância e jovialidade.

— Jess — disse ela. — Rob já nos contou que isso não é verdade.

— É — retruquei. — Bem, é claro que ele diria isso, sendo um cavalheiro e tudo. Mas, acredite em mim, foi como as coisas aconteceram. Entramos na casa para dar uns amassos e encontramos Heather. E foi isso.

— Entendo. — A agente especial Smith baixou o olhar para a xícara fumegante de café que segurava entre as mãos. Eles tinham me oferecido uma também, mas tive que recusar. Eu não precisava retardar meu crescimento ainda mais do que já ocorria graças ao meu DNA. — E você e Rob... — ela prosseguiu —, vocês sempre vão de moto e seguem quase 25 km para fora da cidade só para dar uns amassos?

— Ah, sim — falei. — É mais excitante desse jeito.

— Entendo... — disse novamente a agente especial Smith. — E o fato de Rob ter as chaves da garagem do tio, onde ele trabalha, e aonde vocês dois poderiam ter ido, um lugar significativamente mais perto e um tanto mais limpo do que aquela casa da estrada do poço... Ainda espera que eu acredite em você?

— Sim — falei, com certa indignação. — Não podemos ir até a garagem-oficina do tio dele para dar amassos. Alguém poderia descobrir, e então Rob seria demitido.

A agente especial Smith apoiou o cotovelo na mesa à qual estávamos sentadas na delegacia, depois deixou a testa pender sobre a mão.

— Jessica — disse ela, parecendo cansada. — Você recusou um convite para ir à casa no lago de sua melhor amiga porque ficou sabendo que lá não tinha TV a cabo. Honestamente, você espera que eu acredite que você teria sequer entrado numa casa como aquela na estrada do poço se não precisasse fazê-lo?

Eu a encarei, semicerrando os olhos.

— Ei — falei. — Como vocês sabem sobre o lance da TV a cabo?

— Nós somos o FBI, Jess. Sabemos de tudo.

Aquilo era perturbador. Eu me perguntava se eles sabiam sobre o processo da Sra. Hankey. Imaginei que provavelmente a resposta era sim.

— Bem — falei. — Tudo bem. Admito que é meio nojento lá dentro, mas...

— Meio nojento? — A agente especial Smith endireitou-se em seu assento. — Sinto muito, Jessica, mas acho que conheço você bem o bastante para saber que se qualquer garoto, mas especialmente, desconfio, Rob Wilkins, levasse você a uma casa como aquela para que vocês fizessem intimidades, teríamos um homicídio em mãos. No caso, o dele.

Tentei me ressentir com tal avaliação sobre minha personalidade, mas o fato era que Jill tinha razão. Eu não conseguia entender como qualquer garota permitiria que um garoto a levasse a um lugar como aquele. Melhor se deitar e se sujar no *carro* do cara do que naquela casa de fraternidade repulsiva.

Casa de fraternidade? Casa de *ratos* soa mais adequado.

É lógico que não estou dizendo que, se uma garota for perder a virgindade, tenha que ser em lençóis de seda ou algo do gênero. Não sou lá *tão* puritana, mas deveria ao menos *haver* lençóis. Limpos. E sem dejetos e restos pelo chão todo. E uma pessoa deveria pelo menos levar suas garrafas vazias de cerveja à fábrica de reciclagem antes de pensar em entretenimento...

Ah, qual era o ponto? Jill tinha me pegado, e sabia disso.

— Então nós podemos, por favor — disse a agente especial Smith —, parar com essa história ridícula de que você e o Sr. Wilkins foram até aquela casa para se entregar a atividades amorosas? A gente conhece você bem, Jessica. Por que não admite? É simples. Você sabia que Heather estava naquela casa e foi por isso que você e Rob foram até lá.

— Eu juro que...

— Admita, Jessica — disse Jill. — Você teve uma visão de que a encontraria lá, não teve?

— Não tive — falei. — Você pode perguntar ao Rob. Nós fomos a...

— Nós perguntamos ao Rob — informou a agente especial Smith. — Ele me disse que você dois foram até a região dos poços para procurar pela Heather, e acabaram se deparando com aquela casa.

— E foi exatamente como as coisas aconteceram — disse eu, orgulhosa por Rob ter pensado numa história tão boa. Era bem melhor, percebi, do que minha história de ficarmos juntos lá na casa. Embora eu certamente *desejasse* que minha história de amassos fosse verdade.

— Jessica, espero sinceramente, pelo seu próprio bem, que isso não seja verdade. A ideia toda de vocês dois simplesmente se depararem com uma vítima de sequestro *por acaso* soa... bem, um pouco suspeita, para dizer o mínimo.

Olhei para ela com olhos semicerrados. Eu ainda estava com o relógio de Rob — não era como se estivéssemos presos ou algo do gênero, e eles tinham recolhido todos nossos pertences de valor e guardado, por segurança. Ah, não! Estávamos apenas sendo mantidos ali para *interrogatório*.

E era isso que os agentes especiais Johnson e Smith vinham fazendo pelas últimas duas horas. *Interrogando* nós dois.

E agora estava próximo de amanhecer, e quer saber? Eu estava realmente cansada, mas cansada mesmo de ser *questionada*.

Mas não tão cansada a ponto de não entender a insinuação nas palavras dela.

— O que você quer dizer com isso de "suspeito"? — exigi saber. — O que você está sugerindo?

A agente especial Smith apenas olhou para mim, pensativa, com seus belos olhos azuis.

Deixei escapar uma risada, mesmo que eu não visse realmente nada de engraçado naquilo tudo.

— Ah, entendi — falei. — Vocês acham que eu e Rob fizemos isso? Vocês acham que Rob e eu sequestramos Heather, a espancamos e a deixamos para morrer naquela banheira? É isso que vocês acham?

— Não — disse a agente especial Smith. — O Sr. Wilkins estava trabalhando na oficina-garagem do tio dele quando Heather desapareceu. Temos uma meia dúzia de testemunhas que atestarão isso. E você, é claro, estava com o Sr. Leskowski. Mais uma vez, temos um bom número de pessoas que viu vocês dois juntos.

Meu queixo caiu.

— Ai, meu Deus! — falei. — Você verificou meu álibi? Você não acordou o Sr. Wilkins, acordou? Diga para mim que não ligou para a mãe de Rob e a acordou. Jill, como você pôde fazer isso? Que coisa mais constrangedora!

— Francamente, Jessica — disse a agente especial Smith —, seu constrangimento não me interessa nem um pouco. Só estou interessada em descobrir a verdade. Como você sabia que Heather Montrose estava naquela casa? A polícia realizou duas buscas lá depois de ficar sabendo que outra garota tinha desaparecido. Eles não encontraram nada. Então como você sabia que precisava procurar lá?

Olhei para ela com ódio. Realmente, uma coisa era ter os federais seguindo você por aí, lendo sua correspondência e grampeando seu telefone e tudo o mais. Outra era ter os federais por aí acordando sua futura sogra no meio da noite para fazer perguntas sobre seu jantar com outro garoto que nem mesmo era o filho dela.

— Certo, chega! — falei, cruzando os braços sobre o peito. — Quero um advogado.

Foi nesse ponto que a porta da pequena sala de interrogatório — que a agente especial Smith chamava de sala de conferências, mas eu sabia a real — se abriu e o parceiro dela entrou.

— Olá de novo, Jessica — disse ele, caindo numa cadeira ao meu lado. — Para que você quer um advogado? Você não fez nada de errado, fez?

— Sou menor de idade — falei. — Vocês têm que me interrogar na presença de um dos meus pais ou de um guardião.

O agente especial Johnson soltou um suspiro e jogou um arquivo em cima do tampo da mesa.

— Já ligamos para seus pais. Estão esperando por você lá embaixo.

Quase bati minha cabeça em alguma coisa. Não conseguia acreditar naquilo!

— Vocês contaram aos meus *pais*?

— Como você ressaltou — disse o agente especial Johnson —, temos a obrigação de interrogar você na presença...

— Eu só estava dificultando as coisas para vocês! — gritei. — Não consigo acreditar que vocês realmente os chamaram. Vocês têm alguma ideia da encrenca em que vou me meter? Quero dizer, eu saí escondida de casa no meio da noite!

— Certo — comentou o agente especial Johnson. — Vamos conversar sobre isso por um minuto, tudo bem? Simplesmente, por que você *saiu* escondida? Não foi por que, por acaso, teve outra daquelas suas visões psíquicas, foi?

Eu não conseguia acreditar naquilo! Realmente não conseguia. Eis que Rob e eu havíamos feito uma coisa fabulosa: tínhamos salvado a vida dessa garota, de acordo com os paramédicos, que disseram que Heather, embora estivesse apenas sofrendo com um braço e uma costela quebrados e alguns machucados graves, teria morrido pela manhã devido ao choque caso não tivéssemos ido até lá e a encontrado... e tudo o que as pessoas conseguiam fazer era bater na mesma tecla de como nós sabíamos onde ela estava. Não era justo. Eles deveriam estar preparando um *desfile* em nossa homenagem, não nos interrogando como uma dupla de vilões.

— Eu disse a vocês — falei. — Não tenho mais poderes extrassensoriais, tá bom?

— É mesmo? — O agente especial Johnson abriu e folheou o arquivo que tinha colocado sobre a mesa. — Então não foi você que ligou para o DISQUE-DESAPA-RECIDOS ontem de manhã, dizendo a eles onde poderiam encontrar Courtney Hwang?

— Nunca ouvi falar dela — respondi.

— Certo. Eles a encontraram em São Francisco. Parece que a garota foi sequestrada da casa dela no Brooklyn fazia quatro anos. Os pais da menina tinham acabado de perder as esperanças de vê-la novamente.

— Posso ir pra casa agora? — perguntei, em tom de exigência.

— Uma ligação foi feita ao DISQUE-DESAPARECI-DOS aproximadamente às oito horas da manhã de ontem, do Dunkin' Donuts descendo a rua da garagem onde o Sr. Wilkins trabalha. Mas você não saberia nada a respeito disso, é claro.

— Eu perdi minhas habilidades psíquicas — falei. — Lembram? Apareceu até nos noticiários.

— Sim, Jessica — disse o agente especial Johnson. — Estamos cientes de que você disse isso aos repórteres. Também temos ciência de que, naquela época, seu irmão

Douglas estava vivenciando alguns, vamos dizer, sintomas problemáticos de esquizofrenia, os quais foram possivelmente exacerbados pelo estresse causado por ver você sendo tão persistentemente perseguida pela imprensa...

— Não apenas a imprensa — falei, já um pouco alterada. — Vocês tiveram um pouco a ver com isso também, lembram?

— Lamentavelmente — disse o agente especial Johnson —, eu me lembro. Jessica, deixe-me perguntar uma coisa a você. Você sabe o que é um perfil?

— É claro que sei — respondi. — É o que ocorre quando os mantenedores da ordem pública saem por aí prendendo as pessoas que se encaixam num certo estereótipo.

— Bem — disse o agente especial Johnson —, sim, mas não foi exatamente isso o que eu quis dizer. Eu me referia a um sumário formal ou a uma análise de dados, representando características ou traços distintivos.

— Não foi isso que acabei de dizer? — perguntei.

— Não.

O agente especial Johnson não tinha muito senso de humor. A parceira dele era muito mais divertida... embora isso não dissesse muita coisa sobre ela. Eu sempre tinha a impressão de que Allan Johnson era a pessoa mais entediante em toda a face da Terra. Tudo nele era entediante. Seus cabelos cor de rato, levemente raleados no topo e repartidos para a direita, eram entediantes. Seus óculos, com uma armação simples de aço velho, entediantes. Seus ternos, invariavelmente de um cinza-carvão, entediantes. Até mesmo suas gravatas, geralmente em tons claros de azul ou amarelo, sem nenhuma estampa, eram entediantes. Ele também era casado, o que era a coisa mais entediante de todas em relação a ele.

— Um perfil — explicou o agente especial Johnson — do tipo de pessoa que poderia cometer um crime como esses com os quais nos deparamos essa semana, como o estrangulamento de Amber Mackey, por exemplo, e o sequestro de Heather Montrose, poderia soar assim: ele é, muito provavelmente, um homem branco heterossexual, no fim da adolescência ou com vinte e poucos anos. Ele é inteligente, talvez inteligente demais, e, ainda assim, sofre de uma inabilidade de sentir empatia por suas vítimas, ou por qualquer pessoa, para falar a verdade, exceto por si. Embora possa ser visto pelos amigos e pela família como normal, e até mesmo como membro altamente funcional da sociedade, ele é, na verdade, devastado pelos próprios temores, medos, preocupações, dúvidas e receios internos, talvez até mesmo paranoia. Em alguns casos, descobrimos que assassinos como este agem de tal forma por causa de vozes interiores, ou visões, que os direcionam a...

Foi então que caiu a ficha. Fiquei ouvindo o discursinho dele, pensando, hum, homem branco heterossexual, no fim da adolescência, soa como Mark Leskowski, altamente inteligente, incapaz de sentir empatia, é, poderia ser ele. Ele é um jogador de futebol americano, afinal, mas um quarterback, que tem um lado inteligente, de qualquer forma. Então tem toda aquela coisa do "inaceitável".

Só que não poderia ser ele, pois ele estava comigo quando Heather foi sequestrada, e, segundo os paramédicos, aquelas feridas haviam sido causadas fazia umas seis horas, o que significava que, quem quer que tivesse feito aquilo — e Heather ainda não estava falando — a havia atacado por volta de oito da noite. E Mark estava comigo às oito...

Porém, quando o Allan chegou na parte das vozes interiores, eu me sentei um pouco mais ereta,

— Ei — falei. — Espere só um minuto aí...

— Sim? — O agente especial Johnson parou de falar e olhou para mim, com ares de expectativa. — Tem algo incomodando você, Jessica?

— Você só pode estar brincando! — protestei. — Você não pode estar falando sério de tentar enquadrar o meu irmão nesse lance.

Jill parecia pensativa.

— Por que diabos você acha que estávamos tentando fazer isso, Jess?

Meu queixo caiu.

— O que vocês acham que sou, idiota ou algo do tipo? Ele acabou de dizer...

— Não sei o que a levou a essa conclusão — disse o agente especial Johnson — de que suspeitamos de Douglas, Jessica. A menos que você saiba de algo que não sabemos.

— Sim — disse a agente especial Smith. — Douglas disse a você onde poderia encontrar Heather, Jessica? Foi assim que você soube que tinha que procurá-la na casa na estrada do poço?

— Ah! — Eu me levantei tão depressa que minha cadeira se inclinou para trás. — Já chega. Já chega mesmo. Fim da entrevista. Vou cair fora daqui.

— Por que está com tanta raiva, Jessica? — perguntou o agente especial Johnson, sem se mover da cadeira. — Talvez pudesse ser por achar que estamos certos?

— Só se for nos seus sonhos! — falei. — Vocês não vão enquadrar Douglas nessa. *De jeito nenhum.* Perguntem a Heather. Vão em frente. Ela vai dizer a vocês que não foi Douglas.

— Heather Montrose não viu seus atacantes — disse baixinho o agente especial Johnson. — Algo pesado foi jogado na cabeça dela, segundo o depoimento da própria, e depois foi trancada num espaço pequeno e confinado, presumivelmente o porta-malas de algum carro, até uma certa hora depois do cair da noite. Quando foi solta, havia diversos indivíduos usando máscaras de esqui, de quem ela tentou fugir, mas eles a dissuadiram com muita empatia. Ela só consegue dizer que as vozes deles soavam vagamente familiares. Tirando disso, ela se lembra de muito pouca coisa.

Engoli em seco. Pobre Heather.

Ainda assim, como irmã, eu tinha um trabalho a fazer.

— Não foi Douglas — falei com veemência. — Ele não tem nenhum amigo. E, certamente, nunca teve uma máscara de esqui.

— Bem, não deveria ser difícil provar que ele não tem nada a ver com isso — disse a agente especial Smith. — Suponho que ele estivesse no quarto dele o tempo todo, como sempre. Certo, Jessica?

Fiquei encarando-os. Eles sabiam. Não sei como, mas eles sabiam que Douglas não estava em casa quando Heather desapareceu.

E eles também sabiam que eu não fazia a mínima ideia de onde ele estava.

— Caras, se vocês — falei, me sentindo tão enfurecida que era de se admirar que não estivesse saindo fumaça das minhas narinas — sequer *cogitarem* a possibilidade de arrastar Douglas para o meio disso tudo, podem dizer adeus a qualquer esperança de algum dia eu vir trabalhar para vocês.

— O que você está dizendo, Jessica? — perguntou o agente especial Johnson. — Que você, na verdade, ainda tem percepção extrassensorial?

— Como você soube onde encontrar Heather Montrose, Jessica? — perguntou Jill, numa voz pungente.

Caminhei até a porta. Quando cheguei lá, me virei e fiquei de frente para eles.

— Fiquem longe de Douglas — ameacei. — Estou falando sério! Se vocês chegarem perto dele, se sequer *olharem* para ele, vou me mudar para Cuba e contar ao Fidel Castro tudo que ele sempre desejou saber sobre seus agentes infiltrados lá.

Então abri a porta com tudo e saí corredor afora.

Bem, não tinham como me impedir. Afinal, eu não estava presa.

Eu não conseguia acreditar naquilo. Realmente não conseguia. Quero dizer, o governo dos Estados Unidos estava ansioso para me colocar em sua folha de pagamento, mas daí a sugerir que se eu não os ajudasse enquadrariam meu irmão num crime que muito certamente ele não cometeu...? Bem, aquilo era baixo. Se George Washington tivesse ficado sabendo de uma coisa dessas, teria abaixado a cabeça de vergonha.

Quando cheguei à área de espera, ainda estava tão enfurecida que quase passei direto por ela e desci pela rua. Não conseguia enxergar direito, de tão furiosa que estava.

Ou talvez fosse por ter passado tanto tempo sem dormir. Qualquer que fosse o motivo, passei direto por Rob e meus pais, que estavam à minha espera, em lados diferentes da sala, na frente da mesa da recepção.

— Jessica!

O grito da minha mãe me tirou da fúria em que me encontrava. Bem, isso e o fato de ela ter me abraçado.

— Jess, está tudo bem com você?

Presa no golpe de gravata que servia como desculpa para minha mãe me dar um abraço, pisquei algumas vezes e observei que Rob estava se levantando lentamente do banco em que estivera estirado.

— O que houve? — quis saber minha mãe. — Por que mantiveram você aqui por tanto tempo? Disseram algo sobre encontrarem uma garota, uma outra líder de torcida. Do que se trata tudo isso? E o que diabos você estava fazendo na rua tão tarde?

Rob, do outro lado da sala, sorriu para o revirar de olhos que fiz para ele por trás das costas de minha mãe. Então ele moveu os lábios em mímica: "Me liga."

Em seguida — com muito discernimento, pensei —, ele saiu.

Porém, não houve discernimento suficiente, já que meu pai perguntou:

— Quem era aquele garoto que estava ali? Aquele que acabou de sair?

— Ninguém, pai — falei. — Só um cara. Vamos para casa, OK? Estou realmente cansada.

— O que você quer dizer com "só um cara"? Nem era o mesmo garoto com quem você esteve mais cedo. Com quantos rapazes você anda saindo, Jessica? E o quê, exatamente, você estava fazendo com ele no meio da noite?

— Pai — falei, pegando-o pelo braço e tentando impeli-lo e à minha mãe para fora da delegacia. — Vou explicar quando chegarmos ao carro. Agora vamos sair daqui.

— E a regra? — perguntou meu pai, com tom de demanda.

— Que regra?

— Aquela que dita que você não deve se encontrar socialmente com nenhum garoto a quem sua mãe e eu não tenhamos sido apresentados.

— Isso não é uma regra — falei. — Pelo menos ninguém me falou dela antes.

— Bem, isso é simplesmente porque essa é a primeira vez que alguém chama você para sair — disse meu pai.

— Mas você pode apostar que haverá algumas regras agora. Especialmente se esses caras pensarem que está tudo bem você sair sorrateiramente de casa à noite para se encontrar com eles...

— Joe — sussurrou minha mãe, olhando ao redor da sala de estar vazia, nervosa. — Não tão alto.

— Falo na altura que quiser! — disse meu pai. — Sou um cidadão, não sou? Eu pago por esse edifício. Agora quero saber, Toni. Quero saber quem é esse garoto com quem nossa filha está saindo furtivamente de casa para se encontrar...

— Meu Deus! — falei. — É Rob Wilkins. — Eu estava mais do que feliz e não conseguiria expressar em palavras por Rob não estar ali para ouvir aquilo. — O filho da Sra. Wilkins. Pronto? Podemos ir agora?

— A Sra. Wilkins? — Meu pai parecia perplexo. — Você quer dizer Mary, a nova garçonete no Mastriani's?

— Sim — falei. — Agora vamos...

— Mas ele é muito velho para você — disse minha mãe. — Ele até já se formou. Ele já não se formou, Joe?

— Acho que sim — falou meu pai. Dava para notar o total desinteresse dele no assunto agora que sabia que tinha empregado a mãe do Rob. — Trabalha na garagem-oficina de importação, certo, lá na Pike's Creek Road?

— Uma garagem-oficina? — Minha mãe praticamente guinchou. — Ai, meu Deus...

Seria, e eu sabia disso, uma longa viagem até em casa.

— É melhor — disse meu pai — que isso tenha a ver com um daqueles seus lances de poderes psíquicos, minha jovem, ou você...

E um dia mais longo ainda.

Capítulo 14

Eu não cheguei na escola até o quarto período.

Isso aconteceu porque meus pais, depois que lhes expliquei sobre o resgate de Heather, me deixaram dormir um pouco mais. Não que tivessem ficado felizes com isso. Ai, bom Deus, não! Eles ainda estavam excessivamente insatisfeitos, especialmente minha mãe, que NÃO queria que eu andasse mais com um cara que não tinha intenção, nem agora e nem nunca, de fazer uma faculdade.

Meu pai, porém... estava tranquilo. Ele ficou, você sabe, "Esquece, Toni. Ele é um bom garoto". Minha mãe estava toda "Como você pode saber? Você nunca nem mesmo se encontrou com ele!". Meu pai: "É, mas conheço Mary." E para mim: "Agora vá dormir um pouco Jessica."

Só que eu não conseguia. Dormir, quero dizer. Mesmo tendo ficado deitada na minha cama desde as cinco até cerca de dez e meia. Eu só conseguia pensar em Heather e na casa. Naquela casa horrível, horrenda.

Ah, e no que o agente especial Johnson tinha dito também. Quero dizer, sobre o Douglas.

Tudo que as vozes que Douglas escuta sempre dizem é para ele se matar, e não para matar outras pessoas. Então a insinuação feita pelo agente especial Johnson não fazia o menor sentido. Nem por um minuto. Além disso, Douglas nem mesmo dirigia. Quero dizer, ele tinha carteira de motorista e um carro e tal.

No entanto, desde aquele dia em que nos ligaram — no último Natal, quando Douglas teve o primeiro de seus episódios, lá onde fazia faculdade — e fomos buscá-lo, e foi Mike que veio dirigindo o carro dele de volta para casa, o carro do Douglas estava lá, parado, frio e morto, sob o abrigo de carros de nossa casa. Até mesmo Mike — que teria dado praticamente qualquer coisa para ter um carro, pois foi idiota e pediu um computador quando se formou na escola em vez de um carro com o qual poderia ter seduzido Claire Lippman, sua dama amada, num encontro na área dos poços —, nem ele tocaria no carro de Douglas. Era o carro de Douglas. E Douglas o dirigiria de novo um dia.

Só que ele nunca mais dirigiu. Eu sabia disso porque, quando fui lá fora, depois que minha mãe me ofereceu uma carona para a escola, fui verificar os pneus. Se ele estivesse dirigindo pela área daquela casa na região dos poços, haveria cascalho nos pneus.

E não havia nenhum. As rodas do carro de Douglas estavam perfeitamente limpas.

Não que eu acreditasse no agente especial Johnson. Ele só tinha dito aquilo sobre Douglas para testar se eu sabia quem era o verdadeiro assassino e estivesse me recusando a contar, por algum motivo bizarro. Como se alguém que conhecesse a identidade de um assassino fosse ficar por aí mantendo segredo a respeito disso.

Tenho plena certeza de que não.

Cheguei na orquestra no meio dos testes para as cadeiras de cordas. Ruth estava tocando enquanto eu entrava com um bilhete que autorizava meu atraso. Ela não me notou ali, de tão absorta que estava em tocar uma sonata que tínhamos aprendido no acampamento no verão. Ela conseguiria, eu sabia, a primeira cadeira. Ruth sempre ficava com a primeira cadeira.

Quando ela terminou, o Sr. Vine disse "Excelente, Ruth" e chamou o próximo violoncelista. Havia apenas três deles na orquestra sinfônica, então não era lá bem uma competição especialmente acirrada. Mas todos nós tínhamos que ficar sentados lá ouvindo as pessoas fazerem seus testes pelas cadeiras, e te digo, era muito, mas muito chato. Especialmente quando chegava a vez dos violinos. Havia cerca de 15 violinistas, e todos eles tocavam a mesma coisa.

— Ei — sussurrei, enquanto fingia procurar algo na minha mochila.

— Ei — Ruth sussurrou de volta. Ela estava guardando o violoncelo. — Onde você esteve? O que está acontecendo? Todo mundo está dizendo que você salvou Heather Montrose da morte certa!

— É — respondi, com modéstia. — Salvei.

— Nossa! — disse Ruth. — Por que sou sempre a última a saber de tudo? Então... onde ela estava?

— Naquela casa velha repulsiva — sussurrei em resposta —, na estrada do poço. Sabe, aquela estrada velha que ninguém usa mais, saindo do Pike's Quarry.

— O que ela estava fazendo lá? — perguntou Ruth.

— Ela não estava lá exatamente por opção.

Expliquei como Rob e eu tínhamos encontrado Heather.

— Nossa! — repetiu Ruth, quando terminei o relato. — Ela vai ficar bem?

— Não sei — falei. — Ninguém fala nada. Mas...

— Com licença. Vocês duas poderiam, por favor, falar mais baixo? Vocês estão estragando os testes para o restante de nós.

Ambas olhamos para ver de onde vinha a voz e vimos Karen Sue Hankey desferindo um olhar irritado a nós.

Só que ela estava fazendo isso por cima de uma bandagem de gaze grande e branca, que se estendia por cima do nariz e ficava presa em cada uma das têmporas com esparadrapo cirúrgico.

Explodi em gargalhada. Bem, você também teria feito o mesmo.

— Ria o quanto quiser, Jess — disse Karen Sue. — Vamos ver quem vai rir por último no tribunal.

— Karen Sue — falei, engasgando entre altas gargalhadas. — *Pra que* você colocou essa coisa na cara? Você está totalmente ridícula!

— Estou sofrendo — disse Karen Sue, formalmente — de um probóscide contundido. Você pode ver o relato médico.

— Contusão no pro... — Ruth, que conseguiu uma nota perfeita na prova gramatical de seu Teste Preliminar de Qualificação de Mérito Nacional, disse ainda: — Pelo amor de Deus! Isso significa apenas que seu nariz está machucado.

— A possibilidade de infecção — disse Karen Sue — é perigosamente alta.

Essa foi de matar! Quase tive uma convulsão, de tão alto que estava rindo. Por fim, o Sr. Vine percebeu tudo isso e disse "Garotas" com um tom de advertência na voz. Os olhos de Karen Sue reluziram com um ar de perigo sobre a borda de sua bandagem, mas ela não disse mais nada.

Fim.

Quando tocou o sinal para a hora do almoço, finalmente, Ruth e eu caímos fora dali o mais depressa possível. Não por estarmos tão ansiosas para saborear o almoço servido no refeitório, obviamente, mas porque queríamos conversar sobre Heather.

— Então ela disse *"eles"* — falou Ruth, enquanto nos curvávamos sobre nossos tacos, a entrada do dia. Bem, eu me curvei sobre meu taco. Ruth espalhou um monte de alface em pedaços e colocou tempero sem gordura por cima do dela, fazendo assim uma salada de taco. E uma zona no prato, na minha opinião. — Você tem certeza disso? — perguntou Ruth. — Que ela disse *"Eles* vão voltar?".

Assenti. Eu estava morrendo de fome, por algum motivo. Estava no meu terceiro taco.

— Definitivamente — falei, virando um pouco de Coca-Cola. — *"Eles"*.

— O que torna mais provável — disse Ruth — que mais de uma pessoa também estivesse envolvida no ataque a Amber. Isto é, se os dois ataques estiverem relacionados. E, vamos encarar os fatos, devem estar relacionados.

— Certo — falei. — O que eu quero saber é: quem vem usando aquela casa como quartel-general de suas festinhas? Alguém vem se soltando por lá, e bem regularmente, pela aparência do local.

Ruth estremeceu levemente. É claro que descrevi a casa na estrada do poço em detalhes apavorantes... inclusive citei os pacotes vazios de camisinhas.

— Embora eu suponha que devamos ser gratas, ao menos, por eles, sejam *eles* quem forem, estarem praticando sexo seguro — disse Ruth com um suspiro —, dificilmente me parece o tipo de lugar que alguém iria se referir como uma cabana do amor.

— Não brinca! — falei. — A pergunta é: quem *eles*, seja lá quem forem, estavam levando lá? Refiro-me às garotas, quero dizer. A menos que, sabe, estivessem fazendo sexo uns com os outros.

Ruth balançou a cabeça em negativa.

— Caras gays teriam consertado e arrumado o lugar. Sabe, colocado almofadas e tudo o mais lá. E teriam reciclado as garrafas vazias.

— É verdade — concordei. — Então, que tipo de garota toleraria aquele tipo de condições?

Olhamos ao redor do refeitório. A Ernest Pyle High School era, creio eu, um exemplo bem típico de escola para adolescentes da região do Meio-Oeste dos Estados Unidos. Havia um aluno hispânico, alguns ásio-americanos e nenhum afro-americano. Todos os outros alunos eram brancos. A única diferença entre os alunos brancos, além da religião (Ruth e Skip, sendo judeus, eram minoria), estava na renda de seus pais.

E isso, como de costume, acabava sendo o "xis" da questão.

— Caipiras — disse Ruth simplesmente, enquanto contemplava uma longa mesa cheia de garotas cujas permanentes eram claramente feitas em casa, e cujas unhas eram postiças em vez de feitas em manicures. — Só pode ser eles.

— Não — falei.

Ruth balançou a cabeça.

— Jess, por que não? Faz sentido. Tipo, a casa fica no meio do mato, no fim das contas.

— É — falei. — Mas as garrafas de cerveja no chão. Eram importadas.

— E daí?

— E daí que Rob e os amigos dele — engoli um bom punhado de taco — só bebem cerveja nacional. Pelo menos foi o que ele disse. Ele viu as garrafas e foi falando "é coisa de Urbanos".

Ruth ficou me olhando.

— Nunca lhe ocorreu que o Babaca poderia estar cobrindo o caso para os amiguinhos incultos, imigrantes e de baixa renda dele?

— Rob — falei, colocando meu taco no prato — não é um babaca. E os amigos deles não são nada disso que você falou. Se você se lembra, eles me salvaram de me tornar a arma secreta número 1 do exército americano na última primavera...

— Não estou tentando ser ofensiva — disse Ruth. — Estou sendo honesta, Jess, mas eu acho que você está inebriada demais com esse cara para enxergar o óbvio...

— A única coisa que enxergo — falei — é que Rob não fez isso.

— Não estou sugerindo que tenha sido ele. Estou meramente sugerindo que algum dos colegas dele poderia...

De repente, uma mochila enorme caiu como um paraquedas no banco ao lado do meu. Ergui o olhar e tive que conter um resmungo.

— Oi, garotas — disse Skip. — Vocês se importam se eu ficar aqui com vocês?

— Para falar a verdade... — disse Ruth, retorcendo o lábio superior. — Já estávamos de saída.

— Ruth — disse Skip —, você está mentindo. Nunca vi você deixar uma salada de taco pela metade.

— Sempre há uma primeira vez para tudo. — Foi a resposta de Ruth.

— Para falar a verdade — disse Skip —, o que tenho a dizer só vai levar um minuto. Eu sei o quanto vocês, garotas, valorizam seus preciosos momentos comendo juntas. Nesse fim de semana vai passar no Downtown Cinema uma sessão à meia-noite de um filme em anime japonês, e eu gostaria de saber se você está interessada em ir.

Ruth olhou para o irmão como se ele tivesse ficado doido.

— Eu? — perguntou ela. — Você quer saber se eu iria ao cinema com você?

— Bem — disse Skip, parecendo muito envergonhado pela primeira vez desde que o conheço por gente, e isso faz muito, muito tempo mesmo. — Não você, na verdade. Eu estava falando com Jess.

Eu engasguei com um pedaço de *tortilla*.

— Ei — disse Skip, batendo nas minhas costas algumas vezes. — Você está bem?

— Sim — falei, quando me recuperei. — Hum. Escuta. Podemos falar sobre isso depois? Quero dizer, sobre o lance do filme? Meio que tem um monte de coisa acontecendo na minha vida agora...

— Claro — falou Skip. — Você tem meu telefone.

Ele pegou a mochila e saiu.

— Ai... meu... Deus! — disse Ruth, quando o irmão dela já estava longe o suficiente para não ouvir suas palavras.

Mandei que ela calasse a boca. Só que ela não obedeceu.

— Ele ama você! — disse Ruth. — O Skip está apaixonado por você! Não consigo acreditar nisso.

— Cala a boca, Ruth — falei, levantando e erguendo minha bandeja.

— Jessica e Skip estão namoraaaando. — Ruth não conseguia parar de rir.

Fui caminhando até a esteira que levava nossas bandejas até a cozinha e larguei a minha lá. Enquanto isso, vi Tisha Murray, algumas das outras líderes de torcida e jogadorezinhos de futebol — além de Karen Sue, que seguia a galera popular aonde quer que fossem, fazendo jus ao apelido que Mark dera a ela, "Grude" —, e eles estavam saindo do refeitório. Estavam seguindo para o lado de fora, para relaxar perto do mastro da bandeira, onde todas as pessoas bonitas em nossa escola se sentavam em dias agradáveis, aperfeiçoando o bronzeado até o sinal tocar.

— Skip nunca esteve num encontro — comentou Ruth, vindo atrás de mim para deixar a própria bandeja. — Eu me pergunto se ele vai saber que não deve levar a mochila junto.

Ignorando Ruth, segui Tisha e os outros até o lado de fora.

Estava um dia maravilhoso, o tipo de dia que transforma o ato de ficar sentado dentro de uma sala de aula em algo realmente difícil. O verão tinha acabado, mas alguém tinha se esquecido de contar isso ao meteorologista. O sol brilhava intensamente sobre as pernas longas e estiradas das líderes de torcida que estavam no gramado sob o mastro da bandeira, e nas costas dos jogadores perto delas. Eu não conseguia ver Mark em lugar nenhum, mas Tisha estava sentada no gramado, uma das mãos fazendo sombra acima dos olhos, conversando com Jeff Day.

— Tisha — falei, indo até ela.

Ela girou o rosto na minha direção e depois ficou me encarando, boquiaberta.

— AimeuDeus! — gritou Tisha, se esforçando para ficar em pé. — Ela está aqui! A garota que salvou Heather! AimeuDeus! Você é, tipo, uma total e completa heroína! Você sabe disso, não?

Fiquei lá parada, sem graça, enquanto todo mundo me parabenizava pelo lance heroico. Acho que nunca na minha vida tantos alunos populares falaram comigo ao mesmo tempo. Era como se, de repente, eu fosse uma deles.

E, droga! Tudo que precisei fazer foi ter uma visão psíquica sobre uma das amigas deles e depois ir salvar a vida dela.

Estão vendo? Qualquer um pode ser popular. De jeito nenhum isso é difícil.

— Tisha — falei, tentando ser ouvida acima da cacofonia das vozes animadas ao meu redor. — Posso conversar com você um minuto?

Tisha se afastou dos outros e veio até mim, com sua cabecinha de passarinho, inclinada com ar questionador.

— Aham, Senhorita Heroína — disse ela. — O que foi?

— Olha, Tisha. — Peguei-a pelo braço e comecei a conduzi-la, devagar, para longe da galera dela e em direção ao estacionamento. — Sobre a casa. Onde encontrei Heather. Você sabia da existência daquele lugar?

Tisha tirou um pouco de cabelo da frente dos olhos.

— A casa na estrada do poço? Claro. Todo mundo sabe daquela casa.

Eu estava prestes a perguntar se ela sabia quem havia espalhado as garrafas de cerveja por toda casa e qual era a do colchão velho fétido, quando me distraí por causa de um som familiar, som ao qual meus ouvidos haviam se sintonizado completamente durante um bom tempo, isolando-o de todos os outros sons.

Porque era o som do motor de Rob.

Bem, o motor da moto dele, para ser exata.

Eu me virei, e lá estava ele, virando a esquina rumo à área dos alunos, com uma aparência, tenho que dizer, ainda melhor à luz do dia do que na noite anterior ao luar. Quando ele parou a moto ao meu lado, desligou o motor e tirou o capacete, pensei que meu coração fosse explodir diante da beleza dele, com sua calça jeans, botas de motoqueiro e camiseta, com seus cabelos escuros longos e seus olhos brilhantes acinzentados.

— Ei — disse ele. — Exatamente a pessoa que eu queria ver. Como vai?

Consciente de que os olhares curiosos de toda a população estudantil da Ernest Pyle High School — bem, pelo menos os das pessoas que estavam curtindo os últimos minutos do intervalo para o almoço lá fora, afinal — estavam voltados para nós, falei, de um jeito casual:

— Oi. Estou bem. E você?

Rob desceu da moto e passou a mão pelos cabelos.

— Estou bem, acho — disse ele. — Foi você que sofreu o interrogatório, não eu. Primeiro dos federais e depois dos seus pais. Ou estou errado?

— Ah, não está não — falei. — Você está certo. Eles não ficaram muito felizes. Nenhum deles. Nem Allan nem Jill *e* nem Joe ou Toni.

— Foi o que pensei — disse Rob. — Então pensei em dar uma passada aqui no meu intervalo de almoço e ver, sabe, se estava tudo bem contigo. Mas você me parece bem. — Os olhos acinzentados ficaram me contemplando de cima a baixo. — Mais do que bem, para falar a verdade. Você se arrumou toda por algum motivo específico?

Eu estava exibindo mais um dos meus novos visuais adquiridos nas lojas de outlets, que consistia numa blusa preta com decote em V justa, uma minissaia pink e sandálias plataforma pretas. Minha aparência estava *três chic*, como diriam na aula de francês.

— Ah — falei, olhando de relance para mim. — Só, sabe, fazendo um esforço esse ano. Tentando ficar longe de encrenca.

Rob, para meu deleite, fez uma careta para minha saia.

— Não vejo isso acontecendo realmente tão cedo, Mastriani — disse ele, e então seu olhar se voltou para meu pulso. — Ei, esse é meu relógio?

Pega no flagra. Totalmente pega no flagra. Eu tinha achado o relógio dele, preto e pesado, repleto de botões que faziam coisas bizarras como dizer que horas eram na Nicarágua e coisas do gênero, no bolso da jaqueta de couro dele: jaqueta esta que agora estava pendurada num lugar de honra em uma das colunas da minha cama.

É claro que eu ia usá-lo para ir à escola. Que garota não faria isso?

— Ah, é — falei, com indiferença elaborada. — Que você me emprestou ontem à noite, lembra?

— Agora eu me lembro — disse Rob. — Fiquei procurando por ele por toda parte. Passa para cá.

Exageradamente deprimida, soltei o relógio. Sei que era ridículo, eu querendo me agarrar ao relógio de pulso de um cara, por incrível que pareça, mas não conseguia evitar. Era como se fosse meu troféu. O troféu do meu namorado.

Exceto que, é claro, Rob não era realmente meu namorado.

— Toma — falei, entregando o relógio a ele, que o pegou e colocou no pulso, olhando para mim como se eu fosse demente ou algo assim. O que provavelmente eu sou.

— Você gosta desse relógio ou algo do tipo? — perguntou Rob. — Quer um igual?

— Não — respondi. — Não mesmo.

Eu não poderia falar a verdade a ele, lógico. Como poderia?

— Porque eu poderia arrumar um desses para você — falou ele. — Se você quiser. Mas eu achava que você fosse querer um, sabe, daqueles relógios de mocinhas. Esse fica meio grosseiro em você.

— Eu não quero um relógio — falei.

Só o seu relógio.

— Bem — disse ele. — Tudo bem. Se você está tão certa disso.

— Estou.

Ele baixou o olhar para mim.

— Você é meio esquisita — disse ele. — Você sabe disso, não?

Ah, que beleza, aquilo era simplesmente ótimo. Meu namorado vem de moto até a minha escola no intervalo de almoço para me dizer que me acha esquisita. Que romântico.

Graças a Deus, Tisha e o restante daqueles caras estavam longe demais para ouvir o que ele estava dizendo.

— Bem, olha, tenho que voltar — disse Rob. — Vê se não se mete em encrenca. Deixe a polícia lidar com os profissionais, entendeu? E me liga, OK?

— Claro — falei.

Ele semicerrou os olhos para me ver melhor sob a luz do sol.

— Tem certeza de que você está bem?

— Tenho — respondi.

Mas é claro que eu não estava. Bem, tipo, estava e não estava. O que eu realmente queria era que ele me beijasse. Eu sei. Retardada, certo? Quero dizer, querer que ele me beijasse só porque Tisha e todo um bando de pessoas estavam nos observando.

Mas aquilo seria meio que pelo mesmo motivo que fiquei usando o relógio dele. Eu só queria que alguém soubesse que eu pertencia a alguém.

E que aquele alguém não era Skip Abramowitz.

Agora, não estou dizendo que Rob leu minha mente ou algo assim. Tipo, sou eu quem tem os lances psíquicos, e não ele.

E nem mesmo estou dizendo que talvez eu tenha colocado a sugestão na mente dele também. Meus poderes psíquicos estendem-se apenas a uma coisa e uma coisa somente, que é encontrar pessoas desaparecidas, não inserir sugestões nas mentes dos meninos para que me beijem.

Mas, meio que aceitando a situação sem aceitar, Rob revirou os olhos e disse "Ah, dane-se", pôs uma das mãos na minha nuca, me puxou para a frente e deu um beijo meio breve no topo da minha cabeça.

E, então, subiu na moto e foi embora.

Capítulo 15

Duas coisas aconteceram logo depois disso.

A primeira foi que o sinal tocou. A segunda foi que Karen Sue Hankey, que tinha visto a cena inteira, veio falando com aquela vozinha estridente:

— Ai, meu Deus, Jess! Deixar um caipira beijar você, por que não, não é?

Felizmente para Karen Sue (e para mim, acho), Todd Mintz estava parado ali perto. Então quando eu fui pra cima dela, o que fiz de imediato, claro, com a intenção de arrancar os olhos dela com meus polegares, Todd me segurou no meio do caminho, me girou e disse:

— Opa, segura a onda, tigresa.

— Me solta — falei, o rubor da fúria substituindo a alegria que estava, apenas instantes antes, correndo pelo meu corpo, fazendo com que eu suspeitasse que meu coração pudesse explodir. — É sério, Todd, me solta.

— É, solta a garota, Todd — provocou Karen Sue. Ela havia subido correndo os degraus até o prédio principal e sabia que estava à distância segura o bastante para que, mesmo se Todd me soltasse (o que ele não parecia ter intenção alguma de fazer), eu nunca a alcançasse antes de ela buscar abrigo na segurança do prédio. — Mais cinco mil viriam a calhar para mim.

— Aposto que sim! — rugi. — Você poderia pegar o dinheiro e comprar uma droga de um simancol!

Só que eu não falei *droga*.

— Ah, muito legal — gritou Karen Sue lá do alto dos degraus. — Exatamente o tipo de vocabulário que se espera de uma garota cujo irmão é suspeito de assassinato.

Fiquei paralisada, ciente do fato de que todo mundo ao nosso redor estava buscando cobertura. Ou talvez eles apenas estivessem indo para a aula. Era difícil discernir.

— O quê...? — perguntei, enquanto Todd, sentindo pela minha paralisia que eu não era mais uma ameaça, me colocou com os pés no chão de novo. — Do que ela está falando?

Todd, um cara grande, com um corte de cabelo estilo militar, que parecia desejar estar em qualquer lugar que não onde estava de fato, deu de ombros.

— Eu não sei, Jess — disse ele, se sentindo desconfortável. — Tem um boato circulando por aí...

— Que boato? — exigi saber.

Todd alternou o peso do corpo entre uma perna e outra.

— Eu, hum, tenho que ir para a aula. Vou me atrasar.

— Você vai me contar que droga de rumor é esse — falei, irritada —, ou eu garanto a você que vai chegar na sala de aula engatinhando.

Só que, mais uma vez, eu não disse *droga*.

Porém, Todd não pareceu assustado. Ele só parecia cansado.

— Olha, Jess — explicou ele. — É só um boato, tá? A irmã mais velha de Jenna Gibbon é casada com um assistente do xerife do condado e me disse que ele contou a ela que parecia que iam levar seu irmão para ser interrogado, porque ele se encaixa em alguma espécie de perfil, e por não ter nenhum álibi para nenhum dos momentos em que os ataques ocorreram. Tá?

Eu não conseguia acreditar naquilo. Eu realmente não conseguia acreditar naquilo.

Porque tinham feito de novo. Os agentes especiais Johnson e Smith, eu quero dizer. Eles tinham me dito que fariam e, por Deus, eles fizeram!

Bem, e por que não o fariam? Eles eram do FBI. Podiam fazer qualquer coisa, certo? Quero dizer, quem era eu para impedi-los?

Uma pessoa. Eu.

Eu simplesmente não conseguia imaginar como. Fiquei irritada por causa do assunto pelo restante do dia, o que também fez com que mais de um professor me perguntasse se talvez eu não ficaria mais feliz sentada na sala do orientador durante o restante do dia.

Respondi a eles que sim, que ficaria mais feliz — pelo menos, pensei, ficaria livre de quaisquer perguntas irritantes como "qual é a raiz quadrada de 605; qual é o *pluperfect* do verbo *avoir*" —, mas, infelizmente, nenhum deles levou a ameaça até o fim. Quando o sinal tocou às três horas, eu ainda me sentia livre como um pássaro. Livre o bastante para passar por Mark Leskowski, a caminho do carro de Ruth, sem nem oferecer um segundo olhar de relance para ele.

— Jess! — gritou ele, me chamando. — Ei, Jess!

Eu me virei ao ouvir o som do meu nome e fiquei levemente surpresa ao ver Mark sair do carro, que ele estava destravando, e vir correndo até mim.

— Ei — disse ele. Mark estava com um Ray Ban novo, que ele ergueu enquanto baixava o olhar para mim. — Como vai? Eu tinha esperanças de me deparar com você. Espero não ter feito você se meter em encrenca na noite passada.

Eu apenas pisquei para ele. Só conseguia pensar em como, a qualquer minuto, os federais poderiam arrastar Douglas para ser interrogado sobre alguns crimes que ele não poderia ter cometido em circunstância alguma.

Se, isto é, eu não abrisse o jogo sobre meu lance psíquico e prometesse ajudar o FBI a encontrar seus criminosos estúpidos.

— Sabe — disse Mark, provavelmente captando que eu não sabia do que ele estava falando, a julgar pela minha falta de expressão. — Quando deixei você em casa. Seus pais pareciam meio... furiosos.

— Eles não estavam furiosos — falei. — Estavam preocupados.

E com Douglas, não comigo. Porque Douglas não estava em casa. Ele tinha saído, para algum lugar, sozinho...

— Ah — disse Mark. — Bem, de qualquer forma, eu só queria ter certeza, sabe, de que você estava bem. Aquilo foi bem intenso, a forma como você encontrou Heather e tal.

— É — falei, notando que Ruth estava vindo em nossa direção. — Bem, você sabe. Só fazendo meu trabalho e tal. Escuta, eu tenho que...

— Eu estava pensando... — disse Mark — ... que talvez, se você não for fazer nada nesse fim de semana, você e eu poderíamos, hum, não sei, sair por aí.

— Tá, beleza — respondi, embora, sinceramente, a ideia de ir ver algum anime japonês com Skip fosse muito mais atraente do que "Hum, não sei, sair por aí" com Mark. — Por que você não me liga?

— Vou ligar — confirmou ele, que acenou para Ruth quando ela passou pela gente, nos observando tão atentamente que quase arrancou um pedaço da própria pele no para-choque do carro dela. — Ei — disse Mark a ela. — Como vai você?

— Bem — respondeu Ruth, destravando a porta do lado do motorista. — Obrigada.

Mark fez o mesmo no próprio carro, enfiou a mão lá dentro e tirou de lá uma sacola de lona. Então fechou a porta novamente e a trancou. Diante de nossa troca de olhares de relance, que suponho que ele tenha interpretado como curiosidade de minha parte — embora, no meu caso, meu olhar estivesse meramente vidrado — ele se justificou: "Treino de futebol americano", e então jogou a sacola sobre o ombro e se dirigiu até o ginásio.

— Jess — disse Ruth, quando saí do alcance de Mark. — Eu ouvi direito? Mark Leskowski acabou de convidar você para sair?

— É — falei.

— Então quantas pessoas chamaram você para sair hoje? Duas?

— Aham — falei, subindo no banco do passageiro depois que ela destravou a porta por dentro.

— Nossa, Jess — disse ela. — Isso é tipo um recorde ou algo assim. Por que você não está mais feliz?

— Porque — falei — um dos caras que me chamou para sair hoje era, até pouco tempo, suspeito do assassinato da própria namorada, e o outro é seu irmão.

Ruth começou a dizer:

— É, mas Mark não está livre de suspeitas agora, por causa do que aconteceu com Heather?

— Acho que sim — respondi —, mas...

— Mas o quê? — perguntou Ruth.

— Mas... Ruth, Tisha me disse que todos sabiam daquela casa. Como se... fossem eles que fizessem festinhas lá.

— O que significa...?

— O que significa que deve ter sido um deles.

— Um deles quem?

— Do pessoal da "galera popular" — falei, fazendo um gesto na direção do campo de futebol americano, onde podíamos ver algumas das líderes de torcida e alguns dos jogadores treinando.

— Não necessariamente — disse Ruth. — Quero dizer, Tisha sabia da casa. Ela não disse que esteve algum dia numa festa lá, disse?

— Bem — hesitei. — Não. Não exatamente, mas...

— Quero dizer, sério, você não acha que aqueles caras poderiam achar um lugar mais legal para uma festa? Tipo a área de lazer dos pais de Mark Leskowski, por exemplo? Ouvi dizer que os Leskowski têm uma piscina interna/externa.

— Talvez o Sr. e a Sra. Leskowski desaprovem a ideia de os amigos de Mark levarem suas namoradas para uma rapidinha na área de lazer deles.

— Porrrrrr favorrrrrr — disse Ruth, enquanto cruzávamos o estacionamento e virávamos o carro na High School Road. — Por que algum deles mataria Amber? Ou tentaria matar Heather? Eles são amigos, certo?

Certo. Ruth estava certa. Ruth estava sempre certa. E eu sempre errada. Bem, quase sempre, de qualquer forma.

Acho que eu realmente não acreditava — apesar do que Tisha tinha me falado, sobre todos eles saberem da casa na estrada do poço — que na verdade estivessem envolvidos no assassinato de Amber e no ataque a Heather. Tipo, sério: Mark Leskowski, envolvendo o pescoço da namorada com as mãos e estrangulando-a? De jeito nenhum! Ele a amava. Ele chorou na minha frente na sala do orientador; ele a amava demais.

Pelo menos acho que era essa a razão do choro dele. Certamente Mark não começou a chorar porque suas chances de ganhar uma bolsa de estudos estavam em risco, devido ao seu status como suspeito de assassinato. Quero dizer, isso teria sido simplesmente de uma frieza pura e simples. Certo?

E Heather? Eu deveria presumir que Jeff Day ou alguma outra pessoa no grupinho a tivesse amarrado e a deixado para morrer na banheira? Por quê? Para que ela não dedurasse Mark?

Não. Isso era ridículo. A teoria de Tisha sobre os caipiras dementes fazia mais sentido. Pode ser que as líderes de torcida e o time de futebol americano usassem a casa na estrada do poço, mas não foram eles que deixaram Heather lá. Não, isso tinha sido obra de alguma outra pessoa. Algum indivíduo doente e pervertido.

Mas não, absolutamente não meu irmão.

Eu verifiquei essa suspeita no segundo em que cheguei em casa. Não, é claro, que eu não tinha motivo para ter dúvidas quanto a isso. Eu só queria confirmar a verdade. Subi as escadas — minha mãe não estava em casa, graças a Deus, então não tive que ouvir mais nenhum sermão sobre o quão inadequado era sair de casa sorrateiramente no meio da noite com um garoto que trabalhava numa garagem-oficina — e bati à porta do quarto de Douglas uma vez. Então ela se abriu, porque a porta do quarto do Douglas não tinha tranca, pois meu pai a tirou depois que meu irmão cortou os pulsos lá, e precisamos botar a porta abaixo para chegar até ele.

Douglas está tão acostumado a minhas invasões em seu quarto que nem mesmo ergue mais o olhar.

— Cai fora — disse ele sem erguer o olhar contemplativo do exemplar de *Tropas estelares* que lia com atenção.

— Douglas — falei. — Preciso saber. Onde você esteve ontem das cinco da tarde até às oito da noite, quando voltou para casa?

Com isso, ele ergueu o olhar.

— Por que tenho que contar isso a você? — ele quis saber.

— Porque sim — falei.

Eu queria lhe dizer a verdade, é claro. Eu queria dizer: Douglas, os federais acham que você pode ter algo a ver com o assassinato de Amber Mackey e com o ataque a Heather Montrose. Preciso que você me diga que não fez nada disso. Preciso que me diga que tem testemunhas que podem atestar seu paradeiro nos momentos em que os crimes ocorreram, e que seu álibi é sólido como uma rocha. Porque senão, a menos que você possa me contar essas coisas, vou ser obrigada a fazer um trabalho depois das aulas com algumas pessoas particularmente desagradáveis.

Em outras palavras, o FBI.

Mas eu não sabia ao certo se poderia dizer aquelas coisas a Douglas porque estava cada vez mais difícil saber o que seria um gatilho para um de seus episódios. Na maior parte do tempo ele parecia normal para mim; porém, de vez em quando, alguma coisa o incomodava — algo aparentemente bobo, como estarmos sem Cheerios —, e de repente as vozes... as vozes de Douglas voltavam.

Por outro lado, aquele assunto era sério. Não tinha nada a ver com Cheerios nem com repórteres da revista *Good Housekeeping* parados no nosso quintal para me entrevistar. Não desta vez. Dessa vez tinha a ver com pessoas morrendo.

— Douglas — falei. — É sério. Preciso saber onde você estava. Tem um boato circulando, eu não acredito nele nem nada, mas está rolando, de que você matou Amber Mackey e de que, na noite passada, sequestrou Heather Montrose e deixou a garota lá para morrer.

— Eita! — Douglas, que estava deitado na cama, largou a revista em quadrinhos. — E como eu teria feito isso? Usando meus superpoderes?

— Não — respondi. — Acho que a teoria é que você teve um surto.

— Entendo — disse Douglas. — E quem está espalhando essa teoria?

— Bem... — falei — Karen Sue Hankey especificamente, mas quase a maioria do pessoal do penúltimo ano da Ernie Pyle High, além de algumas pessoas do último ano e, hum, ah, sim, o FBI.

— Hummmm. — Douglas pensou no assunto. — Acho a última parte especialmente perturbadora. O FBI tem alguma evidência ou prova de que matei essas garotas?

— Só uma delas está morta — falei. — A outra só foi muito espancada.

— Bem, por que eles não perguntam a ela quem fez isso? — perguntou Douglas. — Quero dizer, ela vai contar a eles que não fui eu.

— Ela não sabe quem foi que fez aquilo com ela — expliquei. — Só disse que usavam máscaras. E imagino que, mesmo que soubesse, não diria. Estou presumindo que, quem quer que tenha feito aquilo a ela deve ter lhe dito que terminaria o serviço caso ela abrisse a boca.

Douglas sentou-se direito na cama.

— Você está falando sério — disse ele. — As pessoas estão realmente suspeitando que eu fiz isso?

— Sim — falei. — E o lance é que os federais estão dizendo que, a menos que eu, sabe, me torne uma agente júnior do FBI, vão alfinetar você com esse lance. Então, antes que eu me aliste para meu plano de pensão pelo FBI, preciso saber. Você tem algum tipo de álibi que seja?

Douglas piscou. Seus olhos eram castanhos como os meus.

— Pensei — falou ele — que você tivesse dito a eles que perdeu suas habilidades psíquicas.

— Eu disse — repliquei. — Acho que o fato de eu ter encontrado Heather Montrose no meio do nada na noite passada deu a dica de que talvez eu não tivesse sido totalmente sincera com eles quanto a esse assunto em especial.

— Ah. — Douglas parecia desconfortável. — O lance é, o que eu estava fazendo na noite passada... e na noite em que a outra garota desapareceu... bem, eu meio que esperava que ninguém fosse descobrir.

Fiquei encarando meu irmão. Meu Deus! Então ele *tinha* feito alguma coisa! Mas não, certamente, ficar deitado esperando naquela casa na estrada do poço que uma animadora de torcida inocente passeasse por ali...

— Douglas — falei. — Não me importo com o que você estava fazendo, contanto que não envolva nada ilegal. Só preciso saber de alguma coisa, de preferência a verdade, para contar a Allan e a Jill, ou vai ter um "Propriedade do Governo dos Estados Unidos" carimbado na minha bunda num futuro próximo. Se tiverem algo contra você, eles são meus donos. Então preciso saber. Eles têm algo que o incrimine?

— Bem — disse Douglas, lentamente. — Meio que...

Eu conseguia sentir meu mundo girando, devagar... tão lentamente... saindo do eixo. Meu irmão, Douglas. Meu grande irmão Douglas, que eu parecia estar defendendo durante toda a minha vida, defendendo de pessoas que o chamavam de retardado, mongol e debiloide. Pessoas que não se sentavam ao lado dele quando íamos ao cinema quando éramos crianças porque ele gritava coisas para a tela — coisas que geralmente não faziam sentido para mais ninguém. Pessoas que não deixavam seus filhos nadarem na piscina perto dele, porque às vezes Douglas simplesmente parava de nadar e só ficava lá, no fundo da piscina, até que um salva-vidas percebia e o "pescava". Pessoas que acusavam Douglas de furto toda vez que uma bicicleta, um cachorro ou um gnomo de jardim de gesso desaparecia na vizinhança porque Douglas... Bem, ele não era totalmente normal, era?

Só que todos estavam errados. Douglas *era* normal. Apenas não do jeito que *eles* consideravam normal.

Mas talvez, durante todo esse tempo... talvez eles estivessem certos. Possivelmente desta vez Douglas realmente tivesse feito algo errado. Algo tão errado que ele nem mesmo queria contar para mim. *Eu*, a irmã dele, que aprendeu a dar um belo soco quando fez 7 anos só para poder nocautear as crianças do bairro que o chamavam de maluco toda vez que ele passava pela casa delas a caminho da escola.

— Douglas — falei baixinho, notando que minha garganta estava, súbita e inexplicavelmente, fechada. — O que você fez?

— Bem — disse ele, incapaz de me encarar. — A verdade, Jess... a verdade é que... — Ele inspirou profundamente. — Eu arranjei um emprego.

Capítulo 16

O primeiro telefonema chegou logo depois do jantar. A hora do jantar foi calma aquela noite. Silenciosa, porque todas as pessoas à mesa estavam com raiva de alguém.

Minha mãe, é claro, estava com raiva de mim por ter saído de casa escondido na noite anterior com Rob Wilkins, um garoto que ela não aprovava porque a) era velho demais para mim, b) não tinha aspiração alguma de fazer faculdade, c) andava de moto, d) a mãe dele era uma garçonete, e e) nós não sabíamos quem era o Sr. Wilkins nem o que fazia, se é que fazia alguma coisa, ou até mesmo se havia um Sr. Wilkins, algo que Mary Wilkins nunca havia citado, pelo menos na presença de meu pai.

E minha mãe nem mesmo sabia do lance todo da condicional.

Meu pai estava enfurecido com minha mãe por estar sendo o que ele chamava elitista esnobe e por não ser grata porque Rob insistira em me acompanhar em mais uma de minhas buscas por causa de visões idiotas, nas palavras dele, para se certificar de que eu não seria morta.

Eu estava furiosa com meu pai por chamar minhas visões psíquicas de idiotas quando, na verdade, tinham salvado muitas vidas e reunido muitas famílias. Também estava com raiva dele por achar que, sem algum cara para tomar conta de mim, eu não seria capaz de me virar sozinha. E, é claro, estava enfurecida com minha mãe porque ela não gostava de Rob.

Enquanto isso, Douglas estava com raiva de mim porque falei para ele confessar aos nossos pais o lance do trabalho. Eu entendia completamente o motivo pelo qual ele não queria fazê-lo: nossa mãe iria ficar ensandecida com a ideia de ver o bebê dela sujando os dedos com qualquer tipo de trabalho inferior. Ela parecia convencida de que a mais leve provocação — como, por exemplo, ele talvez ter que erguer uma esponja para limpar o leite derramado no balcão da cozinha — causasse outro colapso emocional suicida.

Mas meu pai era o único que realmente explodiria quando descobrisse, e não quero dizer de tanto rir. Na nossa família, ou você trabalhava num dos restaurantes do meu pai, ou não trabalhava. Então por que permitiram que eu passasse o verão como monitora dos campistas? É, aquilo só aconteceu por causa do intenso treinamento musical que eu teria enquanto estivesse em Wawasee. Caso contrário, podem apostar que teria sido relegada à seção de self-service no Joe's.

Sendo assim eu não estava lá muito feliz nem com minha mãe nem com meu pai e nem com Douglas durante aquele jantar em especial, e nenhum deles parecia estar também lá muito feliz comigo. Então quando o telefone tocou, você pode apostar que saí correndo para atendê-lo, só para evitar o silêncio desconfortável que pairava sobre a mesa, interrompido apenas pelo ocasional raspar de um garfo no prato ou pelo pedido por mais parmesão.

— Alô? — falei, atendendo o telefone da parede da cozinha, que ficava mais próximo da sala de jantar.

— Jess Mastriani? — perguntou uma voz masculina.

— Sim — falei, um pouco surpresa.

Eu esperava que fosse Ruth. Ela é praticamente a única pessoa que sempre liga para a gente. Quero dizer, a menos que haja algum problema em um dos restaurantes.

— É ela quem está falando.

— Eu vi você conversando com Tisha Murray hoje — disse a pessoa do outro lado da linha.

— Ah — falei. — É. — A voz soava estranha. Meio que abafada, como se quem quer que estivesse ligando estivesse dentro de um túnel ou algo do tipo. — E daí?

— E daí que, se você fizer isso de novo — disse a voz —, seu fim vai ser igualzinho ao de Amber Mackey.

Afastei o telefone da orelha e fiquei olhando para o aparelho como sempre acontece nos filmes de terror, quando o assassino psicopata liga (geralmente de dentro da casa). Sempre achei o gesto estúpido, afinal não dá para enxergar a pessoa através do telefone. Mas, sabe, deve ser algo instintivo ou coisa do gênero porque lá estava eu fazendo isso.

Levei o telefone de volta ao ouvido e falei:

— Você está brincando comigo, não é?

— Pare de perguntar sobre a casa na estrada do poço — disse a voz. — Ou você vai lamentar, sua vadia idiota.

— O que você vai fazer — perguntei — quando eu desligar e pressionar *69 para ver quem me ligou, e, cinco minutos depois, os policiais aparecerem e te arrastarem para a cadeia, seu pervertido maldito?

A linha ficou morta aos meus ouvidos. Bati o telefone no gancho com força, apertei o botão *, depois o 6 e então o 9. Um telefone tocou, e uma voz de mulher disse:

— A ligação para este número para o qual você está tentando ligar não pode ser realizada por este método.

Droga! Eles tinham me ligado de uma linha não rastreável. Eu já devia saber.

Desliguei e voltei para a sala de jantar.

— Eu gostaria que Ruth parasse de nos ligar durante o jantar — disse minha mãe. — Ela sabe que comemos às seis e meia. Isso não é muito delicado da parte dela.

Não vi motivo algum para corrigir minha mãe sobre ser Ruth ao telefone. Tinha plena certeza de que ela não teria gostado de ouvir a verdade. Afundei na cadeira e peguei meu garfo.

Só que, de repente, não conseguia comer. Não sei o que aconteceu, mas quando um pedaço de macarrão estava a meio caminho até meus lábios, minha garganta se fechou de repente, e a mesa — e toda comida que estava nela — virou um borrão.

Um borrão porque meus olhos ficaram cheios de lágrimas. Lágrimas! Eu estava chorando assim como Mark Leskowski.

— Jess — comentou minha mãe em tom de curiosidade. — Está tudo bem com você?

Olhei de relance para ela, mas não consegui enxergá-la. Nem consegui falar. Eu só conseguia pensar *Ai, meu Deus! Eles vão fazer comigo o que fizeram com Heather*. E então senti frio, muito frio, como se alguém tivesse aberto a porta de um daqueles freezers em que dá para a gente entrar, lá no Mastriani's.

— Jessica? — perguntou meu pai. — Qual é o problema?

Mas como eu poderia dizer a eles? Como poderia contar sobre o telefonema? Só serviria para preocupá-los. Provavelmente até mesmo chamariam a polícia. Era tudo de que eu precisava, da polícia. Como se eu já não tivesse o FBI praticamente acampado no jardim da minha casa.

Mas Heather... o que tinha acontecido com Heather... Eu não queria que aquilo acontecesse comigo. De repente, Douglas empurrou seu prato de salada no chão, que se estilhaçou num milhão de pedacinhos.

— Toma essa! — gritou ele, os pedaços de alface com molho *ranch* sujando o chão.

Pisquei para ele entre as lágrimas. O que estava acontecendo? Douglas estava tendo um episódio? De qualquer forma, eu podia ver, pelas expressões nos rostos de meus pais, que eles achavam que sim. Os dois trocaram olhares preocupados...

E enquanto a atenção deles estava focada um no outro, Douglas olhou de relance para mim e deu uma piscadela...

Um segundo depois, minha mãe estava de pé.

— Dougie — gritava ela. — Dougie, o que foi?

Meu pai, como sempre, foi mais lacônico em relação à coisa toda.

— Você tomou toda sua medicação hoje, Douglas? — perguntou.

Então eu soube. Douglas estava fingindo um episódio para fazer com que meus pais parassem de me importunar com o lance do choro. Senti uma onda de amor pelo Douglas. Já houve, em toda História, um irmão mais velho tão legal como ele?

Enquanto meus pais estavam distraídos, limpei as lágrimas com as costas das mãos. O que estava acontecendo comigo? Eu nunca chorava. Esse lance com Amber e agora com Heather estava ficando pessoal demais. Quero dizer, agora eles estavam atrás de mim. De mim!

Acho que havia motivos para chorar, com essa coisa de os federais achando que Douglas era o assassino, e os verdadeiros assassinos me ameaçando, dizendo que eu seria a próxima vítima, mas mesmo assim ainda era desmoralizante, isso seria algo que Karen Sue Hankey faria.

Enquanto tentava colocar minhas emoções sob controle, e meus pais interrogavam Douglas sobre sua saúde mental, o telefone tocou de novo. Desta vez praticamente derrubei a cadeira no chão, indo voando atender a ligação.

— É para mim — falei rapidinho, tirando o telefone do gancho. — Tenho certeza.

Ninguém nem olhou em minha direção. Douglas ainda estava passando pelo interrogatório dos nossos pais por causa de seu ataque com a salada.

— Jessica? — perguntou uma voz que não reconheci.

— Sou eu — falei. E então, ficando de costas para a cena que se desenrolava na sala de jantar, falei, num tom de voz baixo e rápido: — Escuta aqui, seu perdedor, se você não parar de me ligar, juro que vou caçar você e matá-lo feito o cão que você é.

A voz prosseguiu, soando extremamente surpresa:

— Mas, Jess. Essa é a primeira vez que ligo para você. Na minha vida.

Inspirei com dificuldade, finalmente me dando conta de quem era.

— *Skip*?

— É — disse Skip. — Sou eu. Escuta, eu estava me perguntando se você tinha pensado no que conversamos na hora do almoço hoje. Sabe? O filme. Nesse fim de semana.

— Ah. — Minha mãe entrou na cozinha e foi até a despensa, onde pegou uma vassoura e uma pá. — É — falei. — O filme. Nesse fim de semana.

— É — disse Skip. — E achei que, talvez, antes de irmos ver o filme, nós poderíamos sair. Sabe, para jantar ou algo assim.

— Hum — murmurei.

Minha mãe, segurando a vassoura e a pá, estava parada atrás de mim, me encarando da forma como os leões do Discovery Channel fazem com as gazelas que estão prestes a atacar. Toda a preocupação dela com Douglas parecia ter sido esquecida, afinal, era a primeira vez que ela presenciava alguém me convidando para sair. Minha mãe — que tinha sido, ela mesma, uma animadora de torcida, Rainha do Baile, Rainha da Formatura, Princesa na Feira do Condado e Pequena Miss Debulhadora de Milho — vinha esperando que eu começasse a sair com garotos há 16 anos. Ela colocava a culpa por eu não ter saído em um milhão de encontros, como ela fizera quando tinha minha idade, no modo negligente como eu me vestia.

Ela não sabia nada sobre meu gancho de direita.

Bem, para falar a verdade, acho que sabia, graças ao processo da Sra. Hankey.

— É, sobre isso, Skip — disse, virando de costas para minha mãe. — Acho que não vou poder ir. Sabe, preciso estar de volta em casa às onze. Minha mãe nunca me deixaria sair para ver um filme que começa depois da meia-noite.

— Sim, eu deixaria — falou minha mãe em voz alta, para meu supremo horror e descrença.

Afastei o telefone do ouvido e fiquei encarando-a.

— Mãe — protestei, perplexa.

— Não olhe para mim desse jeito, Jessica — reclamou minha mãe. — Quero dizer, não sou totalmente inflexível. Se você quiser ir ao cinema à meia-noite com Skip, está perfeitamente bem para mim.

Eu não conseguia acreditar. Depois da profunda tristeza que ela vinha me fazendo sentir em relação a Rob, eu tinha plena certeza de que nunca me deixaria sair de casa novamente, muito menos com um garoto

Porém, ao que tudo indicava, eu estava banida de ver apenas um garoto em especial.

E este garoto não era Skip Abramowitz.

— Quero dizer — prosseguiu minha mãe —, não é como se seu pai e eu não conhecêssemos Skip. Ele cresceu e se tornou um jovem muito responsável. É claro que você pode ir ao cinema com ele.

Fiquei boquiaberta olhando para ela.

— Mãe — falei. — O filme nem mesmo começa antes da meia-noite.

— Contanto que Skip deixe você direto em casa depois que o filme terminar... — justificou minha mãe.

— Ah — disse uma voz do telefone, que eu estava segurando meio frouxo na mão. — Deixarei a Jess aí sim, Sra. Mastriani. Não se preocupe!

E, simples assim, eu tinha um encontro com Skip Abramowitz.

Bem, não havia escapatória. Não sem humilhar Skip completamente. Ou a mim também.

— Mãe! — gritei, quando desliguei o telefone. — Eu não quero sair com Skip!

— Por que não? — perguntou minha mãe. — Eu acho Skip um garoto muito bonzinho.

Traduzindo: ele não tem uma moto, nunca trabalhou numa garagem-oficina e foi realmente bem em seus testes preliminares que o qualificam para ganhar bolsas de estudos de mérito nacional.

E, ah, é, o pai dele é o advogado mais bem pago da cidade.

— Acho que você está sendo injusta, Jessica — disse minha mãe. — É verdade que Skip talvez não seja o garoto mais empolgante que você conhece, mas ele é extremamente doce.

— Doce! Ele detonou minha Barbie predileta!

— Isso faz anos — retrucou minha mãe. — Acho que Skip se tornou um verdadeiro cavalheiro. Vocês dois vão se divertir muito. — Ela ficou mais pensativa. — Sabe, achei uma saia estampada outro dia que seria perfeita para uma noite casual no cinema. E tenho ainda alguns metros de algodão que sobraram das cortinas que fiz para o quarto de hóspedes...

Viu? Esse é o problema em se ter uma mãe que não sai de casa. Ela fica pensando em projetinhos a serem feitos o tempo todo, como fazer uma saia para mim com o material que sobrou das cortinas! Juro que às vezes não tenho certeza de que ela seja quem deveria ser, minha mãe, ou Maria von Trapp.

Antes que eu pudesse dizer algo como "Não, obrigada, mãe. Acabei de gastar uma fortuna na Esprit, acho que consigo descolar sozinha algo para vestir", ou até mesmo "Mãe, se você acha que não estou planejando aparecer com algum outro compromisso no sábado à noite logo antes do encontro, você está bem enganada", Douglas entrou na cozinha, segurando seu prato do jantar, e disse:

— É, Jess. Skip é mesmo um cara bacana.

Desferi um olhar de aviso a ele.

— Se liga, Garoto dos Quadrinhos — rosnei.

Douglas, parecendo alarmado, notou que nossa mãe estava lá parada com a vassoura na mão.

— Ah, ei — disse ele, colocando o prato vazio dentro da pia. — Eu vou limpar, não se preocupe. Afinal, foi minha culpa.

Minha mãe puxou a vassoura para longe do alcance dele.

— Não, não — disse ela, apressando-se para voltar à sala de jantar. — Eu vou lá limpar.

O que foi meio triste. Porque estava claro que ela só estava fazendo aquilo porque não queria que Douglas mexesse com pedacinhos de vidro quebrado. A tentativa de suicídio dele no último Natal a deixou convencida de que não poderíamos confiar objetos afiados e pontiagudos a ele.

— Viu? — disse Douglas, quando a porta vai-e-vem se fechou atrás dela. — O que eu aguento por você? Agora ela vai ficar me observando como um falcão pelos próximos dias.

Suponho que eu deveria ter ficado grata a ele. Mas só conseguia pensar que as coisas seriam bem menos estressantes se Douglas simplesmente abrisse o jogo.

— Por que você não conta a eles agora? — perguntei. Tá bom, eu implorei. — Antes do *Entertainment Tonight*. Você sabe que nossa mãe nunca deixa uma briga durar mais do que cinco minutos quando o programa está passando.

Douglas estava enxaguando seu prato.

— De jeito nenhum — protestou, sem olhar para mim.

Fiquei tão enfurecida que uma veia minha quase explodiu.

— Douglas — sibilei. — Se você acha que não vou contar aos federais sobre seu emprego, você está doido. Não posso permitir que fiquem andando por aí achando que eles têm algo contra mim. Vou contar a eles e, se souberem, quanto tempo você acha que vai demorar até que nossos pais descubram? É melhor que *você* conte a eles em vez do maldito FBI, não acha?

Douglas fechou a torneira.

— É só que eu sei o que nosso pai vai dizer — rebateu Douglas. — Se estou bem o bastante para trabalhar atrás do balcão de uma loja de revistas em quadrinhos, estou bem o bastante para trabalhar nas cozinhas do Mastriani's, mas eu não consigo tolerar serviços com comida. Você sabe disso.

"Quem consegue?", eu queria perguntar, mas quando seu pai é dono de três dos restaurantes mais populares na cidade, você não tem muita escolha.

— E nossa mãe. — Douglas balançou a cabeça. — Você sabe como ela vai reagir. Aquilo lá fora? Não foi nada.

— É por isso que eu contaria a eles agora — falei —, antes que venham a descobrir através de outra pessoa. Quero dizer, pelo amor de Deus, Douglas. Você já está trabalhando há duas semanas. Acha que eles não vão ficar sabendo por alguém?

— Olha, Jess — disse Douglas. — Vou contar a eles. Juro que vou. Só deixe eu fazer isso do meu jeito, no meu ritmo. Quero dizer, você sabe como a mãe é...

A porta vai-e-vem que dava para a sala de jantar se abriu com tudo e minha mãe, carregando a pá agora cheia de lixo, entrou na cozinha.

— Você sabe como a mãe é o quê? — perguntou ela, olhando, de forma suspeita, de Douglas para mim e depois de novo para ele.

Felizmente, o telefone tocou.

De novo.

Dei um pulo para atendê-lo, mas era tarde demais. Meu pai já havia pegado a extensão no gabinete dele.

— Jess — berrou ele. — Telefone para você.

Ótimo. Os olhos da minha mãe se acenderam. Dava para ver totalmente que ela achava que a coisa estava começando para mim. Sabe, a popularidade que ela teve quando tinha minha idade, que havia até então passado longe de mim na Pyle High. Eu sabia que, como filha, eu era muito decepcionante para ela, pois ainda não estava namorando firme um cara como Mark Leskowski. Acho que, nesse momento, até mesmo um encontro com Skip seria preferível a encontro nenhum.

Ou com Rob.

Que pena mesmo que ela não sabia que os tipos de telefonemas que eu vinha recebendo à noite não eram exatamente dos integrantes do grêmio da escola querendo discutir a venda de bolos do dia seguinte.

Não, estava mais para os integrantes do esquadrão da morte querendo discutir minha morte iminente.

Porém, quando atendi o telefone, descobri que não era o cara das pegadinhas. Era o agente especial Johnson.

— Bem, Jessica — disse ele. — Você já pensou na conversa que tivemos essa manhã?

Olhei para minha mãe e para Douglas.

— Ahm, vocês se importam? — perguntei. — Isso é meio que pessoal.

Minha mãe franziu o cenho.

— Não é aquele garoto, é? — quis saber. — O tal do Wilkins?

O tal do Wilkins. Era quase tão ruim quanto O Babaca.

— Não — falei. — É outro garoto.

O que, tecnicamente, nem mesmo era mentira. E que fez minha mãe sorrir com tamanha felicidade enquanto saía dali, como se eu tivesse acabado de ser escolhida como Candidata mais Provável a se Casar com um Médico. Douglas também saiu, só que não exibiu nem metade da felicidade de nossa mãe.

— Que conversa? — perguntei ao agente especial Johnson assim que minha mãe se foi. — Ah, você está se referindo àquela em que você sugeriu que meu irmão poderia, na verdade, ser o assassino de Amber Mackey? E que se eu não ajudasse vocês a rastrearem e encontrarem os pequenos Dez Mais Procurados de sua lista vocês o arrastariam para um interrogatório?

— Bem, não creio que tenha colocado as coisas dessa forma — disse o agente especial Johnson. — Mas, em essência, é por isso que estou ligando.

— Odeio estragar as coisas para você — falei —, mas Douglas tem um álibi sólido como uma rocha para ambos os horários em que aquelas garotas desapareceram. É só perguntar aos novos empregadores dele na Comix Underground.

Seguiu-se um silêncio na linha. Então o agente especial Johnson deu uma risadinha abafada.

— Eu estava me perguntando quanto tempo demoraria para ele ter a coragem de contar isso a você.

Senti um impulso forte de raiva. *Você sabia?* Eu ia gritar ao telefone.

Mas então a ficha caiu. É lógico que ele sabia. Ele e a parceira sabiam o tempo todo. Eles só estavam usando o fato de eu não saber para me forçar a colaborar.

Bem, é para isso que eles são pagos. Operações secretas.

— Se vocês já terminaram de se divertir às minhas custas — falei com mais irritação do que talvez fosse necessário, mas eu sentia as lágrimas ameaçando cair novamente —, poderiam realmente fazer algum trabalho para variar. Quero dizer, sei que é muito divertido para vocês todos tentarem conseguir com que eu faça o trabalho no lugar de vocês, mas nesse caso em especial, acho que vocês detêm a especialidade.

Contei a ele sobre a pessoa que me ligou misteriosamente. O agente especial Johnson ficou, devo dizer, levemente interessado.

— E você diz que não reconheceu a voz? — perguntou ele.

— Bem — falei. — Soava meio que abafada.

— Ele provavelmente colocou algo sobre o bocal do telefone — disse o agente especial Johnson —, por medo de você poder reconhecê-lo. A voz era distintiva em alguma forma? Sotaque, algo do gênero?

Por algum motivo, eu me deparei comigo mesma me lembrando do teste do caipira. Sabe, o lance do "erre".

— Não — falei, um pouco surpresa comigo mesma por não ter me dado conta disso. — Nenhum sotaque, de modo algum.

— Bom — falou o agente especial Johnson. — Boa garota. Tudo bem, vamos trabalhar aqui e ver se conseguimos descobrir o número de onde essa pessoa ligou.

— Bem, acho que vocês deveriam ser capazes de descobrir isso com muita facilidade — falei. — Visto que vocês têm meu telefone grampeado desde, você sabe, sempre.

— Isso é muito engraçado, Jessica — disse o agente especial Johnson num tom seco. — Você está ciente, é claro, de que o FBI jamais faria algo que violasse os direitos de um cidadão norte-americano durante uma investigação.

— Ha... — comecei a rir. De certa forma, saber que o agente especial Johnson estava no caso fazia eu me sentir melhor. Doido, né? Considerando o quanto me incomodava ter os federais me seguindo o tempo todo...? — Ha, ha.

— E não se preocupe, Jessica — disse o agente especial Johnson. — Você e sua família não estão em perigo. Colocarei vários agentes a postos perto de sua casa hoje à noite.

Uma pena que não foi isso que eles escolheram para destruir, de modo a garantir que estavam falando sério com suas ameaças. Me refiro à nossa casa, não aos agentes.

Não, incendiaram o Mastriani's e o botaram abaixo.

Capítulo 17

Você acha que eu teria conseguido uma folguinha, não? Quero dizer, não é como se eu tivesse dormido alguma coisa na noite anterior. Não, eles tinham que se certificar de que eu também não conseguiria dormir na noite seguinte.

Bem, tá bom, consegui dormir *um pouco*. A ligação só foi feita depois das três.

Três da manhã, quero dizer.

Mas quando o fato aconteceu, não houve sono para ninguém na casa dos Mastriani. Não por um longo tempo.

Eu, é claro, achei que fosse para mim.

E por que não? Não era como se o telefone tivesse tocado — nem ao menos uma vez naquela noite — para qualquer outra pessoa na casa. Não, todos os sonhos da minha mãe para mim finalmente estavam se tornando realidade: eu era a Miss Popularidade, tudo bem.

Que pena que os únicos encontros que eu estava arranjando eram com, hum, a morte.

Bem, e com Skip Abramowitz.

Quando o telefone começou a tocar às três da manhã, saí voando da cama antes mesmo de estar completamente acordada e fui correndo pegar a extensão no meu quarto, como se, de alguma forma, ao pegá-lo no segundo toque, eu fosse impedir o restante da casa de acordar.

É, bela tentativa.

A voz no outro lado da linha era familiar, mas não era nenhum dos meus amigos. Você sabe, aqueles que tinham prometido me matar caso eu falasse mais alguma coisa a Tisha Murray sobre a casa na estrada do poço.

Em vez disso, era a voz de uma mulher. Levei um minuto para me dar conta de que era a agente especial Smith.

— Jessica — disse ela, quando atendi. E então, quando meu pai entrou na linha no quarto dele e disse um "Alô?" meio sonolento, ela acrescentou — Sr. Mastriani.

Eu e meu pai ficamos em silêncio. Ele, eu acho, ainda estava tentando acordar. Eu, é claro, estava tensa por saber o que viria a seguir... ou por achar que sabia, de qualquer forma. Mais alguém tinha desaparecido. Tisha Murray, talvez.

Ou Heather Montrose. Mesmo com o guarda que puseram a postos no hospital, alguém tinha conseguido entrar sem ser visto e terminou o trabalho que havia começado. Heather estava morta.

Era isso ou eles tinham encontrado alguém. Tinham encontrado alguém. Alguém tentando entrar sorrateiramente na minha casa para me matar.

Mas é claro que não era nada disso. Não era nenhuma dessas coisas.

— Sinto muito por acordá-lo, senhor — disse Jill, soando como se realmente lamentasse. — Mas acho que o senhor deveria saber que seu restaurante, o Mastriani's, está pegando fogo... O senhor poderia...

Mas Jill nunca conseguiu terminar a frase porque meu pai largou o telefone e, se eu bem o conhecia, começou a procurar sua calça.

— Logo estaremos lá — falei.

— Não, Jessica, você não. Você deveria...

Mas não cheguei a descobrir o que eu deveria ter feito, pois desliguei o telefone.

Quando encontrei meu pai na porta da frente alguns segundos depois, vi que estava certa. Ele estava completamente vestido — bem, usava calça e sapatos. Ainda vestia a parte de cima do pijama como se fosse uma camiseta. Quando me viu, disse:

— Fique aqui com seu irmão e com sua mãe.

Contudo, eu também tinha me vestido.

— De jeito nenhum! — falei.

Ele pareceu irritado, mas grato ao mesmo tempo, o que era uma façanha e tanto se pensarmos a respeito.

Assim que pusemos os pés para fora de nossa casa, conseguimos ver. Um brilho cor de laranja refletindo nas nuvens baixas que pendiam no céu noturno. E não era um brilho leve não, mas algo que se parecia com a cena do incêndio em Atlanta em *E o vento levou*.

— Santo Cristo! — disse meu pai, quando viu aquilo. Eu, é claro, estava ocupada consultando meus amigos do outro lado da rua. Aqueles na van branca.

— Ei — falei, dando uns tapinhas na janela do motorista que estava com o vidro totalmente fechado. — Preciso ir até o centro com meu pai. Fiquem aqui de olho na casa enquanto eu estiver fora, certo?

Não obtive resposta, mas também não estava esperando por uma. Pessoas que seguem você disfarçadamente não gostam quando você vai até lá e começa a falar com eles, mesmo quando o chefe deles sabe que você tem noção de que eles estão lá.

Bem, você sabe o que quero dizer.

A viagem até o centro da cidade não demorava nadinha. Pelo menos, não normalmente. E, ainda assim, pareceu levar uma eternidade naquela noite. Nossa casa fica apenas a umas poucas quadras do centro... uma caminhada de 15 minutos, no máximo, uma viagem de carro de quatro minutos. As ruas, às três da manhã, estavam vazias. Aquele não era o problema. O problema era aquele brilho laranja pairando no céu acima de nossas cabeças para o qual não conseguíamos parar de olhar. Algumas vezes meu pai quase saiu da estrada com o carro, de tão petrificado que estava com aquilo. Era uma coisa boa, na verdade, que eu estivesse ali com ele, já que assumi a direção e me transformei em "Pai".

— Não se preocupe — falei, um minuto depois. — Não deve ser nada disso. Aquela luz laranja? Devem ser lampejos de trovão.

— No mesmo lugar? — perguntou meu pai.

— Claro — falei. — Eu já li a respeito disso. Em biologia.

Meu Deus, como sou mentirosa!

E então viramos a esquina e entramos na Main Street. E lá estava. E não eram lampejos de trovão. Ah, não eram não.

Uma vez, faz muito tempo, uma tora de lenha da lareira de nossos vizinhos da frente saiu rolando e botou fogo nas cortinas da sala de estar deles. Era assim que eu esperava que o incêndio no Mastriani's estivesse. Sabe, chamas nas janelas e talvez um pouco de fumaça saindo pela porta da frente. O pessoal do corpo de bombeiros estaria lá, claro, e apagaria o fogo, e ponto final. Foi assim que aconteceu com os nossos vizinhos. As cortinas deles ficaram destruídas, e tiveram que trocar o carpete, além de um sofá que ficou completamente encharcado por causa das mangueiras usadas para apagar o incêndio.

Mas, sabe, naquela noite — a noite em que as cortinas pegaram fogo, nossos vizinhos dormiram nas próprias camas, mesmo estando enfumaçadas. Eles não precisaram ficar num abrigo ou num hotel e nem nada do gênero, porque, é claro, a casa deles ainda estava de pé.

O incêndio no Mastriani's não era desse tipo. Não era aquele tipo de incêndio, de jeito nenhum. O incêndio no Mastriani's era uma coisa viva, que se contorcia e respirava. Era, para amenizar a situação, incrível em seu poder de destruição. As chamas chegavam a mais de 10 metros de altura no ar, a partir do teto. O prédio inteiro era uma reluzente bola de fogo. Não poderíamos chegar mais perto do que uns 60 metros dele; havia tantos carros de bombeiros estacionados ao longo da rua... Dúzias de bombeiros, manuseando mangueiras e jogando jarros de água, que teciam um padrão sonhador e parecido com uma dança na frente do prédio, tentando extinguir as chamas.

Mas era uma batalha perdida. Não era preciso ser um bombeiro para saber disso. O lugar estava tragado e consumido pelas chamas. Não estava nem mais reconhecível. O toldo verde e dourado acima da porta, que protegia os clientes da chuva? Já era. A placa verde, combinando com ele, onde se lia MASTRIANI'S em letras douradas? Já era também. A jardineira da janela no segundo andar dos escritórios da administração? Também já era. Os novos freezers industriais? Já eram. A mesa dos amassos onde eu e Mark Leskowski havíamos nos sentado? Já era. Tudo, já era.

Simples assim.

Bem, na verdade, não tão simples assim, porque meu pai e eu saímos do carro e seguimos em direção ao lugar, pulando as mangueiras que pulsavam como cobras, indo e voltando na rua, e pudemos ver que um monte de gente estava trabalhando duro para salvar o que, para mim, parecia ser uma causa perdida. Bombeiros gritavam acima do sibilar da água e do rugir das chamas, tossindo enquanto inalavam a fumaça negra que obstruía a garganta instantaneamente e se infiltrava nos pulmões.

Um deles notou nossa presença e nos disse para nos afastarmos. Meu pai gritou:

— Sou o dono do lugar — e o bombeiro nos direcionou até um grupo de pessoas que estavam paradas do outro lado da rua, cujos rostos estavam banhados pela luz cor de laranja.

— Joe — gritou um deles, e o reconheci como sendo o prefeito da nossa cidade, que é pequena. Se houvesse um incêndio catastrófico ameaçando não somente um dos negócios proeminentes do centro da cidade, como também os outros estabelecimentos em volta do prédio, era de se esperar que o prefeito estivesse lá.

— Jesus, Joe! — disse o prefeito. — Lamento.

— Alguém ficou ferido? — perguntou meu pai, se colocando entre o prefeito e um homem que eu sabia, por causa de suas inspeções periódicas, ser o comandante do corpo de bombeiros. — Ninguém se feriu, não é?

— Não — respondeu o prefeito. — Alguns caras do Richie's, tentando dar uma de heróis, entraram para ter certeza de que não havia ninguém lá dentro e ficaram com o peito cheio de fumaça.

— Eles vão ficar bem — disse Richard Parks, o comandante do corpo de bombeiros. — Não havia ninguém lá dentro, Joe. Não se preocupe com isso.

Meu pai pareceu aliviado, mas apenas moderadamente.

— Quais são as chances de o incêndio se espalhar? — O Mastriani's era uma estrutura separada de outros prédios, um tipo de casa Vitoriana flanqueada num lado por uma livraria *New Age* e do outro por uma filial de banco, com um estacionamento compartilhado atrás. — O banco? A Harmony Books?

— Estamos jogando água neles — disse o comandante dos bombeiros. — Até agora, sem problemas. Algumas centelhas caíram no teto da livraria e foram apagadas de imediato. Chegamos aqui a tempo, Joe, não se preocupe. Bem, a tempo de salvar as estruturas vizinhas, de qualquer forma.

A voz dele estava carregada de tristeza. E por que não estaria? Ele tinha comido muito no Mastriani's. Tal como todos os homens ali que apontavam uma mangueira para o que restava do restaurante.

— O que aconteceu? — perguntou meu pai com uma voz totalmente aturdida. — Quero dizer, como o incêndio começou? Alguém sabe?

— Não saberíamos dizer — falou o Capitão Parks. — Os caras na cadeia ouviram uma explosão, olharam para fora e viram que o lugar estava em chamas. Não poderiam ter se passado mais de oito ou nove minutos. O lugar se foi, em cinzas.

— O que sugere — disse uma voz feminina — o uso de um agente acelerador, creio eu.

Todos nós nos viramos para olhar para ela. E lá estavam os agentes especiais Smith e Johnson, com ares de preocupação e talvez um pouco mais malvestidos. Serem tirados de um sono profundo em duas noites seguidas era um pouco árduo, até mesmo para eles.

— Exatamente o que pensei — disse o comandante dos bombeiros.

— Esperem um minuto. — Meu pai, com o rosto áspero por causa do crescimento de pelinhos de barba em meia noite, ficou encarando os agentes do FBI. — O que vocês estão dizendo? Que alguém ateou fogo aqui de propósito?

— De jeito nenhum o fogo poderia ter se espalhado assim tão rápido, Joe — explicou o chefe dos bombeiros —, ou queimado tão intensamente. Não sem o uso de algum tipo de agente acelerador. Pelo cheiro, imagino que tenha sido gasolina, mas só vamos saber quando o incêndio estiver totalmente apagado e o lugar tiver resfriado o bastante para que nós...

— Gasolina?

Parecia que o meu pai estava prestes a ter um ataque do coração. Falando sério. Todas aquelas veias que eu nunca tinha notado antes estavam sobressalentes na testa dele, e seu pescoço parecia meio pele e osso, como se mal pudesse suportar o peso da cabeça.

Ou talvez fosse apenas o fato de que, à brilhante luz do fogo, eu estivesse dando minha primeira boa olhada nele em muito tempo.

— Por que em nome de Deus alguém faria isso? — questionou meu pai. — Por que alguém, deliberadamente, incendiaria o lugar?

O xerife, que eu não tinha notado ali antes, soltou um pigarro e disse:

— Talvez um funcionário insatisfeito.

— Eu não demiti ninguém — disse meu pai. — Não em meses.

Isso era verdade. Meu pai não gostava de demitir as pessoas, então ele só contratava pessoas sobre quem tivesse muita certeza de que dariam certo no trabalho. E, na maior parte das vezes, seus instintos estavam certos.

— Bem — disse o xerife, contemplando as chamas do outro lado da rua com um olhar quase de admiração. — Haverá uma investigação. Tenha certeza disso. Caso de incêndio criminoso? Pode apostar que sua seguradora cuidará disso. Iremos até o fundo. Em seu devido tempo.

Em seu devido tempo. Claro. Ou eles poderiam, suponho, simplesmente ter me perguntado. Eu teria sido capaz de dizer a eles quem tinha dado início ao incêndio. Eu sabia muito bem.

Bem, para falar a verdade, o que eu sabia era o porquê. Não quem. Mas o motivo estava claro o bastante.

Era um aviso. Um aviso do que aconteceria comigo se eu não parasse de ficar fazendo perguntas sobre a casa na estrada do poço.

O que era muito injusto. Meu pai. Meu pobre pai. Ele não tinha feito nada para merecer aquilo, nada mesmo.

Olhar para ele, para seu rosto enquanto ele tentava fazer uma piada com o xerife e o comandante dos bombeiros, enchia meu coração de pena. Ele estava brincando, mas, por dentro, eu sabia que seu coração estava se partindo. Meu pai amava o Mastriani's, o qual ele inaugurara logo depois de se casar com minha mãe. Tinha sido seu primeiro restaurante, seu primeiro bebê... Assim como Douglas fora o primeiro bebê da minha mãe. E agora aquele bebê estava se esvaindo num bafo de fumaça.

Bem, não realmente um bafo. Estava mais para uma parede. Uma grande parede de fumaça que logo estaria flutuando sobre o condado como uma nuvem de tempestade.

— Nem pense nisso, Jess — disse o agente especial Johnson, não sem um pouco de amabilidade.

Eu me virei e pisquei ao olhar para ele.

— Pensar no quê?

— Em tentar descobrir quem fez isso — disse Allan —, e ir atrás do culpado por conta própria. Estamos falando de alguns criminosos perigosos e relativamente doentios. Entendeu? Deixe a investigação conosco.

Pelo menos desta vez eu estava perfeitamente disposta a fazer o que ele me pediu. Tipo, eu estava furiosa e tudo o mais. Não me entenda mal. Mas uma parte minha também estava assustada. Mais assustada do que fiquei quando vi Heather toda atada lá naquela banheira. Mais assustada do que fiquei em cima daquela moto, guiando-a em alta velocidade em meio à escuridão daquele bosque.

Porque isso, o incêndio, era mais terrível, de certa forma, do que essas duas outras coisas. Era horrível, mais horrendo do que o braço quebrado de Heather, e bem mais terrível do que a possibilidade de eu cair e ficar presa sob uma moto que pesava uns 350 quilos.

Porque isso... era algo que fugia ao controle. Era algo perigoso. Era mortal.

Assim como o que aconteceu a Amber.

— Não se preocupe — falei, engolindo em seco. — Ficarei de fora.

— Sim — disse o agente especial Johnson, obviamente sem acreditar em mim. — Certo.

E então ouvi. A voz da minha mãe, gritando o nome do meu pai.

Ela veio em nossa direção, fazendo sua rota em meio às mangueiras dos bombeiros, com um sobretudo jogado sobre a roupa de dormir, e com Douglas segurando o cotovelo dela para evitar que ela caísse com suas sandálias de salto alto. Meu pai, ao ver minha mãe, começou a seguir em frente, encontrando-se com ela bem ao lado de um dos maiores carros do corpo de bombeiros.

— Ah, Joe — disse minha mãe, soltando um suspiro enquanto observava as chamas que ainda pareciam se erguer bem alto no céu, praticamente lambendo-o. — Ah, Joe!

— Está tudo bem, Toni — disse meu pai, pegando na mão dela. — Quero dizer, não se preocupe. O seguro está completamente pago. Estamos totalmente cobertos. Podemos reconstruir o restaurante.

— Mas todo aquele trabalho, Joe... — lamentou minha mãe.

Ela não desviou o olhar do incêndio em momento algum, como se tivesse sido petrificada de tanto terror. E, sabe, embora fosse uma coisa horrível, ainda assim era, de certa forma, belo. Os bombeiros tinham desistido de tentar apagar as chamas e estavam concentrados em evitar que se espalhassem para os prédios ao lado. E, até o momento, estavam fazendo um bom trabalho.

— Todo nosso trabalho duro. Vinte anos de trabalho árduo. — Vi minha mãe inclinar a cabeça até pousá-la no ombro de meu pai. — Lamento tanto, Joe.

— Está tudo bem — respondeu meu pai, que soltou a mão dela e envolveu-a com o braço. — É só um restaurante. Só isso. Apenas um restaurante.

Apenas um restaurante. Apenas o restaurante dos sonhos do meu pai, só isso, aquele no qual ele tinha trabalhado mais duro e durante mais tempo. Joe's, o mais barato dentre os restaurantes de meu pai, mal gerava metade do lucro rendido pelo Mastriani's, e o Joe Junior's, o restaurante de pizza para viagem, gerava ainda menos do que isso. Nós iríamos, eu sei, ficar financeiramente abalados por uns tempos, com ou sem seguro.

Mas meu pai não parecia se importar com isso. Ele deu um apertãozinho na minha mãe e disse, com apenas um pouco de jocosidade forçada:

— Ei, se algo tinha que ser atingido, estou feliz que tenha sido o restaurante e não a casa.

Eles não disseram mais nada depois disso. Só ficaram lá, abraçados, juntos, assistindo a uma grande parte da vida de ambos se esvair em fumaça.

Douglas veio até mim. Eu não queria dizer a ele o que estava pensando, que, a última vez em que tinha visto nossos pais posicionados daquele jeito foi quando estavam no pronto-socorro, quando Douglas cortou os pulsos na última véspera de Natal.

— Eu acho — disse Douglas — que agora não seria, provavelmente, uma boa hora para contar a eles, certo?

Olhei para meu irmão.

— Contar a eles o quê?

— Sobre meu novo trabalho.

Não consegui me conter e abri um sorrisinho ao ouvir aquilo.

— Ah, não — falei. — Agora, definitivamente, não seria uma boa hora.

E então nós quatro ficamos lá, parados, só observando enquanto o Mastriani's ia sendo queimado até não sobrar nada.

Capítulo 18

Quando cheguei na escola no dia seguinte, era meio-dia, e todo mundo — todo mundo na cidade inteira — tinha ouvido falar do que havia acontecido. Quando passei pelas portas do refeitório — estava na hora do almoço quando minha mãe me deixou na escola — todas aquelas pessoas vieram correndo até mim para expressar suas condolências. Isso mesmo, condolências, como se alguém tivesse morrido.

E, de certa forma, acho que alguém *tinha* morrido. Quero dizer, o Mastriani's era uma instituição na nossa cidade. Era o lugar aonde as pessoas iam quando queriam causar uma boa impressão, como num aniversário, ou antes da formatura ou algo assim.

Mas acho que não é mais.

Creio ter mencionado o quão extremamente impopular sou na minha escola, a Ernest Pyle High School. Quero dizer, não tenho isso que vocês chamariam de espírito escolar. Eu realmente não estou nem aí se os Cougars vencerem o campeonato estadual, ou até mesmo se vencerem que seja, ponto final. E não acho que já tenha sido convidada a alguma festa que fosse. Sabe, aquelas em que os pais de alguém não estão em casa, então todo mundo aparece com um barril de cerveja e faz a maior zona no lugar, assim como nos filmes?

É, nunca fui convidada para uma dessas festas.

Então acho que poderia dizer que fiquei bem surpresa com a empatia efusiva de um certo segmento da população estudantil da Ernie Pyle High por causa da minha situação. Porque não foram apenas Ruth, Skip e o pessoal da orquestra que apareceram para dizer o quanto lamentavam ao saber do ocorrido.

Não, veio Todd Mintz e um bando de *Pompettes*, Tisha Murray, Jeff Day, e até mesmo o rei da galera popular em pessoa, Mark Leskowski.

Aquilo quase era suficiente para desviar a mente de uma garota do fato de alguém lhe querer morta — e quem verificaria até que ponto ela chegou, caso se aproximasse demais da verdade.

— Não posso acreditar nisso — disse Mark, sentando-se com sua bunda magnífica no banco ao lado do meu e me encarando com aqueles olhos castanhos profundos. — Quero dizer, eu e você estávamos *lá* outro dia.

— É — falei, desconfortavelmente ciente do número de olhares de inveja em minha direção.

Afinal, com Amber fora do caminho, Mark era uma caça legítima. Vi mais de uma animadora de torcida cutucar a garota ao lado e apontar para nós dois, ali sentados com nossas cabeças tão perto uma da outra à mesa outrora vazia.

É claro que não tinham como saber que meu coração pertencia, e sempre pertenceria, a outro cara.

— Pelo menos ninguém saiu ferido — comentou Mark. — Quero dizer, imagina se isso tivesse acontecido durante o jantar, com o restaurante cheio ou algo do gênero?

— Teria sido difícil — falei para ele —, para quem quer que tenha jogado gasolina no restaurante inteiro, fazê-lo durante o jantar com o restaurante cheio sem ninguém perceber.

Mark ergueu as sobrancelhas escuras.

— Você está querendo dizer que alguém fez isso *de propósito*? Mas *por quê*? E *quem*?

— Meu palpite é que foi coisa da pessoa que matou Amber e depois surrou Heather, seja lá quem for. E foi uma forma de aviso — falei. — Para mim. Para que eu recuasse.

Mark ficou perplexo.

— Meu Deus! — exclamou ele. — Que *droga*.

Essa era mais ou menos uma representação adequada dos meus sentimentos quanto ao assunto, então assenti.

— É — falei. — Uma droga mesmo, né?

Logo depois disso, o sinal tocou.

Mark disse:

— Ei, escuta. Talvez pudéssemos nos encontrar ou fazer alguma coisa nesse fim de semana. Quero dizer, se você quiser. Eu ligo para você.

Tá bom, admito. Era meio que legal ter o cara mais atraente da escola — vice-presidente da sala da comissão do último ano, quarterback e gostosão da turma — dizer coisas para mim como "Eu ligo para você". Sério, não me entenda mal: ele não era nenhum Rob Wilkins nem nada. Tinha todo aquele lance do "inaceitável", que era um pouco, não sei, militar pro meu gosto.

Mas, ei. Ele tinha me convidado para sair. Duas vezes agora. De repente, eu fazia alguma ideia de como minha mãe se sentia quando ela estava na escola. Sabe, a Pequena Miss Debulhadora de Milho e tudo o mais. Eu conseguia ver o motivo pelo qual ela ficara tão animada quando Skip me ligou. Ser popular, bem, é muito divertido.

Ou pelo menos era, até Karen Sue Hankey vir até mim quando eu estava a caminho do armário na escola, com aquela vozinha irritante típica de Karen-Sue-Hankey, e dizer:

— Senti sua falta hoje nos testes para as cadeiras.

Fiquei paralisada, com uma das mãos na combinação da trava do meu armário. Os testes para disposição nas cadeiras da orquestra! Eu tinha me esquecido completamente. Afinal, tinha ficado lidando com algumas coisas bem pesadas nos últimos dias... ameaças à minha vida, além da destruição de uma grande parte dos negócios da minha família. Não era de se admirar que eu não estivesse conseguindo acompanhar meus horários na escola.

Mas, espere um minuto... Os testes para os instrumentos de sopro tinham sido marcados para quinta-feira.

Que era hoje.

— Imagino que, já que você perdeu os testes — disse Karen Sue —, você terá que ficar com a última cadeira até os testes do próximo semestre. Que pena. O Sr. Vine vai postar a lista das colocações depois das aulas, e eu aposto que serei... Ei!

O motivo que fez Karen Sue gritar "Ei" foi meu empurrão. Não empurrei com força nem nada assim. Eu só precisava chegar a um lugar, depressa, e ela estava no meio do meu caminho.

E meu caminho levava à sala dos professores, onde eu sabia que o Sr. Vine passava o quinto período relaxando um pouco depois do ensaio da orquestra com os calouros.

Desci voando pelo corredor, trombando nas pessoas que saíam correndo para as aulas, e nem mesmo pedindo desculpas. Não era justo. Não era nada justo. Uma pessoa com uma ausência justificada como a minha — e minha ausência *era* justificada — deveria ter uma chance de fazer um teste como todo mundo e não ser relegada à última cadeira só porque algum psicopata tinha incendiado o restaurante de seus pais.

O lance era que eu tinha aprendido a ler partituras no verão. E tinha esse grande plano de arrasar na frente do Sr. Vine com minhas incríveis novas habilidades musicais. Eu não queria a primeira cadeira nem nada assim, mas, definitivamente, merecia a terceira, quem sabe até mesmo a segunda. De jeito nenhum que eu iria aceitar a última cadeira. De qualquer forma, não ia deixar quieto.

Dei uma derrapada antes de parar na frente da sala dos professores. Eu me atrasaria para a aula de biologia, mas não me importava. Bati à porta com força.

Enquanto o fazia, alguém pôs a mão no meu ombro. Eu me virei e, surpresa, vi que era Claire Lippman, que quase nunca falava comigo nos corredores. E não porque fosse esnobe ou algo do tipo, só porque normalmente ela estava com a cabeça enfiada num roteiro.

— Jess — cumprimentou ela.

Claire não estava com uma boa aparência. O que também não era costumeiro, porque é uma daquelas, sabe, beldades de arrasar. Do tipo que talvez não se perceba logo de cara, mas quanto mais se olha para ela, mais se percebe sua perfeição.

Só que ela não estava parecendo tão perfeita naquele momento. Ela havia mordiscado o lábio inferior, tirando assim todo o batom, e o suéter pink que havia jogado em volta dos ombros (ela vestia uma regata branca) estava correndo grande perigo de escorregar e ir parar no chão.

— Jess, eu... — Claire olhou para cima e para baixo no corredor, que estava ficando vazio enquanto as pessoas entravam voando nas salas de aula. — Eu realmente preciso conversar com você.

Eu percebia que algo estava errado. Muito errado.

— Qual é o problema, Claire? — perguntei, colocando a mão no braço dela. — Você está...?

Bem. Você está bem? Era isso que eu ia perguntar a ela.

Só que nunca cheguei a ter essa oportunidade, por causa de duas coisas que aconteceram quase ao mesmo tempo.

A primeira foi que a porta da sala dos professores se abriu, e o professor de química, Sr. Lewis, estava lá, parado, olhando para mim como se eu fosse louca, porque, é claro, as pessoas não devem ir incomodar os professores quando eles estão ali na sala deles.

A segunda foi que Mark Leskowski saiu da sala do orientador, que ficava do outro lado do corredor, seguindo além da sala dos professores, segurando uma pilha de formulários de inscrição em faculdades, que eles evidentemente tinham guardado lá para ele.

— O que posso fazer por você, senhorita Mastriani? — perguntou o Sr. Lewis.

Eu nunca tinha tido aula de química, mas parecia que ele sabia meu nome por causa da última primavera, quando apareci com muita frequência nos jornais.

— Ei — disse Mark para Claire e para mim. — Como vão vocês duas?

Foi então que Claire fez uma coisa extraordinária. Ela se virou rapidinho e caiu fora corredor abaixo, com tanta rapidez que nem mesmo se deu conta de que seu suéter tinha escorregado de seus ombros e caído no carpete.

O Sr. Lewis balançou a cabeça olhando para ela.

— Esse pessoal de teatro — murmurou ele.

Mark e eu — encarando Claire, que desapareceu ao virar numa esquina, seguindo em direção à ala do teatro onde ficavam o auditório e as coisas deles — olhamos de relance um para o outro. Mark revirou os olhos e deu de ombros, como se quisesse dizer "Mulheres. O que se pode fazer?"

— A gente se vê — disse ele para mim, e começou a seguir na direção oposta, para o ginásio.

Sem saber mais o que fazer, eu me abaixei e peguei o suéter de Claire, que era realmente macio, e, quando olhei a etiqueta, vi o porquê. Cem por cento cashmere. Ela sentiria falta dele. Decidi que o guardaria até encontrá-la outra vez.

— Bem, senhorita Mastriani? — disse o Sr. Lewis, me pegando de surpresa.

Pedi para falar com o Sr. Vine. O Sr. Lewis suspirou e entrou na sala para chamá-lo.

Quando o Sr. Vine chegou à porta, pareceu achar minha preocupação em ser relegada à última cadeira na seção das flautas muito divertida.

— Você realmente acha — disse ele, piscando com olhos brilhantes — que eu faria isso com você, Jess? Todos nós sabemos por que você não estava aqui. Não se preocupe com isso. Venha me ver depois do último período hoje e vamos fazer seu teste. Certo?

Eu me senti lavada por uma onda de alívio.

— Certo — falei. — Muito obrigada, Sr. Vine.

Balançando a cabeça, o Sr. Vine voltou à sala dos professores. Quando a porta se fechou, eu o escutei dando risada.

Mas não liguei. Eu teria meu teste. Isso era tudo que importava.

Ou, pelo menos, aquilo era tudo que importava para mim naquele momento. Porém, conforme o dia foi passando, outra coisa começou a me incomodar.

E também não era a mesma coisa que havia me incomodado a semana inteira. E nem estou me referindo ao fato de ter alguém atacando líderes de torcida, fazendo telefonemas ameaçadores à garota local com poderes psíquicos ou pondo o restaurante dos pais dela abaixo, com um incêndio criminoso.

Não, era algo além. Era algo que eu não conseguia identificar.

Só na metade do sétimo período é que me dei conta do que era.

Eu estava com medo.

Sério. Segui caminhando pelos corredores da Ernest Pyle High School me sentindo pra lá de amedrontada.

Ah, não é como se eu estivesse desordenada, tremendo ou algo do gênero. Eu não estava vagando, agarrando as pessoas e chorando em seus ombros.

Mas estava com medo. Medo do que estava acontecendo em casa, na minha casa na Lumley Lane. Os federais ainda a estavam vigiando — droga, eles provavelmente estavam me vigiando também, embora eu não tivesse notado nenhum indicador disso enquanto me movimentava com rapidez pelos corredores da escola.

Mas isso não era tudo. Eu não estava apenas com medo. Tinha também o fato de eu saber que algo estava errado. Algo mais do que simplesmente a explosão do Mastriani's, a morte de Amber e a hospitalização de Heather.

Vejam, não estou dizendo que foi um lance psíquico. De jeito nenhum. Não naquele momento.

Mas, definitivamente, havia algo de errado rolando, e não eram apenas todas aquelas coisas que vinham acontecendo. E os federais, até onde eu sabia, nem mesmo tinham um suspeito, muito menos alguém preso. Era muito mais do que isso. Era...

Sinistro.

Como a ideia de sair num encontro com Skip. Só que pior, muito pior.

E foi por esse motivo que, no meio do sétimo período, não consegui mais aguentar. Não sei. Acho que surtei. Ergui a mão no ar antes mesmo de saber o que estava acontecendo.

E quando *Mademoiselle* MacKenzie, nada particularmente emocionada ao me ver interrompendo-a bem no meio de nossa análise profunda da batalha infinita de egos entre Alix e Michel (*Alix mes du sel dans la boule de Michel),* perguntou, em francês, o que eu queria, *"Qu'est-ce que vous voulez, Jessica?",* ao que respondi que precisava de uma autorização para sair no meio da aula, e ela não fez esforço nenhum em esconder sua irritação.

— Você não pode esperar — quis saber — o sinal tocar?

Era uma pergunta lógica, claro. Eram duas e meia. Faltava apenas meia hora para as aulas do dia acabarem.

Mas a resposta foi não. Não, eu não poderia esperar. Nem mesmo sabia dizer o porquê, mas de uma coisa eu definitivamente sabia: eu não poderia esperar.

Revoltada, *Mademoiselle* MacKenzie me entregou o passe para ir ao banheiro, e eu caí fora antes mesmo que ela pudesse dizer *"Au revoir".*

Mas não fui ao banheiro. Em vez disso, desci as escadas — os laboratórios de idiomas ficam no terceiro andar

— até a sala do orientador. Eu não sabia nem ao certo o motivo pelo qual estava seguindo naquela direção, até que as vi. As portas que davam para a sala do orientador e, em frente a ela, a sala dos professores.

Foi nesse momento que eu soube. Claire. Claire, pondo a mão no meu ombro logo antes do quinto período. Ela queria me dizer algo, mas não teve a oportunidade. Seus olhos — aqueles belos olhos azuis — estavam arregalados enquanto ela olhava para mim, e cheios de... medo — agora eu sabia disso, embora naquele momento talvez estivesse preocupada demais comigo e com a droga da minha posição nas cadeiras na orquestra para notar.

Medo. *Medo.*

Irrompi sala do orientador adentro, e deixei Helen, a secretária da escola, alarmada, meio fora de si.

— Preciso saber em que sala Claire Lippman está — falei, jogando meus livros na mesa dela. — E preciso saber *agora*.

Helen ergueu o olhar e ficou me encarando, com uma expressão amigável, porém inquisidora.

— Jess — disse ela. — Você sabe que não posso dar informações confidenciais sobre os alunos...

— Preciso saber disso *agora*! — gritei.

A porta da sala do Sr. Goodhart se abriu. Para minha surpresa, não apenas o Sr. Goodhart como também o agente especial Johnson saíram de lá e foram até a sala de espera.

— Jessica? — O Sr. Goodhart estava perplexo. — O que você está fazendo aqui? Qual é o problema?

Helen tinha apertado o botão no computador que fazia o jogo de Campo Minado desaparecer. Agora estava procurando algo nos horários dos alunos. O Sr. Goodhart percebeu o que ela estava fazendo e perguntou:

— Helen, o que você está fazendo?

— Ela precisa saber onde Claire Lippman está — justificou Helen. — Estou só procurando essa informação para dar a ela.

O Sr. Goodhart ficou mais perplexo do que nunca.

— Você sabe que não pode dizer isso a ela, Helen — reprimiu ele. — São informações confidenciais.

— Por que você precisa saber onde essa garota está, Jessica? — perguntou o agente especial Johnson. — Aconteceu alguma coisa a ela?

— Não sei — falei. O que era verdade. Eu não sabia. Só que...

Só que eu sabia.

— Eu só preciso saber — falei. — Tá bom? Ela disse que tinha algo para me contar, mas então não teve a oportunidade de fazer isso porque...

— Claire Lippman — disse Helen — tem aula de educação física no sétimo período.

— Helen! — O Sr. Goodhart estava verdadeiramente chocado. — Qual é o seu problema?

— Obrigada — agradeci, reunindo meus livros e oferecendo um sorriso de agradecimento à secretária. — Muito obrigada.

Eu estava quase do lado de fora quando Helen me chamou e disse:

— Só que ela não está lá, Jess...

Fiquei paralisada.

E depois me virei lentamente.

— O que você quer dizer com "ela não está lá"? — perguntei com ares meticulosos.

Helen estava analisando a tela do computador com uma expressão de preocupação.

— Quero dizer que ela não está lá — disse ela. — Segundo as listas de chamadas dessa tarde, Claire não compareceu às aulas desde o... quarto período.

— Mas isso é impossível — falei.

Subitamente me senti toda estranha. Estranha mesmo. Como se alguém tivesse me enchido de xilocaína. Meus lábios estavam dormentes. Assim como meus braços, que seguravam meus livros.

— Eu a vi um pouco antes do quinto período.

— Não — disse Helen, esticando a mão para pegar uns papéis. — Está bem aqui. Claire Lippman não estava presente nas aulas do quinto até o sétimo período.

— Claire Lippman nunca matou uma aula na vida dela! — declarou o Sr. Goodhart, que saberia disso, pois era orientador dela.

— Bem — disse Helen —, hoje ela fez isso.

Deve ter transparecido que eu ia desmaiar ou algo do gênero porque, de repente, o agente especial Johnson estava ao meu lado, segurando meu cotovelo e perguntando:

— Jess? Jessica? Você está bem?

— Não, eu não estou bem — falei. — E nem Claire Lippman.

Capítulo 19

Era minha culpa, lógico.

Refiro-me ao que tinha acontecido com Claire.

Eu devia ter dado ouvidos a ela. Devia tê-la pego pelo braço e a arrastado até algum lugar calmo e escutado o que Claire tinha a me dizer.

Porque, fosse o que fosse, eu estava convencida de que tinha relação direta ao fato de ela estar desaparecida agora.

— Está um belo dia lá fora — disse o Sr. Goodhart. — Talvez ela tenha apenas ido embora. Quero dizer, vocês sabem como ela gosta de tomar banho de sol, e com esse verão fora de época que estamos tendo, as frequências nas aulas vêm diminuindo, especialmente à tarde...

Eu estava sentada num dos sofás de vinil alaranjado, com meus livros no colo e os braços flácidos ao lado do corpo. Ergui o olhar para o Sr. Goodhart e disse, minha voz soando tão cansada quanto eu me sentia:

— Claire não matou aula. Eles a pegaram.

O agente especial Johnson tinha chamado Jill e agora, os dois estavam sentados à minha frente, me encarando como se eu fosse alguma nova espécie de criminosa sobre quem eles tinham somente lido nos livros da escola de treinamento do FBI ou algo do gênero.

— Quem a pegou, Jessica? — perguntou a agente especial Smith, num tom gentil.

— Eles a pegaram. — Eu não conseguia acreditar que ela não soubesse. Como ela poderia não saber? — Os mesmos que mataram Amber. E atacaram Heather. E incendiaram o restaurante.

— E quem *são* eles, Jessica? — A agente especial Smith se inclinou para a frente. Ela estava parecendo seu antigo eu de novo, com seus cabelos curtos arrumados e seu terno bem passado. Hoje ela havia até colocado os brincos de brilhante. — Você sabe, Jess? Sabe quem são eles?

Olhei para os dois. Eu estava tão cansada. Cansada mesmo. E não apenas porque mal tinha conseguido dormir nos últimos dias. Estava cansada *por dentro*, cansada até os ossos. Cansada de sentir medo. Cansada de não saber. Simplesmente cansada.

— Não, é claro que não sei quem são *eles* — falei. — Vocês sabem? Fazem alguma ideia de quem sejam?

Os agentes especiais Smith e Johnson trocaram olhares de relance. Eu o vi balançando a cabeça, só um pouco. Mas então Jill disse:

— Allan. Temos que contar a ela.

Eu estava cansada demais para perguntar o que ela quis dizer com aquilo. Eu não estava nem aí. Não mesmo.

Estava convencida de que Claire Lippman estava caída morta em algum lugar, e a culpa era minha. O que meu irmão Mike diria quando descobrisse? Ele era apaixonado por Claire desde sempre. É fato que ele nunca trocou uma palavra com ela na vida, não que eu soubesse, mas ele a amava mesmo assim. Ela havia estrelado neste ano *Hello, Dolly*, e ele tinha ido a cada apresentação dela, até mesmo nas matinês para as crianças. Ele ficava cantarolando a canção tema durante semanas depois disso.

E eu nem mesmo fui capaz de proteger Claire para ele. O amor da vida do meu irmão.

— Jessica — disse a agente especial Smith. — Ouça-me por um minutinho. Amber. Amber Mackey, sabe, a garota que morreu?

Olhei para ela. Havia energia o suficiente em mim, não muita, mas o bastante para dizer com muito sarcasmo:

— Eu sei quem era Amber Mackey, Jill. Ela só se sentou na minha frente todos os dias durante *seis anos*.

— Agente Smith — disse o agente especial Johnson num tom pungente. — Essas informações são confidenciais e não para...

— Ela estava grávida — disse a agente especial Smith. Ela disse aquilo rápido, e disse para mim. — Amber Mackey estava grávida de sete semanas quando foi morta, Jess. O legista acabou de terminar a autopsia e achei...

Pisquei para ela, uma vez. Depois duas. Então perguntei:
— *Grávida?*

O Sr. Goodhart, que estava apoiado na mesa da Helen nos observando, perguntou:
— *Grávida?*

Até mesmo Helen teve sua vez:

— *Grávida? Amber Mackey?*

— Por favor — disse o agente especial Johnson. Dava para ver que ele estava bem irritado. — Isso não é algo que queremos que se espalhe. A família da vítima nem mesmo foi informada disso ainda. É claro que ficarão sabendo, pois essas coisas invariavelmente acontecem, mas até lá...

Mas eu não estava mais ouvindo o que ele dizia. Tudo em que eu conseguia pensar era nisso: *Amber. Grávida. Amber. Grávida. Amber. Grávida.*

O que significava apenas uma coisa, é claro. Que Mark Leskowski era o pai. O pai do bebê de Amber. Ele tinha que ser. Amber nunca teria dormido com outra pessoa. Quero dizer, eu estava surpresa por ela ter ido para a cama *com ele*. Sabe, ela simplesmente não era esse tipo de garota.

Mas acho que me enganei. Acho que ela *era* esse tipo de garota.

Mas te digo que tipo de garota ela não era: do tipo que se livra de uma gravidez indesejada. Não Amber. Quantas feiras de bolos ela havia organizado para conseguir fundos para as mães solteiras do condado? Quantas lavagens de carros havia organizado para ajudar a Fundação March of Dimes? Quantas vezes havia passado por mim com uma caixa da Unicef pedindo trocados?

De repente, eu não estava mais me sentindo cansada. Era como se energia estivesse fluindo dentro de mim... quase como se estivesse cheia de eletricidade novamente, do mesmo jeito que me senti no dia em que fui atingida pelo raio.

Tá bom, não foi bem assim. Mas eu não estava mais exausta.

E te digo mais: eu não estava com medo. Não mais.

Porque tinha me lembrado de mais uma coisa. E foi medo que vi nos olhos de Claire Lippman? É, o medo não estava lá quando ela começou a falar comigo. Não, o medo não surgiu nos olhos dela instantes depois. Só apareceu lá quando Mark Leskowski — *Mark Leskowski* — saiu da sala do orientador e disse "olá" para nós duas.

Mark Leskowski. O pai do bebê de Amber.

Mark Leskowski, que tinha se sentado à mesa sete — a mesa dos amassos — no Mastriani's e que tinha me dito "*o fracasso não é uma opção*" quando perguntei a ele o que faria se o lance da NFL não desse certo.

E a namorada de 16 anos dando à luz ao bebê dele, fora do casamento, no mesmo ano em que ele estava sendo caçado por olheiros? Aquilo, para Mark, certamente se encaixaria na categoria de "inaceitável".

Eu me levantei. Meus livros caíram no chão, mas eu ainda estava segurando o suéter de Claire, o qual não larguei em momento algum durante toda a tarde.

— Jessica? — Jill também se levantou. — O que foi? Qual é o problema?

Quando não respondi à pergunta dela, o agente especial Johnson disse, em tom de comando:

— Jessica. Jessica, você está me ouvindo? Responda à agente especial Smith, por favor. Ela fez uma pergunta a você. Você quer que eu ligue para seus pais, mocinha?

Mas não importava. O que eles estavam dizendo não importava. Não importava que Helen, a secretária, estivesse procurando o número do telefone da minha casa e nem que o Sr. Goodhart estivesse acenando na frente do meu rosto e gritando meu nome.

Ah, não me entenda mal. Era *irritante*. Quero dizer, eu estava tentando me concentrar, e todas aquelas pessoas estavam pulando ao meu redor como pipoca ou sei lá o quê.

Mas isso não importava. Realmente não me importava o que eles diziam ou faziam, porque eu estava com o suéter de Claire Lippman na mão. O suéter de cashmere pink que a mãe dela, agora eu sabia — embora não houvesse nenhuma forma racional pela qual eu pudesse saber disso —, tinha dado a ela em seu aniversário de 16 anos. O suéter tinha cheiro de *Happy*, o perfume que Claire sempre usava. A avó dela lhe dava um frasco novo desse perfume todo Natal. As pessoas elogiavam o perfume dela, o tempo todo. Elas não sabiam que era só o *Happy*, da Clinique. Eles achavam que era algo exótico, algo supercaro. Até mesmo Mark Leskowski, que se sentava na frente de Claire na sala de chamada todos os dias — Leskowski, Lippman —, comentara algo sobre o perfume dela certa vez. Ele perguntou à Claire o nome do perfume que ela usava. Ele disse que queria comprar um frasco do mesmo perfume para sua namorada.

Sua namorada, Amber. Que ele tinha matado.

Do mesmo jeito que mataria Claire.

De repente, eu não conseguia respirar. Não conseguia respirar porque estava tão quente. Estava tão quente e alguma coisa estava cobrindo minha boca e meu nariz.

Eu estava sufocando. Não conseguia fugir. Me deixem sair. Me deixem sair. *Me deixem sair.*

Algo me atingiu com força no rosto. Fiquei alarmada e então me deparei comigo mesma piscando bem diante do rosto do Sr. Goodhart. Os agentes especiais Johnson e Smith o seguravam por ambos os braços.

— Eu falei — Allan estava gritando — para não bater nela!

— O que eu deveria fazer? — perguntou o Sr. Goodhart em um tom ríspido. — Ela estava surtando!

— Não era um surto. — Jill parecia estar realmente enfurecida. — Era uma visão. Jessica? Jessica, você está bem?

Fiquei encarando os três. Minha bochecha formigava no lugar onde o Sr. Goodhart tinha acertado o tapa. Ele não batera com tanta força assim.

— Preciso ir — falei a eles, e, agarrando o suéter de Claire, saí da sala.

Eles me seguiram, claro. Não foi fácil, no entanto, porque depois que saí e cheguei ao corredor, não demorou muito e o sinal tocou. O último sinal do dia. Os alunos começaram a deixar as salas de aulas, entrando nos corredores, batendo as portas de seus armários, saudando uns aos outros com "toca aqui", fazendo planos para se encontrar na região dos poços mais tarde. Os corredores estavam cheios de gente, lotados de corpos, todo mundo seguindo em fluxo em direção às saídas.

E então eu os deixei me levar. Permiti que aquela onda me levasse para longe, pelas portas e para fora dali, em direção ao mastro da bandeira, onde os ônibus ficavam esperando para levar as pessoas para suas casas. Todo mundo, exceto os alunos que vinham em carros próprios ou os que precisavam ficar na escola depois das aulas para treino de futebol, para dar aulas de reforço ou para cumprir horas na detenção.

Todo mundo, menos Claire. Ela não conseguiria pegar o ônibus hoje.

— Jessica! — Ouvi alguém gritar atrás de mim. Agente especial Johnson.

Alguém estava esperando por mim perto do mastro da bandeira. Alguém familiar. Foi fácil distingui-lo em meio às hordas que seguiam em direção aos ônibus porque ele era uma cabeça mais alto do que eles, e além disso estava parado.

Rob. Era Rob.

Uma parte minha ficou feliz por vê-lo. Outra parte sequer notou a presença dele ali.

— Jess — disse ele ao me ver. — Ai, meu Deus! Fiquei sabendo do que aconteceu ontem à noite. Você está bem?

— Estou — falei. Não diminuí o ritmo dos meus passos. Passei direto por ele.

Correndo para me acompanhar, Rob perguntou:

— Mastriani, o que aconteceu com você? Aonde está indo?

— Tenho que fazer uma coisa — disse.

Eu estava andando depressa, tão depressa que tinha plena certeza de que os agentes especiais Johnson e Smith ficaram em algum lugar para trás, perdidos em meio à multidão na frente dos ônibus.

— O que você tem que fazer? — perguntou Rob. — Mastriani, por que estamos *aqui*?

Aqui era no campo de futebol americano, que ficava em uma das laterais do estacionamento dos alunos. Era debaixo das arquibancadas de metal que cercavam o campo, onde eu e Ruth buscamos abrigo na última primavera, quando ficamos presas por causa da tempestade. A tempestade que tinha mudado tudo.

O campo de futebol americano não parecia muito diferente em relação àquele dia, exceto por estar em uso agora. O técnico Albright estava parado no meio do campo com o apito na boca enquanto seus jogadores saíam do vestiário para o treino. A maior parte das líderes de torcida já estava lá. Elas estavam fazendo testes para a posição antes ocupada por Amber. Era triste e tudo o mais, porém o que deveriam fazer? Não tinha como fazer uma pirâmide com apenas nove garotas. Precisavam de uma décima. As arquibancadas estavam lotadas de garotas ansiosas para assumir o lugar de Amber. Quando viram Rob e eu, pararam de conversar entre si e ficaram nos encarando. Talvez achassem que eu estivesse ali para tentar assumir o lugar também. Não sei.

— Jess — disse Rob. — Qual é o seu problema? Você está agindo de um jeito realmente estranho. Até mesmo mais estranho do que o de costume!

O técnico Albright nos notou ali e apitou.

— Mastriani — gritou ele. Ele me conhecia muito bem por causa das minhas muitas brigas com seus jogadores mais turbulentos. — O que você está fazendo aqui? Está aqui para tentar uma vaga na equipe das líderes de torcida?

Eu não respondi à pergunta dele. Estava analisando o campo, procurando por uma pessoa e por uma pessoa apenas.

— Se você não está aqui para isso — gritou o técnico Albright —, saia do campo. Não preciso ter você por perto, deixando meus meninos nervosos.

Por fim, eu o vi. Ele estava acabando de sair do ginásio, com suas ombreiras que faziam com que parecesse maior do que realmente era... embora, é claro, ele fosse bem grande sem elas. O sol brilhava sobre sua cabeça enquanto ele se apressava, com o capacete na mão, seguindo em direção ao restante do time.

Fui na direção dele, encontrando-o no meio do caminho.

— Jess — disse ele, com um pouco de surpresa, olhando de mim para Rob, que estava logo atrás de mim, e depois olhando para mim de novo. — O que houve?

Estendi a mão. A mão que não estava segurando o suéter de Claire. Estendi a mão e disse:

— Entregue-as para mim.

Mark me olhou, com um meio sorriso no rosto. Ele estava fingindo estar calmo.

— Do que você está falando?

— Você sabe — falei. — Você sabe muitíssimo bem.

— O que está acontecendo aqui? — exigiu saber o técnico Albright, pisando duro na nossa direção.

Ele foi seguido pela maioria do restante do time, Todd Mintz, Jeff Day e mais do que algumas líderes de torcida. Não era todo dia que um civil entrava no campo e interrompia os treinos.

Especialmente alguém que nem mesmo fazia parte da galera deles.

— Mark, essa é a garota que está lhe causando problemas? — perguntou o técnico Albright.

— Não, treinador — disse Mark. Ele ainda estava sorrindo. — Ela é legal. Jess, o que está acontecendo?

— Você sabe o que está acontecendo — falei, numa voz que não soava como a minha. Era mais dura do que minha voz de sempre. Mais dura e, de certa forma, mais triste ao mesmo tempo. — Vocês todos sabem. — Olhei ao redor para os outros jogadores. — Todos vocês, sem exceção, sabem.

Todd, piscando sob a forte luz solar, disse:

— Eu não sei.

— Cala a boca, Mintz — reprimiu Jeff Day.

O técnico Albright olhou para Mark e depois de volta para mim, e então falou:

— Olha, não sei de que se trata isso, mas se você tem algum problema com um dos meus jogadores, Mastriani, venha falar comigo durante o horário das aulas. Não interrompa o treino...

Eu dei um passo à frente e enfiei o punho cerrado no estômago de Mark Leskowski.

— Agora me passa — falei, enquanto ele caía de joelhos, arfando — as chaves do seu carro.

Tudo aconteceu ao mesmo tempo depois disso. Mark, se recuperando com uma incrível rapidez, veio para cima de mim, só para se flagrar numa gravata, cortesia de Rob. Fui arrancada do chão por Jeff Day, que planejava, acho, me jogar sobre o mais próximo poste vertical da trave. Ele foi interrompido por Todd Mintz, que o agarrou pelo pomo de adão e o apertou.

E o técnico Albright, no meio da briga, assoprava seu apito sem parar.

Seguiu-se um tinir e algo brilhante caiu do cós de Mark, na grama. Rob apanhou-a e disse:

— Mastriani.

Àquela altura do campeonato, Jeff, incapaz de respirar porque Todd estava esmagando sua laringe, tinha me soltado. Ergui a mão e peguei as chaves no ar, com só uma das mãos.

E então me virei e comecei a seguir para o estacionamento dos alunos.

— Você não pode fazer isso. — Ouvi Mark gemendo atrás de mim. — Isso é ilegal. Isso é busca e apreensão ilegais. É isso que é.

— Considere-se — disse Rob — preso pelos cidadãos.

Eles estavam me seguindo. Todos me seguiam, Rob, Mark, Todd, Jeff, o técnico Albright e as líderes de torcida. Como o Flautista de Hamelin, levando as crianças de sua cidade à perdição, eu conduzia o time de futebol americano da Ernest Pyle High School e a equipe das líderes de torcida até a BMW de Mark Leskowski, que estava estacionada, notei assim que cheguei perto dela, só um pouco afastada do Cabriolet de Ruth e do Pontiac Firebird de Skip.

— Ai, meu Deus — disse Ruth, quando me viu. — Aí está você. Eu te procurei por toda parte. O que está...?

A voz dela sumiu quando percebeu o que se sucedia atrás de mim.

— Isso é *bobagem*! — berrou Mark.

— Mastriani — gritou o técnico Albright. — Solte essas chaves...

Só que, é claro, não dei ouvidos a ele. Fui caminhando diretamente até o carro de Mark e coloquei a chave na trava do porta-malas.

E foi nesse instante que Mark tentou me impedir, só que Rob não deixou. Ele segurou Mark pelas costas da camiseta.

— Me solta! — gritou Mark. — Me solta, *droga*!

Só que ele não disse "droga".

Girei a chave, e o porta-malas da BMW se abriu com tudo.

E foi assim que os agentes especiais Johnson e Smith nos encontraram, mais ou menos um minuto depois. Com toda a galera da Ernest Pyle High School reunida em volta da BMW de Mark Leskowski, enquanto Rob Wilkins segurava Mark, e Todd Mintz segurava Jeff Day (que também tinha tentado fugir no último minuto).

E eu, com metade do corpo no porta-malas do carro do Mark Leskowski, tentava fazer com que Claire Lippman voltasse a respirar.

Capítulo 20

— Bem, aquilo certamente foi uma droga — disse Claire, mais tarde naquela noite.

— Me conta o que aconteceu — falei.

— Não, sério. Sabe, eu tinha certeza de que iria morrer.

— Você *parecia* morta — ressaltou Ruth.

— É mesmo? — Claire parecia muito interessada nessa informação. — Como eu estava exatamente?

Ruth, sentada no peitoril do outro lado da cama de Claire Lippman no hospital, olhou de relance para mim, como se não tivesse certeza se deveria ou não responder à pergunta.

— Não, sério — disse Claire. — Eu quero saber. Assim, caso eu tenha que fazer uma cena de morte no teatro, vou saber como devo parecer.

— Bem — começou Ruth, hesitante. — Você estava realmente pálida, seus olhos estavam fechados e você não estava respirando. Mas isso era por causa da fita que tapava sua boca.

— E por causa do calor — ressaltou Skip. — Não se esqueçam do calor.

— Estava mais de 40 graus dentro daquele porta-malas — disse Claire, animada. — Foi isso que disseram os paramédicos, de qualquer forma. Eu teria morrido de desidratação muito antes de Mark vir me matar.

— Uh — disse Ruth. — É. Sobre isso. Essa é a parte que não entendi direito. *Por que* Mark queria matar você mesmo?

Claire revirou seus belos olhos azuis.

— Dã... — disse ela. — Porque ele me viu conversando com Jess.

Ruth olhou para mim, que estava sentada entre as dúzias de arranjos florais que as pessoas tinham enviado à Claire desde que ela fora hospitalizada. Ela deveria ser liberada pela manhã, contanto que os resultados de sua tomografia confirmassem que ela de fato não tinha sofrido uma concussão. Mas as flores continuavam chegando.

Claire Lippman era, na verdade, muito mais popular do que eu tinha imaginado.

— Explicação, por favor — disse Ruth.

— É muito, muito simples — falei. — Amber Mackey ficou grávida...

— Grávida! — gritou Ruth.

— Grávida! — ecoou seu irmão gêmeo.

— Grávida — falei. — E disse ao Mark que queria ter o bebê. Na verdade, Amber queria se casar com ele, de modo que os dois pudessem criar o filho juntos, ser uma pequena família feliz. Era disso que eles estavam falando naquele dia na região dos poços, quando Claire disse que viu Amber e Mark saindo juntos, sozinhos. Sobre a gravidez de Amber.

— Certo — disse Claire. — Só que uma namorada grávida não fazia parte dos planos de Mark.

— Longe disso — afirmei. — Casar-se, ou até mesmo pagar pensão, era algo que bagunçaria completamente a carreira de futebol americano de Mark. Era algo "inaceitável" na cartilha dele. Então, até onde podemos imaginar, e ele ainda não confessou, lembrem-se disso, Mark surrou Amber na esperança de que ela mudasse de ideia e deixou-a em algum lugar, provavelmente no porta-malas de seu carro. Eles estão procurando por fibras lá agora. Quando aquilo não funcionou, ele a matou e jogou o corpo dela nos poços.

— Certo — disse Ruth. — Eu consigo visualizar tudo isso. Mas e quanto a Heather? Mark não estava com você quando Heather desapareceu?

— Sim — respondi. — Estava. Esse foi todo o objetivo do ataque a Heather. Mark estava começando a sentir o cerco se fechando, sabem, com os federais logo ali na cola dele, então ele imaginou que, se mais outra garota fosse atacada durante um momento em que tivesse um álibi bem consistente, ele ficaria livre.

— E o que é mais consistente — disse Skip — do que estar com a amiga do FBI, a *Garota Relâmpago*...?

— Certo — falei. — Bem, mais ou menos. E vocês sabem, funcionou. Quando Heather desapareceu, ninguém suspeitou de Mark.

— Além de você — ressaltou Claire.

— Bem — falei, sentindo um pouco de culpa. — Eu não suspeitei exatamente de Mark. — Bem o contrário, na verdade. Eu tinha sido convencida de que ninguém tão gostoso poderia ser um criminoso. Que idiota eu fui!

— Mas, naquela casa... eu sabia que tinha algo naquela casa. Então quando comecei a fazer perguntas às pessoas sobre a casa, Mark ficou com medo de novo e mandou Jeff Day, o mesmo cara que sequestrou e surrou Heather, me fazer uns telefonemas ameaçadores. E então, quando aquilo não pareceu funcionar, Mark e Jeff invadiram o Mastriani's, jogaram gasolina em todo o local e depois acenderam um fósforo e incendiaram o lugar.

Pelo menos foi o que disse Jeff Day, que começou a chorar feito um bebê no minuto em que os policiais chegaram; e então ele começou a soltar o verbo, a botar tudo para fora como uma lagarta esmagada.

— O maior erro de Mark — prossegui — foi recrutar a ajuda de alguém como Jeff Day para fazer com que ele saísse da enrascada. Quero dizer, por um lado, faz sentido, já que Jeff está acostumado a obedecer ordens de Mark, que é o quarterback do time e tal, mas Jeff precisa de *muito* comando. Ele sempre vai até Mark e pergunta o que fazer... especialmente antes da primeira aula do dia, na sala de chamada.

— Onde Mark se senta na minha frente — disse Claire. Ela estava levando seu papel como vítima bem a sério e acenou com o braço, aquele com a linha intravenosa, o máximo possível para chamar atenção ao seu estado físico. — Então, é claro que, naquela manhã, quando ele e Jeff estavam sussurrando antes de o sinal tocar, alguma coisa no jeito deles parecia... Eles pareciam tão sorrateiros... que aquilo disparou um gatilho na minha mente. Eu simplesmente sabia. Não sei dizer como sabia. Só somei dois mais dois. Mas não se pode ir à polícia, sabem, com um palpite. Mas aí imaginei que eu poderia ir até Jess...

— Mas quando ela tentou — falei — Mark a pegou no ato. E ela ficou tão alarmada...

— Que saí correndo — disse Claire num tom sério. — Como um cervo assustado.

Eu não estava tão certa quanto à parte do cervo. Claire era alta demais para ser um cervo. Talvez uma gazela.

— Porém Mark deu a volta na lateral do prédio — falei — e acompanhou o passo dela e...

— ... me atingiu bem aqui — disse Claire, pondo a mão na nuca — com algo pesado. E quando acordei estava no porta-malas do carro dele.

— Meu palpite é que ele a levaria até a casa na estrada do poço — falei — e faria com ela o que tinha feito com Amber...

— Então — quis saber Ruth — o que vai acontecer? Com Mark, quero dizer?

— Bem — falei. — Com a ajuda do testemunho de Jeff... que certamente ele oferecerá em troca de uma redução da própria pena por sua participação na coisa toda... Mark vai para a cadeia. Por um bom tempo.

O que realmente bagunçaria os planos totalmente estabelecidos dele de entrar na faculdade pela NFL.

Antes que alguém pudesse dizer alguma coisa em resposta a isso, os pais de Claire, o Dr. e a Sra. Lippman, voltaram para o quarto onde a filha estava.

— Ah, obrigado, crianças — disse a Sra. Lippman —, por entreterem nosso bebê enquanto estávamos fora. Aqui, Claire, um milk-shake de menta com pedacinhos de chocolate, do jeito que você pediu.

Claire perdeu de imediato toda a animação que demonstrava enquanto estava conversando comigo, com Ruth e com Skip. Em vez disso, caiu de encontro a seus travesseiros e deixou a cabeça pender um pouco.

Ela estava exagerando a situação o máximo que podia. Bem, afinal, ela fazia parte do clube do teatro.

— Obrigada, mãe — disse ela, com fraqueza.

— Bem, hum — falei. — É melhor irmos embora.

— É — disse Ruth, deslizando do peitoril da janela. — O horário de visita está acabando de qualquer forma. Tchau, Claire. Tchau, Dr. e Sra. Lippman.

— Tchau, crianças — disse o Dr. Lippman.

Porém a Sra. Lippman não poderia nos deixar ir embora com um simples tchau. Não, a mulher tinha que vir até mim e me dar um grande abraço e me chamar de salvadora da garotinha dela e me dizer que se houvesse alguma coisa, qualquer coisa que fosse, que ela e o marido pudessem fazer por mim, era só pedir. Os Lippman — juntamente aos pais de, surpresa, surpresa, Heather — estavam começando um fundo para restaurar o Mastriani's. Eu gostaria que, em vez disso, eles começassem a fazer um fundo para pagar as contas médicas de Karen Sue Hankey, de modo que a Sra. Hankey abandonasse o processo contra mim.

Porém "a cavalo dado", creio eu, então, quando a Sra. Lippman me apertou com tanta força que quase me tirou a vida, eu disse:

— Ah, disponha.

Mal escapando com as costelas intactas, segui Ruth e Skip até lá fora, no corredor.

— Uau! — disse Ruth. — Agora sei de onde Claire tirou seu senso dramático.

— Nem me fala — comentei, esfregando o batom da bochecha onde a Sra. Lippman havia beijado.

— Deveríamos dar uma parada e ver como Heather está? — perguntou Skip, enquanto seguíamos em direção aos elevadores.

— Ela já recebeu alta — falei. — Braço quebrado, algumas costelas também e uma concussão, mas, tirando isso, ela vai ficar bem.

— Fisicamente — disse Ruth, apertando o botão onde se lia DESCER. — Mentalmente, porém?! Depois de ter passado pelo que ela passou?

— Heather é bem durona — falei. O elevador chegou e todos nós entramos. — Ela estará de volta lá fora, balançando seus pompons, e não vai demorar muito.

— É, mas para que ela vai balançar aqueles pompons? — quis saber Ruth. — Quero dizer, sem Mark e Jeff, os Cougars não têm muita chance de conseguir chegar ao campeonato estadual. Ou a qualquer lugar, a propósito.

— Bem — comentei. — Tem sempre o time de basquete. Nenhum deles, até onde eu saiba, matou ninguém recentemente.

— Então Jess — disse Skip, quando as portas se abriram para o saguão do hospital. — Qual é a sensação de ser uma heroína? De novo?

— Sei lá — falei. — Não é tão incrível, sério. Quero dizer, se eu tivesse conseguido descobrir isso antes, poderia ter salvado Amber. Isso sem nem falar do Mastriani's.

— Como você sacou tudo? — perguntou Ruth. — Tipo, como você sabia que a Claire estava trancada dentro do porta-malas do carro do Mark?

Era uma pergunta que, eu saiba, teria que responder em algum momento, embora tivesse todas as esperanças de evitar isso. Como eu iria explicar que, por um momento, eu tinha sido Claire dentro daquele porta-malas? E tudo porque ela derrubou seu suéter... um suéter que eu havia acabado de devolver a ela, a propósito.

— Não sei — menti. — Eu simplesmente... eu só sabia, isso é tudo.

Ruth olhou para mim com sarcasmo.

— É — disse ela. — Certo. Exatamente como no verão, com Shane e o travesseiro. Entendi.

Ruth entendeu, tudo bem. Eu só esperava que ninguém mais tivesse entendido.

— Que travesseiro? — perguntou Skip.

— Deixa para lá — falei. — Escutem, pessoal, é melhor eu ir pra casa. Minha mãe já está surtando com as coisas do jeito que estão, com o restaurante e agora Douglas e esse lance de emprego. Isso sem falar no processo de Karen Sue...

— Não consigo acreditar que ela realmente esteja processando você — disse Skip, parecendo indignado. — Quero dizer, depois que Jess praticamente pegou um assassino sozinha na própria escola.

— Bem — falei, um pouco envergonhada. — Eu realmente quase quebrei o nariz de Karen Sue. Não que ela não tenha merecido.

Ruth mudou de assunto taticamente.

— Qual o lance com aquilo, afinal? — perguntou Ruth. — Sobre Douglas. A Comix Underground é totalmente desagradável. Por que alguém iria querer trabalhar lá? Está sempre lotada de gente da patrulha dos nerds.

— Ei — disse Skip, soando ofendido.

Eu sabia que Skip fazia compras com frequência na Comix Underground.

— Não sei — falei, dando de ombros. — Estamos falando de Douglas. Ele sempre dançou num compasso diferente de música.

— Sei. — Ruth balançou a cabeça. — Meu Deus, certamente fico feliz por não estar morando na sua casa. Vai ser como a Guerra Mundial... — Ela interrompeu o que dizia e, olhando na direção das portas deslizantes perto da ala das ambulâncias, disse: — Bem, eu ia dizer Terceira Guerra Mundial, mas acho que vou ter que corrigir isso para Quarta Guerra Mundial.

Segui o olhar contemplativo dela.

— O quê? Do que você está falando?

Skip o viu antes de mim.

— Uau! — disse ele. — Alertem o Pentágono! A casa dos Mastriani acabou de entrar em DEFCON 1, alerta vermelho!

E então eu o vi. E fiquei paralisada.

— *Mike*! — Eu não conseguia acreditar naquilo. — O que você está fazendo aqui?

Obviamente Mike tinha acabado de chegar do aeroporto. Ele estava com uma bagagem de mão e sua aparência estava, para pegar leve, um lixo. Ele veio apressadamente até nós e disse:

— Como ela está? Ela está bem?

— Por que você está aqui? — Exigi saber. — Nossos pais não deixaram você em Harvard na *semana* passada? O que está fazendo de volta?

Michael me encarou com ódio.

— Você acha que eu poderia permanecer lá sabendo o que aconteceu?

— Mike — falei. — Pelo amor de Deus. O seguro vai pagar pela reconstrução do lugar. Não é lá grande coisa. Quero dizer, é, é triste e tal, mas quando falei com nosso pai agora há pouco, ele estava pensando em uma nova decoração. Ele vai matar você quando descobrir que...

— Eu não me importo com a droga do restaurante — disse Mike, a voz cheia de desprezo. — Não voltei por causa daquilo. É com Claire que me importo.

Pisquei para ele.

— Claire?

— Sim, Claire. — Mike olhou para mim, preocupado. — Claire Lippman. Como ela está? Ela vai ficar bem?

Eu só consegui encará-lo com, lamento dizer, o queixo caído. *Claire?* Ele tinha vindo da faculdade — provavelmente torrando o dinheiro todo do semestre com uma passagem de avião no último minuto — por causa de Claire, uma garota que nunca tinha falado com ele antes? Meus *dois* irmãos eram loucos?

Foi Ruth quem respondeu:

— Claire vai ficar bem, Michael. — Fiquei orgulhosa por ela estar tão calma. Ruth tivera uma quedinha por Mike durante algum tempo. Contudo, aparentemente, seu romance de verão com Scott a havia curado. — Ela só, sabe, está sendo mantida aqui essa noite para ficar em observação.

— Eu quero vê-la — falou Mike. — Em que quarto ela está?

— No 417 — respondeu Skip, ao mesmo tempo em que eu, por fim, irrompi com:

— Você está maluco? Você voou por mais de 1.500 quilômetros só para se certificar que uma garota que nem sequer sabe que você está vivo está bem?

Mike olhou para mim e balançou a cabeça, completamente indiferente à minha explosão.

— Diga aos nossos pais — disse ele — que estarei em casa em breve.

Então ele começou a seguir em direção aos elevadores do hospital com um leve orgulho no andar, como se fosse Clint Eastwood ou alguém importante assim.

— O horário de visitas acabou — gritei para ele.

Mas não adiantou. Ele estava possuído. Mike desapareceu dentro de um elevador, com os ombros para trás e a cabeça erguida.

— Isso — disse Ruth, contemplando-o com o olhar — é a coisa mais romântica que eu já vi!

— Você está brincando comigo? — Eu estava horrorizada. — É completamente... bem, é... é...

— Romântico — Ruth terminou para mim.

— Doentio — corrigi.

— Sei lá — disse Skip. — Claire até que é gostosa.

Ruth e eu olhamos para ele. Depois nós duas desviamos o olhar, com repulsa.

— Bem — disse Skip —, ela é gostosa.

Ruth me pegou pelo braço e começou a me guiar para fora do hospital.

— Vamos — disse ela. — Vamos dar uma parada no Thirty-one Flavors a caminho de casa, aí você pode comprar um balde de Rocky Road para sua mãe. Isso vai ajudar, sabe, quando você contar as novidades sobre Mikey.

Nós saímos no ar noturno ameno. O sol tinha acabado de se pôr, e o céu a oeste estava todo púrpura e vermelho. Ocorreu-me que Mark provavelmente estava olhando para o mesmo céu. Só que ele estaria fazendo isso atrás das barras... de agora em diante.

Falando em inaceitável...

— A primeira coisa que vamos fazer amanhã — Ruth estava dizendo enquanto começamos a andar em direção ao carro dela — é remarcar seu teste para a cadeira...

Soltei um grunhido. Eu tinha me esquecido totalmente do Sr. Vine e do meu compromisso depois das aulas.

— Então — disse Ruth — você vai fazer com que Rosemary envie a você algumas fotos de crianças pelas quais há ofertas de recompensas em dinheiro para quem lhes apresentar o paradeiro. Você vai precisar de um dinheiro extra com esse lance do restaurante e do processo de Karen Sue e tal.

Soltei um gemido ainda mais alto.

— E então, sinto muito, mas vamos ter que fazer alguma coisa em relação ao seu cabelo. Venho pensando a respeito e realmente acredito que você precisa de luzes. Nos sábados à noite eles tingem os cabelos de graça na escola de cabeleireiros...

— Ei — disse Skip. — No sábado à noite Jess e eu vamos ao cinema.

— Ah, não vão não — retrucou Ruth, irritada. — Não posso aguentar meu irmão namorando minha melhor amiga. É nojento demais.

Skip ficou desconcertado.

— Mas...

— Cala a boca, Skip — disse Ruth. — É nojento, e você sabe disso. Além do mais, ela não gosta de você. Ela gosta daquele cara lá.

Curiosa em relação ao que ela queria dizer, olhei para onde Ruth estava apontando... E vi Rob apoiado em sua moto, esperando por alguém. E esse alguém, eu sabia, era eu. Ele se endireitou quando me viu e acenou para mim.

— Ah. Hum, vejo vocês depois, tá?

— Tá — disse Ruth, aérea. — Vamos, Skip.

Mas... Skip outava olhando para Rob com suspeita e, devo admitir, um pouco de tristeza também.

— Sinto muito, Skip — falei, batendo de leve no braço dele enquanto Ruth o conduzia para longe. — Mas Ruth está certa, você sabe. Nunca iria funcionar. Eu não consigo aguentar toda aquela coisa de hobbit.

Então, oferecendo um enorme sorriso a Skip para demonstrar o quanto eu lamentava, fui correndo até o lugar onde Rob estava parado.

— Ei — falei, e meu sorriso foi ficando tímido.

— Ei — disse Rob. O sorriso dele não estava nem um pouco tímido. — Como vai você?

— Ah — falei, dando de ombros. — Estou bem, acho.

— E Claire?

A menção a Claire me fez lembrar de Mike. Não consegui evitar e franzi o cenho quando disse:

— Ah, ela vai ficar bem.

Rob não pareceu notar meu cenho franzido.

— Graças a você — disse ele.

— E a você — falei. — Quero dizer, você impediu Mark de fugir!

— Aquilo não foi nada — disse Rob, com modéstia. — A propósito, parei por aqui para ver se você queria uma carona para casa. Quer?

— Pode apostar que sim! — falei. — Ei, sua mãe te contou sobre o esquema do meu pai para manter todo o pessoal que trabalhava no Mastriani's na folha de pagamento enquanto o novo restaurante estiver sendo construído? Ele está convertendo o Joe Junior's de self-service para a la carte.

— Ela me contou — disse Rob com um sorriso largo. — Seu pai é um cara bom. Ah, ei, aqui, eu quase me esqueci.

Ele se virou na direção do compartimento lateral da moto, de onde estava tirando seu capacete extra para mim, e deixou cair algo pesado na minha mão. Olhei para baixo e fiquei chocada ao ver que estava segurando o relógio de pulso de Rob.

— Mas esse é o seu relógio.

— É — disse Rob —, eu sei que é o meu relógio. Achei que você o quisesse.

— Mas o que você vai usar?

Eu queria saber. Embora tivesse que admitir que, enquanto fazia a pergunta, já estava prendendo o relógio no pulso.

— Eu não sei — falou Rob. — Vou dar um jeito.

Quando ele se virou para me entregar o capacete e viu que o relógio já estava no meu pulso, balançou a cabeça.

— Você *é* realmente esquisita — comentou ele. — Você sabe disso?

— Sim — falei, e me ergui nas pontas dos pés para beijá-lo...

Só que, antes que eu tivesse uma chance de fazê-lo, alguém pigarreou e disse:

— Uh, senhorita Mastriani?

Eu virei a cabeça. E fiquei encarando a pessoa.

Porque lá estava, na frente de um sedã de quatro portas claramente um veículo da lei sem marca alguma, parado, um homem alto que eu nunca tinha visto. O homem, que estava usando um chapéu e um sobretudo, embora estivesse mais de 20 graus lá fora, disse:

— Senhorita Mastriani, meu nome é Cyrus Krantz, Diretor de Operações Especiais do FBI. Sou o supervisor imediato dos agentes especiais Johnson e Smith.

Olhei de relance para o carro que estava atrás dele, cujas janelas eram cobertas por insufilm, de forma que eu não tinha como saber se havia mais alguém lá dentro.

— É — falei. — E daí?

O que soou provavelmente muito rude e tal, mas eu tinha coisas melhores a fazer do que ficar circulando do lado de fora do hospital do condado, falando com o FBI.

— Então — disse Cyrus Krantz, aparentemente intocado pela minha rudeza. — Eu gostaria de ter uma palavrinha com a senhorita.

— Tudo que tenho a dizer — falei para ele, puxando o capacete extra de Rob e colocando-o na cabeça —, já falei a Jill e a Allan. — Girei a perna por cima da moto de Rob e me ajeitei atrás dele. — Pergunte a eles a respeito. Eles vão te contar.

— Perguntei aos *agentes especiais* Johnson e Smith a respeito — respondeu Cyrus Krantz, frisando meticulosamente os devidos títulos dos dois, que, por negligência, não usei. — Descobri que as respostas para minhas perguntas eram insatisfatórias, e foi por esse motivo que os removi de seu caso, senhorita Mastriani. Você estará lidando comigo agora, e sozinho. Então...

Ergui o visor do meu capacete e fixei o olhar nele, em choque.

— Você *o quê*?

— Eu os removi do seu caso — repetiu Cyrus Krantz. — A forma como eles estavam lidando com seu caso, na minha opinião, foi amadora e completamente sem foco. O que claramente se faz necessário no seu caso, senhorita Mastriani, não é o uso de luvas de pelica, e sim de punho de ferro.

Eu só conseguia ficar encarando o sujeito.

— Você demitiu Allan e Jill?

— Eu os removi do seu caso. — Cyrus Krantz, diretor de Operações Especiais, se virou e abriu a porta do passageiro. — Agora entre no carro, senhorita Mastriani, de modo que possa ser levada a nosso quartel-general regional para questionamento sobre seu envolvimento no caso Mark Leskowski.

Apertei a cintura de Rob. Minha boca ficou seca.

— Estou presa? — consegui grasnar.

— Não — disse Cyrus Krantz. — Mas você é uma testemunha essencial em posse de informações vitais...

— Que bom — falei, retornando o visor do meu capacete ao lugar. — Vai, Rob.

Rob fez o que pedi. Deixamos Cyrus Krantz comendo poeira. O único problema, é claro, é que tenho plena certeza de que ele sabe onde moro.

Este livro foi composto na tipologia Sabon LT
Std Regular, em corpo 11/16, e impresso em
papel off-white no Sistema Cameron da Divisão
Gráfica da Distribuidora Record.